空に響くは竜の歌声

嵐を愛でる竜王

MIKI IIDA
飯田実樹

ILLUSTRATION
HITAKI
ひたき

この物語はフィクションであり、
実際の人物・団体・事件等とは、いっさい関係ありません。

人物紹介
Character
シュウヤン
レイワンの末弟。内務大臣。ブラコンゆえに、なかなか降臨せず兄を衰弱させたリューセーを許せない
シィンレイ
レイワンのすぐ下の弟。外務大臣。今では兄の年齢を超えてしまったが、相変わらず兄が大好き
レイワン
十一代目竜王。九代目竜王フェイワンの孫にあたる。二十年間リューセーが降臨せず、一時は衰弱したが忍耐強く待っていた。歴代竜王の中でも一二を争うくらい優しく懐が深いが、実はやきもち焼き

ウェイフォン
レイワンと命を分け合う金色の巨大な竜
ジア
龍聖の側近にして世話係。竜族（シーフォン）に庇護されている種族アルピンの出身。小型台風のような龍聖に振り回される、けなげな苦労人
守屋龍聖（もりやりゅうせい）
十一代目リューセー。大学四年生。龍神の儀式を受けるのが嫌で逃げ回っていたが、エルマーンに来た途端レイワンに一目ぼれ。明るく行動的で、恋愛下手の竜族たちに驚くような変革をもたらす
［リューセーとは…］竜の聖人にして、竜王の伴侶。そして王に魂精を与え、子供を宿せる唯一の存在
［魂精とは…］リューセーだけが与えることのできる、竜王の命の糧。魂精が得られないと竜王は若退化し、やがて死に至る

エルマーン王家家系図

Family tree

ホンロンワン ＝ 守屋龍成（初代龍聖）
ルイワン ＝ 龍聖（二代目）
スウワン ＝ 龍聖（三代目）
ロウワン ＝ 龍聖（四代目）
シャオワン ＝ 龍聖（五代目）
ヨンワン ＝ 龍聖（六代目）
ジュンワン ＝ 龍聖（七代目）
ランワン ＝ 龍聖（八代目）
フェイワン ＝ 龍聖（九代目）
シィンワン ＝ 龍聖（十代目）
シュウヤン　シィンレイ　レイワン ＝ 龍聖（十一代目）
ヨウレン　ションシア　メイリン　ラオワン ＝ 龍聖（十二代目）

＊竜王の兄弟は本編に名前が登場した人物のみ記載しています

空に響くは竜の歌声　嵐を愛でる竜王

第1章　新王誕生

その世界には大小みっつの大陸が存在した。東の大陸、中央大陸、西の大陸。

最も大きな中央大陸の西方には広い荒野が広がっている。その地平線まで続く何もない荒野に、一ヶ所だけ高く険しい岩山が存在する。刃のごとく切り立った赤い岩山は、それ自体が環を作るように連なり不思議な地形を形作っていた。

その堅固な自然の要塞(ようさい)には、伝説の生き物「竜」を操(あやつ)る民族が住む国があると言われている。

——エルマーン王国。竜を操る民族シーフォンが、二千年以上の長きにわたり治める国。


長い廊下を一人の男性が走っていた。年の頃は中年に差しかかろうかというくらいだ。後ろでひとつに縛った長い髪を振り乱しながら走っている。その髪の色は不思議なことに紫色をしていた。

「兄上！　兄上！」

彼は扉をノックもせずにいきなり開いて、叫びながら中へと飛び込んだ。部屋の主は、奥の机で書類に署名しているところだったが、突然の来訪者に驚いて、書き損じてしまった。

「シュウヤン！　子供でもあるまいし、ノックくらいしろ！　驚いて書き損じてしまったじゃないか！」

外務大臣のシィンレイは、眉間にしわを寄せながら、飛び込んできた男を怒鳴りつけると、舌打ちをして書き損じた書類を忌ま忌まし気にみつめた。

「兄上！　そんなことはどうでもいい！」

「そんなことだと⁉」

「竜王が産まれた！」

シュウヤンは相手の怒りなどお構いなしに、嬉しそうな表情で言った。するとシィンレイは瞬時に怒りを忘れて、ガタリと激しく音を立てて椅子を引きながら立ち上がった。

「竜王が産まれただって？」

「ああ、兵士から報告を受けて確認をしてきた。竜王が卵から孵った」

「じゃあ……」

シィンレイが言葉を続けようと口を開くと、シュウヤンがニコニコ顔で何度も頷いた。

「レイワン兄上が間もなく目覚める！」

二人はその言葉を同時に言っていた。互いの両手をパチンと合わせると、嬉しそうに笑って両手を上げて、その場で跳ねている。

「王の私室の準備はどうなっている？」

「壁紙と絨毯は、兄上の好きな琥珀色をベースにしたものに張り替え済みだ。作りつけ以外の家具は出来上がったものから順次入れ替えている。寝室がまだ完成していない」

シュウヤンがそう報告をすると、シィンレイは焦ったような表情をした。

「竜王が卵から孵ったのなら、ふた月以内には兄上が目覚める。塗料臭い部屋に兄上を迎えるわけにはいかない。大至急で作業を進めるように指示しろ」

「承知した！」

シュウヤンは真剣な面持ちで頷いた。だが二人ともすぐに表情が崩れる。

「レイワン兄上が目覚めるんだぞ！」

「ああ、百六十四年ぶりだ。別れた時のままの姿の兄上だぞ？」

「兄上はオレだと分かるだろうか？　あの頃オレはまだ子供だった。こんなおっさんになってしまって……」

「それを言うなら私だってそうだ」

二人は頭をかきながらも、嬉しそうにニヤニヤと笑っている。

「きっと兄上は分かってくれるさ」

「ああ、兄上だからな」

二人は顔を近づけて、ふふふと笑う。

「なんだか……久しぶりに笑った気がする」

「そうだな、久しぶりに明るい気持ちになった」

二人は何度も頷き合った。

「さあ、兄上を迎える準備をしよう」

二人はまるで子供のように、きゃっきゃとはしゃいだ。

エルマーン王国は、半年ほど前に国王である竜王シィンワンと王妃リューセーを亡くして、長く悲しみの中にあった。

竜王の世継ぎである皇太子は、百歳で成人を迎えると、自分の世が来るまで……つまり現王が崩御(ほうぎょ)するまで眠りにつく。

それは、強大な魔力を持つ竜王が、同じ時、同じ場所に二人存在することが出来ないという理由からと、長く安定した治世を引き継ぐために、代替わりの時に若き王を即位させるためのしきたりだった。

新しき竜王は、前王が崩御した後一年以内に目覚める。

エルマーン王国の人々は、敬愛する竜王とリューセーを失った悲しみの中、新しき竜王の目覚めを待ちわびていた。


レイワンはゆっくりと目を開けると、はあと大きく息を吐いた。ここ数日の間何度か目を開けてはいたが、微睡(まどろみ)の中にいるようで意識が朦朧(もうろう)としていた。だが今はようやくしっかりと目が覚めた。

視界に入る風景も、この場所がどこなのかも、きちんと理解している。まだ体が重くてうまく動かせないが、それが永(なが)い眠りについていたせいだということも分かっていた。

彼自身は、いつものように「一晩の眠り」から覚めただけのような気分なのだが、今目覚めたこの世界は、すでにもうレイワンの知っている世界ではないのだろう。

レイワンが永い眠りから目覚めたということは、この世に父も母もいないのだ。何かの事故で早世(そうせい)

してしまったのではなく、二人の寿命が尽き、安らかにこの世を去ったのだといいのだが。

ゆっくりと手や足を動かして、固まってしまっている筋肉に血を行き届かせる。長い時間をかけてようやく上体を起こすことが出来た。

「まるで……石像だ……」

レイワンは苦笑しながら呟いたが、その声もひどく掠れていて老人のようだ。

「自分の……体では……ないみたいだ」

大きく深呼吸をしてまた呟いた。口までもがうまく動かなくて、しゃべるのにも苦労することに苦笑する。一体どれくらいの間眠っていたのだろうか？　百年か……二百年か……いや、両親の年齢を考えるとさすがに二百年は考えにくい。そこまで幸せに長生きしてくれたというのならば、それはそれで良いのだけれど……。

レイワンは色々なことを考えながら、ベッドの上に座り、ゆっくりと時間をかけて手足を解した。やがて疲れて再び横になると目を閉じた。


重い鉄の扉がゆっくりと開く音がして、レイワンは目を開けた。

「あ……兄上？　お目覚めですか？」

声がしたので、レイワンは少しばかり頭を上げて扉の方を見た。そこには若草色の髪をした中年の男の姿があった。

「……シィンレイか？」

レイワンがそう声をかけると、男は頬を上気させて満面の笑顔になり頷く。

「兄上！　はい、シィンレイです。兄上のお目覚めをお待ちしておりました！」

シィンレイはそう言って部屋の中へと入ってきた。レイワンは微笑み返した。

「元気そうだね」

「はい、おかげ様で……ははは、すっかりおじさんになってしまって……兄上には私が分からないのではないかと思っていました」

シィンレイはベッドの側に立ち、赤くなって頭をかきながら言うと、レイワンが起き上がろうと体を動かしたので手を貸した。

「兄上、無理はなさらないでください」

「いや、大丈夫だよ。実は大分前から目を覚ましていて、少しずつ体を動かしていたんだ。ただ時間の感覚がないから、どれくらい前に目が覚めたのか分からないけれど……途中何度も眠ったのが普通の睡眠なのか、また何日も寝てしまっていたのかも分からないんだ」

シィンレイの手を借りて体を起こしたレイワンが、ベッドの上に座るとそう話したので、シィンレイもベッドに腰を下ろして聞いた。立ったままでは、レイワンが話をする時に見上げなければならないので、疲れてしまうだろうと気遣ったのだ。

「ふた月ほど前に竜王が卵から孵りましたので、そろそろ兄上がお目覚めになると思い、私が父上から預かった王の指輪を使って扉を開けて、たびたび様子を窺いにまいっていました。兄上の体を拭いたり、服を着替えさせたりしたのですが、兄上は一度もお目覚めにならず……今日初めてこうしておかいた。

会いできた次第です」

「そうか……どうりで小綺麗になっていると思ったよ」

レイワンがそう言ってクスクスと笑ったので、シィンレイも嬉しそうに笑った。

やがてレイワンは黙ったまま、じっとシィンレイをみつめる。シィンレイは困ったようにまた頭をかいた。

「なんですか？　老けてしまって驚かれました？」

「いや……まあ確かに年は取っているけれど……不思議なもので少しも変わっていないように感じるんだよ。笑った顔はあの頃のままだし……すぐそうやって赤くなって頭をかく癖とか……シィンレイはシィンレイのままだから、むしろ安心したよ。だけどとても立派になったね。そうしていると父上の姿に重なるよ」

シィンレイは驚いたような顔をして、しばらく何も言えずにレイワンをみつめ返していたが、やがて両目に涙を溢れさせると、レイワンの体にガバッと縋りついた。

「兄上！　ああ、兄上！」

レイワンは優しく微笑みながら、シィンレイの頭を撫でた。こうしていると眠りにつく前のことを思い出す。やんちゃだけれど甘えん坊だったすぐ下の弟シィンレイ。レイワンが眠りにつく前の晩、「後のことを頼む」と言ったら「いやだ」と言ってこんな風に縋りついて泣きだした。

あの時、シィンレイは九十歳で、成人前とはいえ背もレイワンと変わらないくらい伸びていて、大人びた物言いをするようになっていた。なのに、小さな子供みたいに泣くなどおかしいよ……と窘めながらも宥めたことを思い出す。

今はとうに二百歳を越えているだろう。いい年をした中年の男が、子供みたいに兄に縋って……とおかしく思うのだが、百年以上の空白を埋めてくれるようで、レイワンはとても嬉しかった。

「ああ……取り乱してしまって申し訳ありません」

シィンレイが顔を上げて恥ずかしそうに笑ったので、レイワンも笑い返した。

「子供みたいに泣いているのかと思ったよ」

顔を上げたシィンレイの顔は、赤面しているだけで泣き腫らしてはいなかったので、レイワンがそう言うと、シィンレイはさらに赤くなって首を振った。

「いや、確かにちょっと涙が出そうになりましたが……泣いてはおりません。ただ兄上が……昔のままの兄上だったことが嬉しくて……。ああ、もちろん兄上が昔のままなのは当たり前で、ただ百六十四年眠っていただけなので、変わるはずもないのですが……」

「百六十四年……そうか……そんなに年月が過ぎているんだね。じゃあ小さかったシュウヤンも、もうすっかり大人だね」

レイワンは驚いて大きく目を見開く。そして溜息をつきながらそう言ったので、シィンレイは頷いた。

「はい、シュウヤンは二百七歳になります。おじさんになってしまっていますよ」

シィンレイの答えに、レイワンは微笑んで、すぐに表情を曇らせた。視線を落としてしばらく考え込むと、深く息を吸い込んで口を開いた。

「父上と母上は……いつ頃亡くなられたんだい？　どのように……その……つまり……」

「母上が先に逝(い)かれました。父上に抱かれて……とても幸せそうな顔で眠っているようでした。父上はそれから約一年後に……。二人とも天寿を全うしたと思います。父上が亡くなって間もなく一年になります」

レイワンの気持ちを汲むように、シィンレイが二人の最期を語ったので、レイワンは、安堵した表情で頷いた。

「でも意外だな、てっきり一緒に仲良く逝かれるかと思っていた」

「父上は真面目だから、すべての引き継ぎを終わらせてからでないと、安心して逝けなかったようです。『リューセーが待っているんだけど』って言いながら、亡くなる前の日まで身辺整理をしていました」

「父上らしい……」

レイワンが思わず笑みを零すと、シィンレイも釣られて微笑んだ。

「そうかぁ……本当にもう父上も母上もいないのか……」

レイワンが寂しそうに呟くと、シィンレイもしんみりとした顔をする。

「覚悟はしていたつもりなんだけど……まだ気持ちの整理がつかないんだ。私自身としては、一晩眠っただけのような感覚だから、つい昨日まで父上も母上も元気でいらしたのにって……。別れた時の二人の姿が、私の記憶ではまだ新しいんだ」

「はい、兄上のお気持ちは分かっているつもりです。今政務の方は、私とシュウヤンの二人が中心となって代理をさせてもらっています。父上からしっかりと引き継ぎましたから、今のところは問題ありません。兄上は焦らずゆっくりとここで体調を整えてください。体だけではなく心も……。次はシュウヤンを連れてまいります。シュウヤンもとても会いたがっておりますので」

「ああ、ありがとう。そうだね、シュウヤンに会いたいな」

二人は微笑み合った。

「すっかり話し込んでしまって申し訳ありません。着替えをお持ちしました」

「ありがとう」

シィンレイは持ってきた着替えをレイワンに渡した。

「自分で着替えて体を動かす練習をするよ」

レイワンが笑いながら言うと、シィンレイは頷いて立ち上がった。

「ではまた参ります。今日はお疲れでしょう。お休みください」

「ありがとう」


レイワンは、目覚めてから二十日後に竜王の間から出た。

迎えに来た二人の弟シィンレイとシュウヤンに伴（とも）なわれて、王城へ戻るとたくさんのシーフォン達が喜び迎えた。

それまで暗く沈んでいた城下町も、活気に満ちはじめた。

新しき竜王の目覚めは、エルマーン王国の人々を元気づけるものであった。

「私の部屋に作り替えたんだね」

「はい、これからは兄上と兄上のリューセー様がお使いになる部屋ですから……」

王城の最上階にある王の私室へ入ると、そこは新たな王のためにすっかり模様替えされていた。様変わりしてしまった様子に、レイワンはしばらく黙って見回す。

そこはレイワンにとって、つい先日まで（眠る前の記憶として）両親が暮らしていた部屋だ。居間は家族団らんに使っていたので、とても馴染みのある部屋のはずだが、壁紙も絨毯も、ソファやテーブルもすべて変わってしまっていた。

奥にある寝室も、父の書斎も変わっている。それはとても寂しいことだったが、レイワンが一日も早く竜王としての自覚を持つためには必要なのだろう。

両親はもういない。これからこの国の王は自分なのだ。迷っている暇はない。新しい竜王としてこの国を治めていかなければならない。

「兄上、大丈夫ですか？」

ずっと見守っていた二人の弟が、恐る恐る声をかけた。その声に我に返ると、レイワンはひとつ溜息をついた。

「すまない。大丈夫だよ……だけどここに一人でいるのは寂しいから、早く私のリューセーが来てくれればいいのにと思うよ」

「大丈夫ですよ。母上の話では、大和の国ではきちんとしきたりが継承されているそうですから、間もなくいらっしゃいますよ」

「兄上がお目覚めになった以上一、二年のうちには参られるでしょう。なに……あっという間ですよ。兄上もしばらくはお忙しいと思いますから、寂しいなんて思う暇もないと思います」

二人の弟達は、一生懸命レイワンを励まそうとした。

「兄上のリューセー様はどんな方でしょうね？　母上のようにかわいらしい方だといいですね」

「兄上が優しくて穏やかですから、リューセー様も物静かで控えめな方だとお似合いでしょうね」

弟達が楽しそうに話すのを、レイワンは微笑みながらみつめていた。

「そういえば……兄上は不安などありませんか？」

シィンレイが何かを思い出したように尋ねてきたので、レイワンは不思議そうに首を傾げた。

「不安？」

「はい……実は……父上から言いつけられていたのです。リューセー様のことで兄上が不安に思われるようなことがあれば、力になるようにと……。その……つまり恋愛についてです」

シィンレイが少し言いにくそうに説明すると、レイワンはすべてを察したというような表情で「ああ……」と小さく声を漏らしながら頷いた。それはレイワン自身も、何度か父から話を聞かされていたことだ。

「大丈夫だよ」

レイワンが穏やかな顔で答えたので、シィンレイは意外そうに目を見開いた。

「私もね、父上からは散々聞かされていたんだ。恋愛経験がないまま、初めて会うリューセーとうまく契りを交わすことが出来るのか？　愛し合うことが出来るのか？　と不安になるかもしれないと……。だけど心配性の父上から何度も聞かされていたせいか、逆にそんな不安はないなと思えるようになってしまって……。だって父上はそうやって散々悩んだのに、あっさりと母上に一目惚れしたというのだから、大丈夫じゃないかな？って」

レイワンがそう言いながらクスクスと笑うので、シィンレイとシュウヤンは顔を見合わせた。

「だから私はそういう不安はないんだよ。それよりもリューセーが私のことを気に入ってくれるのかどうかが、少しばかり不安だね」

苦笑してそう言うレイワンに、シィンレイ達が同時に「それは大丈夫です！」と勢いよく答えたので、レイワンは目を丸くした。

「兄上のことを気に入らないことなどあるわけがないじゃないですか！」

「兄上を好きにならない人がいるわけがないじゃないですか！」

二人の勢いにレイワンは苦笑していたが、やがてツボに嵌（はま）ったのか大笑いを始めた。

「兄上？」

シィンレイ達は戸惑った様子で、涙を浮かべながら大笑いしているレイワンを見ていた。

「ああ……ごめん、ごめん……あまりにもお前達が昔のままだから……嬉しくなってしまって……ありがとう。シィンレイ、シュウヤン……お前達がいてくれて本当に心強いよ」

レイワンが心からそう言うと、シィンレイ達は顔を見合わせて照れ臭そうに笑った。

城へ戻ってきてからひと月後に戴冠式が行われ、レイワンは正式にエルマーン王国国王を継いだ。友好国からたくさんの祝辞が送られ、式典には多くの来賓（らいひん）が招かれた。

エルマーン王国の国民も盛大に新しき王を祝い、城下町には祝いの花が飾られ、通りも家々の窓も花で埋め尽くされた。それはとても美しい光景で、他国からの旅人達も喜んだ。

お祭り騒ぎのような賑（にぎ）わいはふた月ほど続き、すべてが落ち着いてようやく普通の政務に取り組めるようになったのは、目覚めてから半年過ぎた頃だった。それから先王シィンワンが取り組んでいた政策を引き継ぎ、溜まりに溜まった様々な書簡を読み、返信したり整理したり……そうしている間にあっという間に一年が過ぎた。

「お前達の言っていた通り、本当にあっという間だね。一年が経ったというのに、私は王としてまだまだ何も成すことが出来ていない。国内のことで精一杯で……いや、父上の残された仕事を引き継ぐことで精一杯で、未だに外遊に出ることも出来ないし、王としてこの国をどう治めていくのかという指針さえ見いだせずにいる」

「慌てることなどありませんよ。まだ兄上の治世は始まったばかりです。これから先のことを思えば、一年などほんの一瞬のこと……。私が兄上に対して偉そうなことを言うのもなんですが……こんな時のために、父上の下で外務大臣として政務に携わってまいりました。ですから少しばかりは国政とは何か、統治とは何か、分かっているつもりです。一年、二年でどうなることではありません。兄上も時間をかけて、兄上が思う『王』というものに近づいていかれればいいのです。その手助けをするために、私とシュウヤンがいるのですから」

執務室でレイワンの手伝いをしながら、シィンレイがそう言うと、レイワンは小さく溜息をついた。

「そうだね、すまない。何度も同じ愚痴を言ってしまって……口癖みたいになっているよね。でもそのたびに、お前がそう言ってくれると、不思議と安心出来るんだ。いい加減呆れられているんじゃないかと思っているよ」

レイワンは苦笑しながら、書き終えた書簡を丸めて封印すると、机の脇に置かれた木箱に入れた。シィンレイはそんなレイワンをみつめて微笑み、何も言わずに他国から届いている書簡の山を、ひとつずつ開封して目を通す。

「ただ……最近少しばかり焦りを感じはじめているんだ」

「焦り……ですか？」

「ああ」

シィンレイが反応して聞き返すと、レイワンは困ったような顔で手を止め、何か考え込むように机の上をみつめた。しばらくしてまたひとつ溜息をつく。

「一年があっという間に過ぎて……そうこうしている間にリューセーが来てしまうんじゃないかって、最近ふと思うことが多くて……そのたびに焦りを感じるんだ。こんな状態でリューセーを迎えて……王として未熟どころか、歩みだせてもいない私を見て、リューセーはどう思うだろうと……。リューセーは大和の国で、私のことを『龍神様』と崇めているのだろう？　こんな頼りない龍神様では、失望されないだろうか？」

「だ……」

シィンレイは『大丈夫ですよ』と言いかけて止めた。言葉を飲み込むと少し考え込む。ここでその言葉は不適切だと思った。レイワンの心中を思えば、根拠のない励ましは、むしろ非礼にあたるとさえ思う。

「兄上、兄上が心配だと以前仰せになっていたのは、リューセー様が兄上のことを気に入るかということでしたよね？　もしもリューセー様が、兄上を見て『龍神様』らしくないと、失望されたとしてもいいではありませんか。兄上はリューセー様の神様ではありません。伴侶なのです。兄上自身を気に入ってもらえればいいではないですか。男としての魅力、誠実さ、人望……どれも兄上はお持ちです。自信をお持ちになってください」

シィンレイがきっぱりとした口調でそう励ましの言葉を述べると、レイワンは少し顔を赤らめて、はははと軽く声を上げて笑った。

「まったく……シィンレイは昔から褒め上手だね……そう言われると自信が持てる気がするよ」

「本当のことですから」

シィンレイがニヤリと笑って答えたので、レイワンはまたクスリと笑った。

「父上の気持ちがようやく分かったよ……やはり何のかんのと言っても、まだ見ぬリューセーのことを思うと、色んな不安事が湧き上がってくるものだ……不安なことなどないと言ったことは訂正するよ」

「でもワクワクしませんか？」

「え？」

「もうすぐ会えると思うと……」

「そうだね」

レイワンは微笑んで頷く。

「愚痴を言っていないで、リューセーが来るまでに、少しでも王としての仕事をこなしておこう」

レイワンは自らに発破をかけると、次の書簡の返事を書きはじめた。

しかしレイワン達の思いに反して、リューセーはなかなか現れなかった――。

「陛下、今後とも我が国との良き関係を末永くよしなに……」

広々とした謁見の間で、レイワンが座る玉座の前にひざまずき挨拶をする他国の大使に、レイワンは微笑みながら何度も頷いた。

「もちろんです。ぜひ近いうちに私も貴国を訪れたいと思っています。バルゼー陛下によろしくお伝えください」

大使は再度深々と頭を下げると、謁見の間を後にした。

「陛下、本日はここまでです」

側に控えていたシィンレイが告げると、レイワンは安堵の息を漏らした。

「兄上、大丈夫ですか?」

シィンレイが心配そうに声をかけると、レイワンは深呼吸をしながら背筋を伸ばした。

「すまない。大丈夫だよ。今日はいつもよりも謁見の申し出が少なかったのだな」

「はい、今日は少ないようですね」

シィンレイは平然と答えたが、実はシィンレイの方で人数を調整していた。

「兄上、部屋へ戻って少しお休みになってください」

「いや、まだ仕事はあるから執務室へ行くよ」

「兄上、それは午後からにいたしましょう。お気持ちは分かりますが、無理をなさっては後に響きます。休める時は休んで頂いて、体調を整えながら政務に励まれれば良いのです」

シィンレイが穏やかにそう述べながら、レイワンに手を貸して立ち上がらせた。レイワンはゆっくりと立ち上がると玉座から降りて歩きはじめた。その足取りは少しばかり弱々しく見える。

「そうだね」

「兄上、今日それほどお疲れにならなかったようでしたら、次から接見の人数を今日ぐらいに減らしましょうか？」

一緒に付き添って歩きながらシィンレイがそう言うと、レイワンは少しばかり考え込んだ。

「だが……それでは困る者がいるのではないか？」

「他国からの使者を優先して、我が国の者は別日に調整すれば、一日当たりの人数を減らすことが出来ます。また、今まで以上に兄上が接見する者の条件を絞り込むことも出来ます。兄上でなくても私やシュウヤンで対応出来る者は、リストから除外すれば良いのです。兄上が出来る限り接見したいとおっしゃるので、今は制限なく謁見の申し出を受けています。ですからそれを調整するということです。一切話を聞かないわけではありませんから、困る者などおりません」

二人はゆっくりとした足取りで廊下を歩いている。その後ろに付き従うように、護衛の兵士達が続いていた。

「そうだね……そうした方がいいかもしれないね。心配をかけて申し訳ないが、お願い出来るかい？」

「はい、承知いたしました。明日からでもすぐに手配いたします」

シィンレイの答えに、レイワンは申し訳なさそうに頷いた。

やがてレイワンの私室に到着し、シィンレイが扉を開けて、レイワンとともに中へと入る。

「陛下はしばらく休息をとられる」

部屋に控えていた侍女にそう告げ、そのまま奥の寝室へとレイワンを連れていった。ベッドにレイワンを座らせる。

レイワンは大きく息を吐いた。

「お疲れですか？」

「いや、大丈……すまない。そうだね。少しばかり疲れたかな」

レイワンは『大丈夫』と言いかけて、思い直すと素直に答えた。苦笑して、また溜息をつく。その様子に、シィンレイは表情を曇らせた。

「どうかご無理はなさらないでください」

「無理はしていないよ。お前達が私を気遣ってくれるから……。だからこそお前達には嘘はつけないと思って……余計な強がりは止めようと思ったんだ。さすがに最近は、疲れるのが早いね。日常の生活で動きまわることは大丈夫なのだが……接見は、ただ座って聞いたり話したりしているだけのように見えて、結構神経を使うし、頭も使うからね。思いのほか疲れてしまうようだ。人数を減らすように考えてくれて、ありがたいと思うよ。その分お前達に負担をかけてしまって本当に申し訳ないと思うけど……。私は竜王だからね。人間の王とは存在の意味が違う。この国のために、シーフォンのために、私は無理をして弱ってしまうわけにはいかない。そう気がついたから、今はお前達に甘えようと思う。すまない」

レイワンはゆっくりとした口調で語ると、深く頭を下げた。

「兄上、謝らないでください。兄上は少しも悪くないのですから！　きっと何かの手違いが起きているだけなのです。もうすぐです。もうすぐリューセー様がいらっしゃいますから、それまでの辛抱です！」

「ああ、そうだね」

レイワンは微笑んでみせた。

「少しばかり横になるよ。午後になったら起こしておくれ」

「はい」

シィンレイは一礼し、寝室を後にした。

扉を静かに閉めて、ふう……と息を吐く。

「後ほど私が来るまで、陛下を静かに休ませておくように……。もしも誰かが陛下に会いに来ても決して通してはならない。その時は私のところへ来るように伝えてくれ」

シィンレイは侍女と見張りの兵士にそう告げ、王の私室を去っていった。


レイワンは、シィンレイが寝室を出ていくのを見届けて、ゆっくりとベッドに横たわった。長い息を吐いて、天蓋(てんがい)をみつめる。

リューセーが降臨(こうりん)しない。

レイワンが目覚めてから、間もなく十五年が経つ。

本来、竜王が永い眠りから目覚めて一、二年のうちに、伴侶となる『リューセー』は異世界の大和の国から降臨する。

遙(はる)か昔、エルマーン王国を建国した初代竜王ホンロンワンは、神より受けた罰のせいで、人間の持つ『魂精(こんせい)』という力を得なければ生きていけなくなった。しかしこの世界のすべての人間の中から探しても、ホンロンワンの命を維持するほどの強い『魂精』を持つ者はいなかった。

竜王が死ねば竜族シーフォンは狂って絶滅してしまう……。絶望したホンロンワンに、神は異世界の人間の中から探し出すことを許してくれた。そして探しまわった結果『大和の国』に輝くほどの『魂精』を持つ人間を見つけ出すことが出来た。その者の家系は、体に印を付けた男子が生まれたら『リューセー』という名を継がせ、竜王の伴侶として差し出す契約をホンロンワンと交わしたのだ。

以後、二千年以上その契約は守られ続けている。

途中、八代目の時に不幸な事故があり、その契約が破られかけたことがあった。『暗黒期』と呼ばれるエルマーン王国にとって最も苦しかった時期のことだ。

しかしその苦難を乗り越え、エルマーン王国は再び繁栄を取り戻した。

レイワンは十一代目竜王である。『暗黒期』と呼ばれた時期は、それほど遠い昔のことではない。

「またあの時のようなことが……」と不安を口にする者がいることを、レイワンは知っている。レイワン自身も、もしやと思わぬことはない。だがなるべくそのことは考えないようにしている。

きっとリューセーは来てくれる。そう強く信じ続けてきた。

竜王にとって、命の源(みなもと)、人間にとっての食糧と同じ意味合いを持つ『魂精』は、十年くらいであればまったく貰えなくても、普通に暮せるという話を聞いたことはある。だから大丈夫だと、自身に言い聞かせ続けてきた。

しかしさすがに最近は、体力が落ちてきた。少し歩いただけでも息切れがする。剣などはとても振るえない。政務にも影響が出はじめている。ずっと平気なふりをしてきたが、もうこれ以上は隠せそうにない。いや、シィンレイ達にはばれている。

シィンレイは気を遣ってあのような言い方をしてくれたが、今日の接見自体がすでに、シィンレイの手配で人数を減らしてくれたものだと分かっている。

本音を言えば、人数を減らしてくれても、正直辛い。出来ればもう中止したいくらいだ。だが他国からの使者との接見を拒むことは、外交上よくない。王の不在は余計な疑惑を持たれてしまう。だから無理をしてでも謁見の申し出は受けた方がいい。

シィンレイももちろんそれをすべて承知して、人数を減らす提案をしてくれたのだ。きっとシィンレイの心中としては、すぐにでも中止したいと思ってくれているだろう。

互いに思い合っている。それがレイワンは嬉しかった。

弟達や他の家臣達に、これ以上余計な心配をかけたくない。

だから今、レイワンが秘かに不安を感じていることについては悟られないようにしなければならない。

今まで「きっとリューセーが来てくれる」と自身に言い聞かせていたのには、根拠がなかったわけではなかった。これは竜王にしか分からないことだが、心のとても深い場所で、リューセーと……大和の国と繋がっている縁を感じていた。それは「どんな風に?」と聞かれても説明出来ない。……もしも分かりやすく説明をするとしたら、『契約』によって異世界との間に、糸のようなものが繋がっているのを感じるのだ、と答えるだろう。そういう繋がり、いわば『縁』を感じていたからこそ、リューセーは必ず来てくれると信じていた。

それが最近危うくなってきたのだ。縁が消えはじめているような感覚がある。

例えばその契約によって結ばれた糸が、とても細い千本の糸を縒り合わせて出来たようなものだとして、その千本の糸が一本ずつ、プツリプツリと切れはじめているのを感じるのだ。

もちろんそれはたとえだから、実際にどうなっているのかは分からないが……。

エルマーン王国の歴史について書かれた書物の中には、暗黒期を乗り越えた九代目リューセーがエルマーンに来る前、大和の国にいた頃に様々な不幸に見舞われていたことが綴(つづ)られていた。竜王との契約に背くと、モリヤ家が長い時をかけて竜王から貰い続けてきた加護を反故にすることになり、その反動が起こると表現されていた。

元々得るはずのなかった財産や幸運が無に帰(き)す時、それは一度に不幸となって現れる。

レイワンが最近感じはじめている異世界との縁が消えていっているような感覚……リューセーが契約通りに降臨しないことによって、約束されていた加護が失われていっているということではないだろうか？

つまりレイワンの伴侶であるリューセーの周りで、不幸が起きはじめている証(あかし)なのではないだろうか？　そんな風に思うのだ。

九代目リューセーがこの世界に降臨したのは、本当に偶然からだという。不幸の連鎖により、九代目リューセーの頃には龍神の儀式が継承されていなかった。だがそれだけではない。降臨が遅れた原因のひとつには、ある陰謀により妨害されていたからというのもあったのだ。

レイワンのリューセーが降臨しないのはなぜなのか？

……今のエルマーン王国に、妨害を企(たくら)むような者がいるとは思えない。だから原因は分からないし、妨害がないと思うからこそ、リューセーがこのまま降臨しないのではないかと不安になるのだ。

妨害もないのに降臨しないのは……リューセー自身の意思で降臨しないからなのではないのか？

もしもそうだとしたら……竜王との契約がしきたりとして継承されているはずのリューセーが、不幸に見舞われながらも、それでも自身の意思で降臨しないのだとしたら、もう本当にこのまま来ないのではないだろうか？　……それはとても恐ろしい考えで、こんなことは誰にも聞かせるわけにはいかなかった。

レイワンは苦し気な表情で目を閉じた。

リューセーに降臨してもらわねばならないのは、魂精がなければ死んでしまうという……あくまでもこちらの都合だ。契約したとはいえ、それは遙か昔の話。今を生きるリューセーは与り知らぬことだ。

そんなことどうしても嫌だと思われてしまったら……。儀式をして異世界に行くことなど嫌だ、龍神様の下へなど行かない、そう思われてしまったら……その時は仕方がない。これが運命なのだと諦めよう。リューセーを恨む気持ちはない。

今のレイワンに出来ることは、ただ力を維持し、少しでも長く同胞達を生き永らえさせ、この国を存続させることだ。そのためにも、いらぬ意地など張らずに、体を休め無理をしないことだと思った。

扉をノックされたので、シィンレイは返事をした。扉が開きシュウヤンが入ってきた。

「レイワン兄上は？　執務室へ行ったのだが、いらっしゃらなかった」

シュウヤンが心配そうな顔で、そう尋ねながらシィンレイの側まで歩み寄った。シィンレイは、明日の謁見希望者リストを精査しているところだった。

「今は自室でお休みだ」

シィンレイが囁くように静かに答えた。

「具合が悪いのか!?」

シュウヤンが驚いたように大きな声で尋ねてきたので、シィンレイは眉間にしわを寄せながら、視線を上げてシュウヤンを睨みつけた。

「このような状況で、兄上の具合が良いわけがないだろう！　いや、そういうことではなく、接見が早く済んだから、午後までしばらく休んで頂くようにしたんだ」

シィンレイは大仰に手を振って溜息をつきながらそう答えた。シュウヤンはなおも心配そうな表情で、シィンレイを黙って見ている。

しばらく無視するように仕事を続けていたシィンレイだが、ふとペンを持つ手を止めると、じっと机上をみつめた。

「兄上は我々を気遣って隠されておいでだが……事態はかなり深刻なのかもしれない」

「え？　それはどういうことだ？」

シィンレイは険しい表情で顔を上げた。

「たぶん……兄上はリューセー様のことを諦めておいでだ」

「え!?　な、なぜ？」

「分からん」

シィンレイは溜息をつきながら首を振った。

「兄上が何かを言ったわけではない。何かそういう素振りがあったわけでもない……。なぜ私がそう思ったのかというと、兄上があまりにもすべてのことにおいて、私の言うことに素直すぎるのだ。少し前まではまだ無理をして、我らに心配をかけまいとがんばっていらした。だが最近、それを止めてしまわれたように思うんだ。もちろんひどくお疲れなのを隠して元気なふりをしようと、無理をし続けていることには変わらないんだが……今日も接見の後、『疲れた』と私に言って、休むように言うと素直に従って寝室へ行かれた。今の兄上の状態はたぶん、多少無理をすればまだ元気に振る舞うことができる程度なのだと思う。寝込むほどではないはずなんだ。それなのに……。まるでこのまま魂精が貰えないことを覚悟して、少しでも長く生き続けるために力を温存しているように感じてしまった」

シィンレイの話を聞いて、シュウヤンはひどくショックを受けたように、両手の拳（こぶし）に力を入れて握りしめると、クッと歯を食いしばって顔を歪（ゆが）めた。

「なぜだ……」

歯を食いしばりながら、苦しげな息とともに吐き捨てるように呟いた。

「なぜ兄上が……あの優しい兄上がこんな目に遭（あ）わなければならないんだ……」

シュウヤンの呟きに、シィンレイは険しい表情のまま何も答えなかった。

「なぜリューセー様は来てくださらないんだ……九代目竜王のように、兄上が苦しむというのか……」

「それでも九代目リューセー様は降臨された……最悪の状況は、八代目竜王のように魂精が枯渇（こかつ）して苦しみながら死んでいくことだ」

「シィンレイ兄上！」

シュウヤンがたまらず叫んだので、シィンレイは分かっているというような表情をしながら頷いた。

「シュウヤン……だが我らは覚悟をしなければならない。最悪の状況になった時、最後の時まで我らが冷静でいて、兄上を支えなければならないからだ。竜王の力が弱まれば、シーフォンは狂いはじめるという。我らは決して正気を失ってはならない。命に代えても兄上を支え、兄上を守り抜く……死ぬ時は兄上と一緒だ」

シィンレイが思いつめた表情で言うと、シュウヤンは一瞬ハッと呆けたような、力が抜けた様子になり、やがて悔しさが込み上げてきたのか、再び歯を食いしばって顔を歪めた。

「オレは今……リューセー様が憎くて仕方ない……」

「シュウヤン！」

「だってそうだろう……なぜ来ない!?　母上が言っていたじゃないか、一度は伝承が失われていたが、九代目リューセー様が降臨された後、その弟君がしきたりを復活させ後世に残したと……モリヤ家ではそれが守られ続けていると……。なのになぜ……オレは悔しくてたまらないんだ……だから……憎いよ……」

シュウヤンの絞り出すような言葉を聞きながら、シィンレイは両手で顔を覆い深く長い息を吐き出した。やがて乱暴に顔を擦ってから両手を離すと、シュウヤンをみつめた。

「以前……父上が言っていた言葉だ。『我らはリューセーの無償(むしょう)の愛で生かされている』。父上は『我ら』と言ったんだ。『竜王』ではない。我々シーフォンすべてのことを言っているんだ。こういう状況になると、その意味が身に染みて分かる。リューセー様が降臨しなければ、竜王だけではなく我らシーフォンが絶滅してしまう。遥か昔に契約したとはいえ、リューセー様を欲しているのは我らの事情だ。リューセー様側には、こちらの世界に来なければならない理由など本来はないんだ。竜王からの加護を失うとは言っても、そもそもその条件を提示したのは竜王……我らの方だ。代わりに富と繁栄を与えると……決してモリヤ家が望んだ条件ではない。それでも今まで十人のリューセー様が、契約を守り降臨してくれていた。それは富や栄誉のためではない。リューセー様の無償の愛だ……と。その無償の愛のおかげで、我らは今まで生かされてきたんだ。それを頭の片隅に置いておきなさいと、父上から言われた」

「無償の愛……でもなぜ父上はそんなことを……」

シュウヤンが不思議そうに呟いたので、シィンレイは少し考えた。

「たぶん……『リューセー様が降臨しないという可能性を常に考えておかねばならない』ということだと思う。来るのが当たり前だと思ってはいけないと……。兄上は、いや竜王は皆、はじめからそれを覚悟しているんじゃないかと思うんだ。特に九代目のことがあったから、父上はそういう心積もりをされていたようだ。『来てくれることが奇跡』『来てくれることに感謝』。そういう考えを、兄上も父上から引き継がれているのだと思う。だから私達にも兄上を支えるために、父上が言ったんだろうと……最近特にそのことばかり頭をよぎるようになったんだ」

シィンレイはそう言って溜息をつくと、カップを手に取り冷めてしまったお茶を一口飲んだ。

「私だって、正直な気持ちを言えばお前と同じだ。なぜだ……と、リューセー様を恨めしく思う。だが父上の言葉を思い出すと、母上のことが頭に浮かぶんだ。母上は末っ子で、親兄弟から甘やかされていたという話をしてくれたことがあった。ああ、母上にも、兄弟がいたんだなと考えると、母上の家族は、そんなかわいい息子を……かわいい弟を失ったのだと……家のしきたりとはいえ、どれほど辛い思いをしたのだろうと思うんだ。私達がこうして兄上を思い、兄上を苦しめるリューセー様を恨めしく思い、出来ることならば自分が兄上の代わりに苦しみを受けたいと思うように、リューセー様の家族も、リューセー様を失うくらいならば、家が滅んでもいいと思うのではないかと……」

シュウヤンは聞き終わると、絶望したような顔でシィンレイをみつめ返した。

「じゃあ、どうすればいいんだよ。兄上の言うことは分かるけど、オレは……そう簡単に納得なんて出来ないし、リューセー様を許す気にもならない」

「お前がどう思おうと自由だ。ただ兄上にそれを悟られるな。絶対に……だ。分かったな」

厳しい口調でシィンレイから言われて、シュウヤンはぐっと息を呑んで言葉を失った。

「今の話は忘れてもらっても構わない。とにかく私達は、最後まで兄上を支え続ける。それだけだ」

「……分かった」

シュウヤンが頷いたので、シィンレイも頷き返した。

第2章　守屋龍聖

「守屋さん！」

「きゃあ！　龍聖様よ！」

　女性達の黄色い歓声が上がる。

　豊かな緑に囲まれたキャンパスの中を、自転車で颯爽と駆け抜ける青年の姿があった。すれ違う女性達が、青年の姿を確認すると、きゃあと黄色い声が上がるのだ。

「龍聖！　今夜飲みに行かないか？」

「龍聖！　この後の予定は？」

　女性ばかりではなく男性達からもたくさんの声がかかる。龍聖と呼ばれた青年は、笑顔で手を振りながらその声に応えていた。

　駐輪場に自転車を置き、辺りを見回した。

「守屋先輩、今日の授業は？」

　近くにいた女性達が頬を染めながら駆け寄ってきて、龍聖に話しかける。

「あ～、今日は特に受ける授業はないんだけど……ねえ、君達一緒にお茶でもしない？」

「え？　いいんですか？」

　彼女達は大喜びではしゃいでいる。そんな様子を、龍聖はニコニコとみつめながら「行こう」と言って歩きだした。

守屋龍聖。大学四年生。大学内で彼のことを知らない者はいない。中性的な美貌、明るく社交的な性格、友人も多いが、彼女や彼氏も多い。来る者拒まず去る者追わず、特定の恋人は作らないが、その人柄のせいか恋愛トラブルを起こしたことはない。

実家が資産家のためか、気前が良く、少しも卑しいところがないので、「王子様」と呼ぶ者も多かった。

龍聖自身、賑やかなことや、こうしてたくさんの人々に囲まれることが好きだった。たとえ相手が知らない人でも、自分に対して好意を寄せてくれていることが分かれば、気軽に自分から声をかける。そんな気さくなところが人気の理由のひとつでもあった。

「守屋さんは卒業したらどうなさるのですか？」

「ご実家の会社をお継ぎになるの？」

「モデルの仕事を本格的にするんじゃないの？」

キャンパス内の食堂で、八人の女性達に囲まれながら、龍聖はコーヒーを飲んでいた。次々に浴びせられる質問を、にこやかな笑顔で聞いている。

「将来のことは分からないなぁ……会社の方は兄達がいるし……モデルの仕事は楽しいけれど、今はバイトみたいにやっているから出来ているだけで、本格的にやるとなるとオレよりもかっこいい人はたくさんいるし、続けていくのは難しいんじゃないかな？」

「そんなことないわよ！　私は応援するわ！」

「私も！」

わっと一斉に女性達が声を上げたので、龍聖は楽しそうに笑った。

「龍聖！　さっき事務長が君を探していたよ？」

そこへ通りかかった同じゼミの男子学生が声をかけてきた。

「事務長が？」

龍聖は一瞬不思議そうに首を傾げたが、すぐに何かが頭に閃（ひらめ）いたように顔色を変えた。

「あ、みんなごめん、オレちょっと用事を思い出した！　また今度ゆっくり話そうね！」

龍聖は慌てて立ち上がると、どこかへ走り去っていった。残された女性達はがっかりした様子を見せたが、文句を言う者はいなかった。

龍聖が人気者なのは周知の事実で、「特定の恋人を作らない」ということも知られているせいか、自然と皆が「龍聖独占禁止」を暗黙のルールにしていた。それさえ守れば、誰もに龍聖と遊ぶチャンスが巡ってくる。身近なアイドルを愛（め）でているようなものだ。ある意味それも『人望』なのかもしれない。


真っ青な空に、白い雲が浮かんでいる。引き千切（ちぎ）られたような頼りなげな形の小さな雲は、風に吹かれて右へとゆっくりと流れていく。たぶんそのままどんどん小さくなって、風に吹き消されてなくなってしまうのだろうなと、ぼんやりとみつめながら龍聖は思った。

嫌になるくらいに快晴だった。日差しは暖かくて、もう秋だというのに、ずっとこうして寝転がっていると、日焼けしてしまいそうだ。

遠くで男女の笑い声が聞こえる。何か叫んでいる男の声もする。大学の構内。たくさんの若者が集（つど）

うこの場所には、常に賑やかな声が響いていた。それをこうして第三号館の裏庭の芝生に寝転がって、遠くに聞きながら昼寝をすると、とても心地よく眠れるのだ。静まり返っているよりは、これくらいが良い。

「龍聖！　またここにいたのか」

聞き覚えのある声が近くでしたので、薄目を開けて声のする方を見た。友人の田村と宮下が、ニヤニヤと笑いながらこちらへと歩いてくるのが見えた。

龍聖は、うーんと背伸びをしながら、ゆっくりと上体を起こした。眩しそうに顔をしかめて、こちらにやってきた二人を見上げると、少し眉根を寄せてから「なに？」と答えた。

「さっきまで食堂で女の子達に囲まれていたって聞いたのに、行ったらお前がいなかったからさ、探したんだよ。宮下がお前に用があるっていうから……。お前最近全然授業に出てないだろう？　だから教室に行っても会えないだろうと思ってさ」

田村がそう言って、龍聖の隣に腰を下ろした。

「単位が足りなくなっても知らないぞ……っつーか、お前、就活もしていないみたいだけど、どーすんだよ」

宮下が少し心配そうな顔をして、龍聖を挟んで田村と反対側に腰を下ろしながら言ったので、プッと田村が噴き出した。

「こいつ留年したいんだよ……な？」

田村が笑いながらそう言うと、龍聖は憮然とした顔のままで何も答えなかった。

「え？　なに？　留年したいって……どういうこと？」

「ずっと大学にいたいんだよ」

龍聖はぶっきらぼうに答えてから、チッと舌打ちした。この件について、最近友人達から色々と聞かれて面倒臭くなっていた。

「え？　なんで？」

宮下が驚いた顔で尋ねると、龍聖は不機嫌な顔をした。

「別になんでだっていいだろう……それよりお前の用ってなんだよ」

「あ、そうそう、先月貸したギターを返してほしいんだけど……」

宮下が申し訳なさそうに言うと、龍聖は驚いた。

「え？　今は弾いていないから、返すのはいつでも良いって言っていたじゃん」

「うん、そうなんだけど、実はサークルの連中と学祭でバンドをすることになって……オレがギターを弾けるって言っちゃったからなんだけど……」

宮下はそう言って、恥ずかしそうに頬をかいた。

「えっ……あ～……う～ん、そうかぁ……」

龍聖は腕組みをして、頭を上下左右に動かしながら、かなり困って考え込んでしまった。

「え？　なに？　何かあるの？　ちょっと弾けるか試してみたいから貸してって言ったんだよね？　返してもらえないの？」

龍聖があまりにも悩むので、その様子に宮下が心配そうに慌てはじめた。

「あ、いや、うん、もちろん返せるけど……その……例えばさ、例えばなんだけど、とりあえず別のギターで代用とかじゃダメ？　借りてるあのギターじゃないと絶対ダメってことある？」

「別のギター？　どういうこと？」

宮下は驚いた表情で龍聖を見た。

「お金は出すから、宮下が好きなギターを買っていいよ。とりあえず学祭にはそれを使ってもらって、そのまま貰ってくれてもいいし、もちろん借りている宮下のギターを後から返すっていうのでもいい……とにかく今は……すぐには返せないんだ」

二人のやり取りをそれまで黙って見ていた田村がニヤニヤと笑いだした。

「こいつ、なんか家に戻りたくない事情があるらしいんだ。だからギターを取りに帰れないんだろ？」

「え？　どういうこと？」

「うるさいなぁ……」

田村の言葉に、宮下が田村と龍聖を交互に見ながら尋ねると、龍聖は口を尖らせて田村を睨んだ。

「今はどうしてんだ？　女の子のところに泊まらせてもらってるの？」

田村がクスクスと笑って言ったので、龍聖はドスッと田村の横腹を肘でどついた。

「いってぇっ……」

田村は顔を歪めて苦笑した。

「八つ当たりすんなよ」

「じゃあ、お詫びに今夜、お前の部屋に泊めろよ」

「やだ、龍聖様、オレを襲う気？」

田村がふざけた様子でそう言って、身を捩（よじ）らせてケタケタと笑った。

「お前は好みじゃないよ」

龍聖はムッとした顔でそう答えた。それからまたゴロリと寝転がる。

「マンションに帰れないんだよ……」

龍聖は溜息とともにそう呟いた。

「なに？　痴情のもつれ？」

田村が笑いながら言ったので、龍聖がギロッと睨んで拳を振り上げる。田村はそれを避けて飛び退いた。

「ったく……泊めてくれないならいいよ」

龍聖は舌打ちをして、また小さく溜息をついた。

「うちでよければ、泊まって良いよ？」

宮下が恐る恐る言うと、龍聖はガバッと体を起こして宮下の方を向いた。

「マジ？　サンキュー！　助かる!!　何日くらいいていい？」

「何日って……そんなに長く泊まるの？」

宮下はその答えに驚いて少し声を裏返した。田村は他人事のように笑っている。

「お前、彼氏とか彼女とかいっぱいいるだろう？　そこに行けばいいじゃん」

「ダメダメ」

田村の言葉に、龍聖は首を振った。

「彼女達のところに何日も泊まったりしたら、特定の恋人になったって勘違いされて面倒なんだよ……かといって、一日ずつ渡り歩くのも面倒だし……何人かのところには、一日泊まったけど、それが限度……今はホテルに泊まったりしてるけど、怖くてひとつのホテルに長居は出来ないんだ……。頼む！　一週間ずつでいいから泊めて!!」

龍聖は両手をパンッと合わせて、二人を拝むような格好をして言った。田村と宮下は顔を見合わせた。

「じゃあ……くわしくなくてもいいから、とりあえず簡単に事情をオレ達に説明しろよ。じゃないと、泊められないな」

田村が今度は笑わずに真顔で言ったので、龍聖は少し困ったような顔をしてから、ハアと溜息をついた。

「前にもちょこっとは話したと思うけど……ウチって室町時代から続く旧家で……なんか色々と面倒くさいしきたりがあってさ。本当はオレが十八歳の時に、やらなきゃいけない儀式があったんだけど、オレはそれが嫌で逃げまわって……なんとか親を説き伏せて、大学卒業したら必ずやるからって約束したんだ。だから大学を卒業したら、実家に戻らなきゃならないんだよ」

「実家ってどこだっけ？」

「金沢」

「それで、まだ今も逃げまわっているのか？」

田村が驚いたように尋ねると、龍聖は気まずい様子で、コクリと頷いた。

「卒業が近いから、夏休み過ぎた辺りから、頻繁に兄貴が様子を窺いに来たり、しょっちゅう電話をかけてきたりしてるんだ。だからマンションにはいられなくて……。下手に外をウロついていると、見つかりそうだし、でも大学の中まではさすがに追ってはこないんじゃないかって……だから留年し

たら誤魔化せるかなとか……今、色々と悩んでいるんだよ……。さっきなんて、事務長がオレを探しているなんて聞いて……食堂もやばいと思ってここに来たんだ……ああっもうどうしよう！」

龍聖はそう言って、頭を抱えて髪をクシャクシャにした。田村と宮下はまだ驚いている様子だった。

「そんなに嫌な儀式なのか？」

宮下が龍聖の顔を覗き込むようにして聞いた。龍聖はチラリと宮下の顔を見て頷いた。

「なんだかよく分かんないけど……まあ、そんなに困っているなら、しばらくウチに来ると良いよ。狭いけど……」

宮下は人の好さそうなタレ目をさらに下げて笑った。

「ウチもたまにならいいぜ、まあ、今彼女はいないし……でも襲わないでね」

田村も目配せをしてそう言った。

「お前らいいやつだな!!」

龍聖が感激して言うと、二人はゲラゲラと笑って龍聖の肩を軽く叩いた。

「でも宿代は貰うぜ」

「分かってるって、食費とか払うよ」

龍聖はホッとした様子で答えた。

「それにしても……ミスターキャンパス！　大学一美形の王子様が、そんな悩み抱えてるなんてねぇ……女子どもが聞いたら、みんなウチに来てって大騒ぎだぜ？　ゲイだけど」

「違うよ、バイだよ」

龍聖は怒って否定した。

「贅沢なんだよ、男も女もＯＫなんて……オレ達に分けろっての！」

「オレがモテるのはオレのせいじゃないし、オレが美形なのもオレのせいじゃないんだから……大体、好きでこんな顔に生まれたわけじゃ……」

龍聖はそこまで言って、眉間を寄せてから何かを考え込むように遠くをみつめた。

「とりあえずオレ達、次の講義があるから行くけど、お前はどうする？」

「オレはここにいる」

「じゃあ、また後でな」

田村達は立ち上がると、龍聖に別れを告げて校舎へと走っていった。龍聖はそれを見送りながら深い溜息をついてまたゴロリと仰向けに寝転がった。あいかわらず真っ青な空が広がる。こうしていると、平和なのだとつくづく思う。

平和な世界……それが当たり前だと思っていた。昔、自分達が生まれる前、父や祖父の時代に大きな災害が世界中で何度も起きて、天変地異だとか、地球滅亡だとか囁かれた時期もあった。

日本は幾度かの大きな災害を乗り越えつつも、少子高齢化は止まらず、人口は二千年代初頭の一億三千万人をピークに減少の一途を辿り、二千百二十六年現在では、六千万人にまで減少してしまった。

そのためか科学や文明が発達したにもかかわらず、人々には『懐古主義』の風潮が広まり、減りゆく人口に比例して、土地が余っていく中で、空き地を緑の公園に変え、便利な最先端の機械や工業製品を極力排除し、昭和時代のレトロな製品を好むようになっていた。

進んだ科学技術は、環境に優しい乗り物や機械の開発にいかされ、自然保護が世界中で重要視された。

そして子供達は貴重な存在として、国を挙げて大切にされ、学校の中はたとえ肉親でも正規の手続きを経(へ)てからでなければ簡単には入ることが出来ないほど、厳重なセキュリティで守られていた。このレトロな雰囲気の大学も、外観からは想像がつかないほど、最新の技術で守られている。

龍聖が常に大学構内に避難してきているのもそのせいだった。ここにいれば、いくら親兄弟でも、「ただ顔が見たいから」程度の理由では、入ってくることは叶わない。いつまで逃げ続けられるかなど分からない。親が学費を出してくれなくなれば終わりだし、それ以前に退学手続きをされてしまったら最後だということも分かっている。

こうして逃げ続けていられるのは、実は両親が龍聖を甘やかしてくれているからだということも分かっている。両親も、龍聖に対して負い目があるのだ。

龍聖の家、守屋家は、室町時代後期から続く、由緒(ゆいしょ)ある商家の流れを汲んだ富豪だった。だがその家にはある秘密があった。

守屋家では、代々『龍神様』を御神体(ごしんたい)として祀(まつ)ってきた。それは宗教のようなものではなく、もっと特殊な意味合いを持っていた。

遙か昔の御先祖様が、龍神様と契約を交わしたのだという。体に竜の証の痣(あざ)を持って生まれてきた男子を、代々『龍聖』と名付けて、十八歳になった時に儀式を行い、龍神様に生贄(いけにえ)として捧げる。それと引き換えに、守屋家の繁栄を約束するというものだ。守屋家は、この契約により栄えているというのだ。

なんとも古めかしい昔語りのようであるが、現代に至るまで信じられ、儀式が代々受け継がれているのだから驚く。

龍聖も、その名の通り、左わき腹に竜の三本爪と言われる不思議な形の痣を持って生まれてきた。そしてこの儀式のことも、自分の立場についても、物心ついた頃から教え込まれてきた。

両親はそんな運命を持って生まれてきた息子を憐（あわ）れに思い、とてもとても大切に育ててきた。どんな我儘（わがまま）も聞いてくれた。その我儘の果てが「東京の大学に行かせてほしい」というものだった。

本来ならば、十八歳で儀式を行わなければならない。それが嫌だった龍聖は、両親に無理に頼み込んだ。

「お願いだから大学に行かせてほしい。四年くらい待ってくれてもいいだろう？　オレが可哀想（かわいそう）だと思うなら、大学で青春をちょっとは謳歌（おうか）させてくれてもいいだろう？」

両親は、龍聖の頼みを拒むことが出来なかった。

チカチカと左手首のリストバンドが光る。腕に嵌（は）めるタイプの携帯端末だ。そのままにしていると自動的に留守録が機能して、赤い点滅が緑の点滅へと変わった。ディスプレイに兄の番号が表示されている。今日はこれで四回目だ。いくら心配しているからと言って、ちょっとしつこいだろうと、龍聖は眉間にしわを寄せた。

確かに逃げまわっている自分が悪いことは分かっている。だが両親ならともかく、兄に説教されるのだけはごめんだった。兄は家の事業を継がなければならない不自由な身かもしれないが、それでも家のために生贄にされてしまう龍聖よりは、ずっと幸せだ。

聞かされた話では、龍聖は儀式によって異世界へと飛ばされてしまうらしい。異世界とは、龍神の住む世界だ。そんな夢物語のような話をされても、信じられるはずがない。だが守屋家では、もう五百年近く代々この儀式が伝えられており、この儀式をやらないと、家は瞬く間に潰れてしまうとされている。

　ちょうど百年ほど前、高祖父の時代に、その代の龍聖が儀式を行わなかったことがあったらしい。すると守屋家には次々と不幸が続き、事業もすべて失敗し、ついには破産寸前にまで陥ったそうだ。その後遅ればせながら龍聖が儀式を行ったので、守屋家は潰れずに済み家運も盛り返した。それ以来、必ずこの儀式を行うようにと厳しく言い伝えられてきた。

　曾祖父の弟、龍聖にとっては曾祖叔父にあたる人が『龍聖』だったそうだ。祖父は幼い頃に、その儀式に立ち会い、目の前で不思議な光に包まれて、叔父が消えていなくなったのを見たと言っていた。

　そんな話を聞いてさえ、とても簡単に信じられることではない。異世界？　そんなのはＳＦの世界の話で、現実的ではない。ましてや、その『龍聖』の役割とは、龍神の生贄……つまり性的な意味でのそれで……なんで女ではなくて、男なのかは分からないが……とにかくその龍神というのは、男色を好むらしく、男が龍神の花嫁になるというのだから、夢物語もここまで来ると笑ってしまう。

　龍神の花嫁だなんて冗談ではない。ライトノベルかゲームでもあるまいし、異世界なんか行きたくない。勇者にも花嫁にもなりたくない。逃げまわるのも仕方ないと思う。

　親兄弟の誰にも似ず、突然変異と言われるくらいに、綺麗な顔に生まれてきたのも、龍神様に好まれるためだというのだろうか？

　姉から「私より美人だなんて羨ましい」と言われ、周囲の女子からは「王子様みたい」と言われ、男子からまで「学校中のどの女子より美人」と冷やかされ……そんな風に、物心ついた頃から、この顔のことを言われ続ければ、いやでも自分が美形なのだと自覚するし、それによって、性癖がおかしくなってしまったのも仕方ないと思う。

　とにかく今のオレがこんなに我が儘で、オレ様なのは、すべて周囲のせいなのだ……と、龍聖は誰に言うともなく心の中で言い訳をしながら、ぼんやりと寝転がって青空をみつめていた。

　しばらくして、また携帯端末が鳴った。左手を掲げてみると、ディスプレイのシグナルがいつもの着信のそれとは違っていた。緊急連絡のサインだ。体を起こして、ディスプレイにタッチすると、立体的な画面がホログラムとして、宙に浮かび上がった。点滅するサインにタッチすると画面が切り替わり、事務長の顔が現れた。

『守屋君、大至急、学長室へ来てほしい』

　事務長が真面目な顔でそう言った。

「え？　なんですか？」

『良いからすぐにだ。大学構内にいるのは分かっている。すぐに来ないなら、警備員がそちらに行くよ』

「は？　えっと……分かりました。すぐに行きます」

　龍聖は驚いてそう答えると、通信を切って首を傾げた。いきなりなんだというのだろうか？　さっき事務長が探していると聞いて、単位が足りないのがバレたのか、それとも親から何か連絡が行ったのかと思ったが……学長室？　警備員が捕まえに来るなんてただごとではない。そんなことをグルグルと考えながら、龍聖は仕方なくゆっくりと立ち上がり、パンパンと体に付いた枯れ葉などを払った。

「失礼します」

学長室の扉が静かに自動で開いたので、龍聖は真面目な様子で一礼してから挨拶を述べた。顔を上げて、部屋の中の様子を見るなり、絶句して顔を歪める。数秒の間をおいて、「兄貴……」と呟いた。中央にある応接セットのソファに、龍聖の兄が座っており、龍聖の姿を見ると、ハッとした様子で立ち上がった。

「龍聖、お前……」

兄が険しい顔で何か言いかけたが、すべての事情を知っているのであろう学長が、先に立ち上がり、兄を宥めるように頷いてみせて、龍聖の方を見た。目が合うと、優しげに微笑む。

大黒様というあだ名のついている学長は、とても穏やかな人物だと聞いていた。生徒達の間でも悪い評判は聞かない。龍聖は、直接こうして話をするのは初めてだったが、その優しそうな様子に、すっかり安堵して、兄の様子を気にしつつも、学長の方へと歩み寄った。

「守屋君、呼び立ててすまなかったね。非常事態だと、お兄様から伺ったので、異例ではあるが、緊急通信で君をここに呼び出してしまったんだ」

学長は少し困ったような様子を見せつつも、穏やかに説明をしてくれた。龍聖は、まだ何事か理解出来なかったが、明らかに怒りを露にしている兄を気にしつつ、学長に向かって頷いてみせた。

「お兄さん、お気持ちは分かりますが、場所を弁えて、落ち着いて話し合いをしてくださいますか？彼が連絡も取らずに、ご家族から逃げまわっていたというのは、我々もただごとではないと思っていますし、ご家族の方にも色々とご事情はあるとは思いますが、大学側としては息子さんをお預かりしている以上は、保護する責任がありますので、今回の面会に際しても身分確認など、正規の手続きを踏ませて頂いたことは、ご容赦ください」

学長は、龍聖の兄に向かって諭すようにそう告げた。兄は眉間にしわを寄せて、不機嫌そうにしつつも頷いた。

「それでこのまま連れて帰ってもよろしいのですか？」

「え!?」

兄の言葉に、龍聖はギョッとなった。

「もちろんです。が……万が一、本人が拒否する場合には、本人の意思を尊重いたします……そんなことはないでしょうが」

兄がムッとした顔をしたので、学長は宥めるように言葉を和らげた。龍聖は学長と兄の顔を何度も交互にみつめた。

『連れて帰るだって!?』

兄の言葉に驚愕したのは当然だった。それと同時に、拒否する気満々で、龍聖はジリジリと後退りした。

「龍聖……なぜ電話に出ないのかとか、なぜマンションの部屋に戻らないのかとか、色々と聞きたいことはあるが、話は後だ。とにかく今からすぐに、実家に戻るぞ……嫌とは言わせない……いや、いくらお前が我が儘でも嫌とは言わないだろう……母さんが、くも膜下出血で倒れた」

「えっ!?」

龍聖は驚いて言葉を失った。全身の血が引いていくのを感じた。

「本当は口止めされていたんだが、三週間前に、父さんが心筋梗塞で倒れた。手術して一命は取り留めたが、絶対安静で入院中だ。母さんはずっとその看病をしていて、心労が重なったんだろう。それでくも膜下出血を起こして倒れたんだ」

空港へ向かうタクシーの中で、兄にそう告げられて、龍聖はさらに呆然となった。

「一年ほど前から、会社の経営状況がよくないんだ。取引先とのトラブルが続いたり、株価が急落したり……。そんな時に父さんが倒れて、オレは父さんの代わりに、会社関係の対応をするので手一杯で、史子にも会社の方を手伝ってもらっていた。結局二人とも父さんの看病を任せっ切りの母さんのフォローが出来なかった。オレもこんなことを言いたくないんだが、会社のことといい、父さん達のことといい……なぜそういうことになっているのか、お前には分かるな？」

兄の言葉が、重く鋭く胸に突き刺さった。頭の中が真っ白になる。何も考えられなくて、真っ青な顔をしてぼんやりと宙をみつめるしかなかった。

飛行機で金沢まで戻り、実家には寄らずにまっすぐ病院へと向かった。

両親は同じ病院に入院しているようだ。

病室で母のやつれた顔を見て、龍聖はガクリとその場に崩れた。こんなに苦労をかけていたなんて知らなかった。いつも笑顔の優しい母は、そのふっくらとした柔らかな面立ちを、見る影もなくやつれさせ、真っ白な血の気のない顔で眠っていた。

父の病室へも行った。父も驚くほどに痩せて、土気色の顔で眠っていた。こんな父の姿は知らない。

我が儘放題に、逃げまわっていたツケがこれなのか……と、龍聖は茫然自失していた。病室にはいられなくて、廊下の椅子に座ってぼんやりとしていたら、会社に戻っていった兄と入れ替わりに、姉の史子が来てくれた。隣に座り、そっと背中を擦られて、龍聖は我に返って顔を上げた。

「姉さん」

「父さんも母さんも、絶対龍聖には言うなって……ずっと言っていたの。私も兄さんも、そのつもりだったんだけど……そうも言っていられなくなってね」

「父さん達、そんなに悪いの？　父さんの手術はうまくいったんでしょ？」

龍聖は今にも泣きそうになって、姉に縋るように尋ねた。

「そうなの……手術は成功したの。だけど父さんの容態は一向に回復しなくて……。母さんもそうよ。今の医学ならば、心筋梗塞も、くも膜下出血も、処置が早ければ、そんなに難しい病気ではないのに……なんだか我が家が、天に見放されてしまったみたい……あっ……ごめんなさい」

姉の言葉に、龍聖の体がビクリと震えた。史子は慌てて口を手で押さえた。

天に見放された……その言葉は、龍聖の胸に深く刺さった。まるでこれは龍神の祟りのようではないかと思ったからだ。他ならぬ龍聖が、『儀式』を執り行わずに逃げまわっていることへの罰だとでもいうような……。

「姉さん、おじいちゃん達は？」

「え？」

「おじいちゃん達は無事なの？」

龍聖がぼんやりとした口調でそう言ったので、史子は一瞬何を聞かれているのか分からなかったのかもしれない。ためらいがちに口を開いた。

「無事……ええ、無事よ。元気にしているわ。ただ歳のせいか、最近おばあちゃんは足が弱くなってるし、おじいちゃんもこの前風邪をこじらせたりしたから、今は二人とも家にいてもらっているの。ここに来ても、心配するだけだし……」

「オレ……儀式をやるよ。じいちゃん達にやってもらう……今からすぐ」

「え!? ちょっと、龍聖、何を急に……」

「さっき看護師さんに聞いたよ。父さんも母さんも、ほとんど目を覚まさないって……時々目を開けても、あまり意識もはっきりしなくて……このままじゃ危ないって……全部、オレのせいなんだろう? オレが儀式をやらなかったから……」

「龍聖、落ち着きなさい! 父さんも母さんも、そんなこと言ってないから!」

「だけど……このままじゃ……会社だって危ないんでしょ?」

「会社のことは大丈夫よ。兄さんもがんばっているし……あ、ちょっと、龍聖!」

龍聖は立ち上がると、姉を振り切って走りだした。病院を飛び出し、タクシーに飛び乗って、実家へと向かった。

「本当にいいのか?」

祖父が尋ねると、龍聖は静かにただ頷いてみせた。

「お父さん達に黙ってやるというのか?」

「父さん達には手紙を書いたから、渡しておいてよ。兄さん達の分もある」

龍聖はそう言って、封書を四通祖母に渡した。

「龍ちゃん……」

祖母は両目に涙をいっぱいに溜めていた。龍聖は祖母をギュッと一度抱きしめて、小さく「さようなら」と言った。

「おじいちゃん、決心が鈍るから、早くやってよ……」

「龍聖」

「今までごめんね。オレ、完全に誤解していたみたい」

「誤解？」

「オレ、みんなが金持ちになって、幸せになるために、なんでオレが犠牲にならなきゃいけないんだろうって、ずっと思っていた。前におじいちゃんが話してくれたこと、全然理解してなかったんだ。百年前に、儀式をやらなくて、守屋家が大変なことになった頃の話……確かに守屋家は龍神様のおかげで富を得ているかもしれないけど、別にもっとお金持ちになりたいから、儀式をやっているわけじゃなかったんだよね……儀式をやらないと、一気にすべてを失ってしまうから……不幸になるから、やらなきゃいけないんだよね。それを勘違いしていたんだ。オレ」

「龍聖」

「オレがやらなきゃいけないことも、兄さん達がやらなきゃいけないことも、別にそんなに変わらないことなんだよね。オレは兄さんみたいに、父さんの代わりに、会社の経営なんて出来ないし……オレはオレがやれることをやらないとダメなんだ」

龍聖はそう言って、苦笑しながら頭をかいてみせた。祖父母は、憐れむような顔で、龍聖をみつめていた。

「これはオレにしか出来ないことなんだよな」

「ああ、そうだな」

祖父は頷いた。龍聖も頷き返す。

「さ、さっさとやっちゃおうぜ」

「お兄さん達を待たなくていいのか？」

「……決心が鈍るからさ……オレ、末っ子の甘ちゃんだから」

祖父は龍聖の頭をそっと撫でた。


祖父が、神棚から漆塗りの箱を取り出して、床の間に置いた。龍聖はその前に正座して待った。

祖父が箱を開けて、中から銀製の鏡を取り出して、それを龍聖の右手に持たせた。それから左手の中指に指輪を嵌めさせた。指輪も銀製で、見事な竜の形の細工が施されていた。

「龍聖、その鏡をジッとみつめなさい。鏡に映るお前の顔を見るのではなく、その奥……鏡の向こうにいる龍神様を思って、龍神様の姿を見ようと思いながらみつめるのだ。そうすれば、龍神様の声が聞こえてくるだろう」

祖父にそう言われて、龍聖は戸惑いながらも言われた通りに、ジッと鏡をみつめた。

『鏡の奥って言われても……』

銀製の鏡はとても重かった。輝くように磨かれたその表面に映る自分の顔の、さらにそのずっと向こうをみつめるような気持ちで目を凝らした。

するとどこからか『リューセー』という声が聞こえてきたような気がした。

「え!?」

龍聖は驚いて、思わず近くにいる祖父をみつめた。祖父は、同じように正座をして、神妙な面持ちで、静かに龍聖を見守っていた。

『リューセー』

また聞こえた。さっきと同じ声だった。祖父の声ではない。もっと遠く深いところから聞こえてくるような声だ。

「あっ……つっ……」

その時、左の中指に嵌めていた指輪が燃えるように熱くなった。次の瞬間、左の指先から肩まで電流が走ったような痛みが走り、左腕がひどく熱くなった。龍聖は鏡を落としそうになりながら、思わず左手を押さえる。

「うわっ! な、なんだよこれ!!」

左手の手の甲から手首まで、青い染料で刺青を入れたような不思議な文様が現れていた。思わず袖をまくると、手首だけではなく、腕全体にその文様があった。

『リューセー、リューセー』

動揺する龍聖をよそに、声はどんどんハッキリと聞こえてくる。

「じいちゃ……」

思わず不安になって、祖父の方を振り返ろうとした瞬間、龍聖の体は光に包まれる。大きく膨らんだ光は一瞬の爆発するような衝撃とともに部屋中に広がり、鏡へと吸い込まれていくように消えてなくなった。

祖父母は衝撃で弾かれて、床に倒れた。二人が辺りを見回すと、龍聖の姿は忽然と消えてしまっていた。

「龍聖!!」

祖母が悲痛な声でその名を呼んだが、龍聖には届かなかった。

龍聖は辺りをキョロキョロと見回した。見慣れない部屋。豪邸の一室のような、豪奢（ごうしゃ）な装飾の施された壁や天井。調度品は、見たことのない柄（がら）や形をしている。だがどれも間違いなく高価なもののように見えた。

今龍聖が横になっているベッドだって、フカフカで大きくて、キングサイズくらいはある。天蓋（てんがい）がついていて、こんな豪華なベッドなんて、映画などでしか見たことない。

なぜいきなり自分がこんな部屋の中にいて、豪華なベッドに寝ているのか、まったくもって分からない。

目が覚めたらすでに今の場所にいた。辺りを見回しても他に人の気配はなかったが、なんだか動くに動けずぼんやりと宙をみつめる。

「落ち着け、オレ」

龍聖は小さく呟いた。混乱する頭を整理しようと思った。

実家に戻り、祖父に『儀式』をやってほしいと頼んだ。祖父は昔から神棚に飾ってあった漆塗りの箱を降ろして、中から銀製の鏡と指輪を出すと、それを龍聖に渡した。龍聖は鏡の中の龍神様をみつめろと言われて、そうしていたら不思議な声がして、左手に変な模様が浮かび上がって、それから……。

龍聖はハッとして、布団の中から左手を出すと、顔の前に掲げて見た。手の甲から手首、腕まで、紺色の不思議な模様が刺青みたいに入っている。右手で擦ってみたけれど、簡単に落ちそうにはなかった。

「あれ？　指輪……」

中指に嵌めていたはずの指輪がなくなっていることに気がついた。どこで落としたのだろう？　布団の中を探ってみたが見当たらなかった。

その時、カチャリと扉が開く音がしたので、龍聖は慌てて目を閉じて寝たふりをした。人が入ってくる気配がした。静かに扉は閉められて、これまた静かに足音も立てずに、誰かが部屋の中央へと歩いてくるのを感じた。何かを置く音がして、その人物がこちらへ歩いてくる。龍聖は緊張して身を固くした。

その人物は、ベッドの脇に立ち、龍聖を覗き込んでいるようだ。やがてそっと額に手を当てられたので、我慢出来ずに龍聖はパチリと目を開いた。

「あ……リューセー様」

驚いたのは相手の方だった。慌てて手を引っ込め、一歩後ろへと下がる。龍聖はその相手をまじまじとみつめた。まったく知らない顔……というか、どう見ても日本人ではない。西洋人っぽい顔立ちの男性だった。髪は明るい茶色をしていて、目も茶色だった。髪はオカッパで肩のところで切りそろえてあった。龍聖より少し年上だろうか？　二十代後半くらいに見える。

「申し訳ありません。起こしてしまいましたか？」

「あ、いや、ごめん、さっきから起きてたんだけど……驚かすつもりはなかったんだ。……って、あれ？　日本語？　日本語を話せるの？　外国人じゃないの？」

龍聖はゆっくり上体を起こして、ベッドの上に座り、改めてその相手を不思議そうに上から下までみつめた。

その男性はもう一歩後ろに退き、その場に膝をついて、恭しく龍聖に向かって一礼をした。

「申し遅れました。私はジアと申します。リューセー様のお側に仕えさせて頂く側近にございます。リューセー様の身の回りのことすべて、私がお世話をいたします。末永くよろしくお願いします」

「そ……側近？　え？　何？」

「リューセー様……本当に、本当に、よくぞいらっしゃいました。竜王もとてもお喜びになっています。ずっとずっと心よりお待ち申し上げていました」

ジアは言葉のひとつひとつを噛みしめるように言って、深々と頭を下げた。

「え？　あ？　ちょ、ちょっと待って、あの……オレ、ちょっと混乱しているんだけど、まず、ここはどこ？　なんでオレはここで寝ていて、貴方はなんでオレの……側近？　とか言ってるの？　なんか訳が分かんないから、説明してほしいんだけど……」

龍聖は困った様子でそうまくし立てた。ジアはひざまずいたまま龍聖の言葉を聞き、落ち着いた様子で頷いた。

「申し訳ありません。リューセー様がお困りなのはごもっともです。まずはこの国、この世界のことからご説明いたします。その前に……リューセー様は、龍神様との契約の儀式をご存じでいらっしゃいますか？」

逆に聞き返されて、龍聖は少し戸惑いつつも頷いた。

「守屋家と龍神様の契約のことだろう？　知っているよ。オレが……その……龍神様の伴侶にならないといけないって話だろう？　って……あ、れ？　じゃあ……ここって龍神様の世界なの？」

龍聖は思わずベッドから降りて立ち上がった。ネグリジェのような足もとまでの長さのある寝巻きに着替えさせられていたが、その時の龍聖はそんなことには気づかなかった。そのまま小走りで窓の方へと向かったので、ジアも立ち上がり、そっと龍聖の後ろに付き添った。

レースのような薄い生地のカーテンが掛かった大きな窓の側まで来ると、カーテンを開いて外の景色を見た。そこに広がる景色は、日本の見慣れた風景ではなかった。

赤い岩肌の険しい山々が、目の前に連なっていた。窓からはそれ以外何も見えない。地面らしいものが見えないということは、この場所はよほど高所にあるのだろうと思った。高い塔の上なのだろうか？　ビル？　龍聖は瞬時にそんなことを考えた。

澄み切った真っ青な空と赤い岩山。それが絵画のように美しかった。

「グランドキャニオンみたい……」

龍聖は呟いた。すると目の前を、スーッと何かが横切った気がした。とても大きな何かが……。

「え？　え？　うわあああ！！！」

「リューセー様？」

「あれ！　あれ！　あれ!!　ド……ドラゴンだ!!　え？　なに？　なに？　飛んでるの？　マジで本物？　え？　あれが龍神様??　ってか、わあああ!!　他にもいっぱいいる！！！」

龍聖は驚いて思わず窓から飛び退くと、部屋の中央まで後退りした。

「リューセー様、ご安心ください。あの竜達は、リューセー様には決して害を及ぼしませんので」

「あれって、龍神様なの？」

「いいえ、あの中には竜王はいらっしゃいません……いずれお会い出来ます。リューセー様、お茶をお飲みになりませんか？」

「え？　あ……うん」

ジアがひどく落ち着いているので、龍聖は一人で騒いだことが恥ずかしくなった。少し赤面しながら、ジアに勧められて、側にあった椅子に腰かけた。

テーブルに置かれたカップに、ジアがお茶を注ぐと、龍聖の前へ置いた。ふわりと花のようないい香りがした。日本茶とは違う。どちらかというとハーブティーみたいだ。カップは西洋のティーカップによく似ていた。

香りを嗅いで、一口すすってみた。ほんのりとした甘みが口の中に広がる。嫌いな味ではなかった。温かい飲み物を飲んだせいか、気持ちが落ち着いてきた。

「先ほどの話の続きをしてもよろしいでしょうか？」

ジアが恐る恐る尋ねたので、龍聖は苦笑してみせた。

「ごめん、なんかバカみたいに騒いで、子供っぽかったね。えっと……ジアさん、色々と教えてください」

龍聖は気を取り直して、ジアに向かって照れ隠しのように笑ってからそう言った。ジアは龍聖の言葉に、安堵したような表情で頷き龍聖の側に跪いた。

「私のことは『ジア』と呼び捨てになさってください。リューセー様、まずこの国は、エルマーン王国と言う、シーフォンという民族が治める王国です。シーフォンというのは、特殊な民族で、普通の人間とは異なります。シーフォンという民族は、元は竜で、遙か昔、神々の罰を受け、人の体に変えられたと言われています。ですからシーフォンは、私達と外見は変わらない人の姿をしていますが、生まれつき自分の半身でもある竜を持っています。あの空を飛んでいる竜がそれです。シーフォンの男性は一人につき一頭の竜を持っているのです。そしてこの国を治める竜王は、リューセー様が先ほど言われた『龍神様』ということになります」

「あなたはその、シーフォンとかいう人ではないの？」

龍聖が尋ねると、ジアは微笑んで首を振った。

「私はアルピンという種族です。シーフォンの庇護の下、この国の民として暮らしています。シーフォンが神からの罰で人の姿に変えられた時に、この世界で最もか弱い人種である我々アルピンを守ることを約束させられました。だから私達は、竜王……シーフォンの王を神のように敬い仕えるとともに、シーフォンに守られてこの国で暮らしているのです」

龍聖は腕組みをして難しい顔で聞いていた。

「なんか……分かるようで分からないな……一度に聞いてもなぁ……それ、後で紙に書いておいてくれます？」

「はい、この国の歴史や成り立ちなどについては、後日改めて学んで頂きます」

ジアは微笑みながら答えた。

「やっぱり異世界に行くって本当だったんだなぁ……」

龍聖はしみじみと呟いた。嘘だと思っていた。いや、『異世界』なんて、信じろと言う方が無理な話だ。でも本当に来てしまったのだ。異世界に……。

「あ！　そうだ！　オレ、龍神様に謝らなければならないんだ。龍神様に会いたいんだけど、会えますか？」

「リューセー様、申し訳ありませんが、今はまだお会い頂くことは出来ません。もう少し、リューセー様がこの世界に慣れ、この世界のことを知り、ご自分のなさるべきことを理解されました時、お会いになれるでしょう」

「それはいつ？　オレ、すぐにでも会いたいんだ。会って謝って、怒っているなら許してもらわないと困るんだ」

龍聖が必死の形相(ぎょうそう)でそう言うと、ジアは小首を傾げた。

「リューセー様が何を心配なさっているのか分かりませんが、陛下はリューセー様のことを怒ってなどいらっしゃいません」

「だけど、オレ、十八歳の時に儀式をやらなきゃいけなかったのに、逃げまわってずっと延ばし延ばしにしてて……だから龍神様が怒って、守屋家に災(わざわ)いをもたらしたんだろう？　会社が倒産しそうになったり、父さんと母さんが病気で倒れたり……父さんと母さんが死にそうなんだ。だから……だから早く許してもらわないと困るんだ。オレはそのために来たんだから……。龍神様に許してもらって、父さん達を元気にしてもらうためなら、オレ、なんだってするから……だから……頼む！　会わせてくれ!!」

龍聖はジアに縋りつきながら、必死で訴えた。必死になって頼み込む龍聖に、ジアは狼狽(うろた)えたように、なんとか龍聖を宥めようと言ってくる。

「リューセー様、本当に大丈夫ですから、どうぞお立ちになってください。陛下は怒ってなどいらっしゃいません。すぐに会えないのは、色々と事情があるのです。そのことについても、これから順を追ってご説明します。それにご心配なさっている件ですが、リューセー様がこうして無事にこちらの世界にいらっしゃったのですから、何も問題ないと思います。守屋のお家にはすぐに元通りの平和が戻るはずです。ですからどうか落ち着いて、椅子におかけになってください」

ジアは、子供を宥めるように、龍聖を落ち着かせようとする。とりあえず立って、椅子に座るように促(うなが)された。ジアは龍聖の顔と同じ高さに向かい合うように腰を屈(かが)めて、龍聖の顔を覗き込んでくると、優しく微笑んだ。

「リューセー様、先ほど申し上げました通り、私達は……いえ、陛下は本当にリューセー様が来てくださって喜んでいるのです。ですから何も心配なさることはありません。どうぞ心穏やかにお過ごしください。そして早く、この世界に慣れて頂けますよう、それが一番の願いです」

「ジアさん」

「ジアとお呼びください」

ジアは微笑んで言うと、体を起こしてまっすぐ立った。

「あの……ありがとう」

龍聖はちょっと恥ずかしくなって言った。ジアは微笑んで頷く。

「お礼など必要ありません。私はリューセー様の側近です。リューセー様が、お心を煩(わずら)わせることのないようにすることも、私の務めです。困ったことや辛いことがありましたら、なんなりと遠慮なくおっしゃってください」

龍聖はしばらくポカンとした様子でジアをみつめていたが、気を取り直して再びお茶をすすった。そしてハアと溜息をついて、カップを置くとガシガシと頭をかいた。

「あ～～……ごめんなさい。オレって本当になんというか……子供みたいでダメなんだよなぁ……二十歳を過ぎたいい歳の大人だっていうのに、甘やかされて育てられたもんだから、すぐ感情的になっちゃうし、頭の悪いことをすぐ口に出して言うし、考えなしなんだよね……軽いって言われるし……お坊ちゃま気質って言うのか……堪え性もないし……。分かってるんだ。オレ、もう大人なんだから、こういうところは直してしっかりしないとダメだって分かっているんだけど……あ～～、そう簡単には直らないんだよな」

龍聖の言葉に、ジアはクスクスと笑った。

「リューセー様……失礼ですが、私はそんなリューセー様で本当に嬉しいです。安心いたしました。私もこのように主人にお仕えするのは初めてなので、少しばかり不安だったのです。きちんとお世話が出来るのだろうかと……。しかしこうしてお会いして、とても素直で優しいお方だったので、本当に嬉しく思っています。きっと陛下もリューセー様を気に入られると思います」

「そうかな？」

「はい」

ジアが微笑んで頷いたので、龍聖もつられて微笑んだ。

その日は色々な質問をジアにして、ひとつひとつ教えてもらって過ごした。だが部屋から出ることは叶わず、食事も一人でとることになった。テーブルに用意された料理は、和食を真似したようなものが多く、味も美味しくて、たくさん食べることが出来た。明日から本格的に、この世界についての勉強を始めると説明を受けて、その日の夜は早めの就寝となった。

だが龍聖は、なかなか眠ることが出来なかった。

窓から差し込む月明かりで、部屋の中は蒼白く照らされていた。天蓋をみつめながら、ぼんやりと色々なことを考えていた。

『儀式』をして、本当に『異世界』に来てしまった。夢みたいだけれど、夢ではなかった。ここは、地球のどこかってわけではなく、本当に『世界』自体が違うのだ。もうこの世界のどこを探しても、どんな乗り物に乗っても、日本に戻ることは出来ないのだ。

『儀式』というものについて、物心ついた頃から教えられてきていたのに、ずっと話半分にしか聞いていなかった。大人達が真面目な顔で『龍神様の世界』なんて言うものだから、それがちょっと面白いと思ったくらいだった。信じてなんかいなかった。だって、誰が信じるだろうか？　こんな非現実的なこと。

どういう仕組みで、この世界に来たのかさえも分からない。気がついたらもうここにいた。そして『儀式』でこの世界に来ることが出来るのは、『龍聖』だけで、父や兄では身代わりになれないのだ。生まれた時から、自分の運命は決まっていた。そしてそれに逆らえば、代償を払わなければならなくなる。

龍神様が守屋家に災いをもたらすわけではないのだ。五百年以上の長きにわたって、守屋家が大小に限らず受けてきた恩恵は、本来受けるはずのものではなく、運命や自然の摂理に反して、この異世界の住人である『竜王（龍神）』が、契約の代償として与えてくれたものだ。その、五百年間に蓄積されたすべてのものを失ってしまうだけのことなのだ。

だが五百年かけて貰った富や幸運の積み重ねを、一気にすべて失うのだから、当の本人達にとっては、とてつもない喪失で、地位も名誉も財産も、そればかりか肉親の命まで失いかねない。

自分や兄弟や両親も皆、恩恵の結果存在する命だ。五百年前の契約で、加護を受けて繁栄していなければ、守屋家はとっくに潰(つい)えていた家なのかもしれない。

災害や戦争、降りかかる不幸なんていくらでもあったはずだ。日本史の授業で「嫡子(ちゃくし)が生まれずお家断絶」なんて家があることも習った。普通の商店だって、後継ぎがいなくて店を畳んだ……なんてよく聞く話だ。

そんなことが五百年間まったくなくて、こうして富を築いて栄えてきた守屋家。それを当たり前だと思っていた自分。だから『儀式』のことなんて、真剣には考えていなかった。

なぜ代々の『龍聖』が、家のためにこの世界に来ていたのか……もっと考えておくべきだったのだ。自分がそれくらい賢(かしこ)かったら、きっと両親は倒れることもなかったのだろう。

十八歳の時に、この世界に来ていたら、誰も不幸になんかならなかった。こんな我が儘息子のために、どうして両親はそれを許してくれていたのだろう？　祖父母だってそうだ。誰よりも『儀式』の重要さを知っていたのに、なぜ無理強いしなかったのだろう？

「まったくオレって、つくづく情けない男だな……」

自分が情けなくて、涙が出てきた。

もうこれ以上、情けない男にはなりたくない。『龍神様の花嫁になるなんて嫌だ』なんて思っていたけれど、そんなことを言っている場合じゃない。もうこれ以上の我が儘は言えない。両親には元通りに回復して、元気になってほしい。会社も持ち直してほしい。兄達を楽にしてあげたい。どうせもう二度と、あの世界には帰れないのだ。死ぬまでここで暮らすしかないのだ。ならば自分のやるべきことをやろう。後世の守屋家の人達に恥ずかしくないような『龍聖』になろう。

龍聖がそう決意した時、ふと脳裏に祖母の言葉が浮かんだ。

『守屋の家が繁栄するのは、向こうの世界で龍聖が、龍神様を喜ばせて満足させているという証なんだよ。龍神様が幸せだと思ってくれれば、その分だけこっちの世界も幸せのお裾分けを貰えるんだ。お前に良いことが起きたら、お前の前の龍聖のおかげだと思うんだよ』

子供の頃、祖母に何度も言われた言葉だったのに、今まですっかり忘れていた。『じゃあ僕も龍神様を喜ばせて、おばあちゃま達を幸せにしてあげるね！』と、確か言っていた気がする。

なんでそんな大事なことを忘れていたんだろう？　なんで行きたくないなんて我が儘を言いだしたんだろう？　龍聖は再び自分自身の愚かさに涙が出そうになった。

両手で顔を覆った。大きく深呼吸をすると、ごしごしと乱暴に顔を擦る。

この世界の人達は、今までのダメダメな、我が儘オレ様の龍聖のことは知らない。生まれ変わったつもりで、龍神様の花嫁にでもなんでもなってやろう。王様に、すっごい気に入られて、メロメロにさせて、その分向こうの世界に、いっぱい幸せなことが起こるようにしてやろう。

そんなことをグルグルと考えている間に、いつの間にか龍聖は眠ってしまっていた。


「ああ〜〜〜！　ちょっとたんま！　休憩させて！」

龍聖はテーブルに顔を伏せて泣き言（ごと）を言った。だがジアは、別に怒るわけでもなく、微笑みながら立ち上がると「ではお茶を淹れましょうね」と言った。

龍聖は目の端で、お茶の用意をするジアの姿を見ながら、大きな溜息をついた。

人間そう簡単に生まれ変わることなんて出来ない。ジアが「甘やかしてくれる人物」だと分かった途端にもうこうだ。甘え気質は、そんなに簡単には直らない。

エルマーン王国の歴史について学んでいたのだが、まだたぶん三十分も経っていないというのに、ギブアップしてしまった。だってシーフォンとか、アルピンとか、魂精とか、難しい言葉が多くて頭が混乱してしまうのだ。

別に元々頭が悪いとか、勉強が嫌いとか、そういうわけではないのだが、龍聖はとにかく集中力が続かないのだ。昔から、すぐに飽きて放棄してしまう癖がついていた。

コトリと耳元で、カップを置く音がしたので、龍聖は顔を上げてジアを見た。

「ジア……ごめんね」

「大丈夫ですよ。まだこの世界に来て二日目ですから当然です。まったく違う世界のことを覚えるのですから……。時間はありますから、ゆっくりと覚えましょう。とりあえず陛下との婚礼までに、大体の概要だけ覚えて頂ければ大丈夫ですから」

「婚礼!?」

「はい、そこで初めて陛下にお会いすることになります」

「え？　それまで会えないの？」

「はい」

「ええ〜〜！　そんなぁ〜！」

龍聖はがっかりして、またテーブルに顔を伏せてしまった。

顔も知らない相手と結婚するのか……そう思ったら、また不安になってきた。

結婚と言っても、龍神様との契約の儀式のようなもので、たぶん普通の結婚とか夫婦とか、そういうものとは違うと分かってはいても、いくら生贄のようなものだといっても、せめて事前に相手の顔くらいは知っておきたかった。

顔だけじゃない。見合いみたいにせめて一日くらい話をさせてもらったりして、龍神様がどんな人かくらいは知りたかった。

『いや、待てよ？　人かどうかも分からないよね。ジアは人の姿になっているって言っていたけど、元が竜でしょ？　あの……空を飛んでいるドラゴンでしょ？　クリーチャー系はちょっとニガテなんですけど……そういう人（？）とセックスしなきゃいけないのかな？　花嫁になるってことはたぶんそういうことだよね？　それともオレは男だし、龍神様も人間とは違うから、セックスはしないのかな？　まさか獣姦みたいな感じ？　わあ……かなり特殊プレイ……そういうのって抱くのも辛いけど、抱かれるのもどうかな……』

龍聖がテーブルに顔を伏せたまま、うんうんと唸(うな)りはじめたので、ジアは龍聖が具合でも悪いのかと心配した。

「リューセー様、大丈夫ですか？　少し横になられますか？」

おろおろとした声で尋ねると、龍聖はいきなり勢いよく顔を上げた。

「遠くからでも良いから、ちょっとで良いから顔とか見れないの？　龍神……竜王様ってどんな人？どんな姿をしているの？　顔は？　どんな感じ？」

まくし立てられて、ジアはしばらく目を丸くしていたが、少し間をおいて噴き出すと笑いはじめた。

「なに？」

「……失礼……しました。リューセー様は本当に素直でかわいらしいお方ですね」

ジアは慌てて笑いを堪えると、龍聖に向かってそう言った。

「か、かわいらしい？　オレ、一応、カッコイイ系のつもりなんだけど」

龍聖は赤くなりながら、少し不満そうに唇を尖らせて答えた。

「性格の話です。……そうですね……一応、陛下に伺ってみますが、慣例では婚姻まで目通りすることは出来ないことになっています。それは先ほど説明した『香り』のせいなのですが……」

「ああ、なんかフェロモンみたいなのが互いに出て興奮しちゃうってことだよね……なんかいやらしいなぁ……それ、婚礼の時とか大丈夫なの？」

龍聖が頬を上気させながら、ニヤニヤと笑って言ったので、ジアは冷静に頷いた。

「王妃の指輪があれば、抑えることは出来ます。でもそれは婚姻の儀式で、竜王より授(さず)かるものです。それまでは嵌めることが出来ませんから……」

「指輪！　忘れてた！　オレの指輪を知らない？　儀式の時に嵌めてたんだけど……」

「たぶん向こうの世界にあると思います。次のリューセー様の儀式の時に使いますから」

ジアに即答されて、龍聖はポンッと膝を叩いた。

「あ、そっか！　良かった～……失(な)くしたかと思って焦っていたんだぁ」

龍聖はハハハハと笑って頭をかいた。その様子を、ジアは微笑みながらみつめていた。

王の私室に、ジアは呼ばれていた。扉を叩くとシィンレイが現れて、ジアの姿を確認すると中へと招き入れた。広々とした部屋の窓際に、長椅子が設えられていて、そこにレイワンが身を横たえていた。いくつもクッションが重ねられ、上体を凭れさせている。

「陛下、お呼びでしょうか？」

ジアは入口から入ってすぐのところで、ひざまずいて深々と頭を下げた。

「ああ、リューセーはどうしているかと思って、様子を尋ねたかったのだ」

レイワンは、低くて穏やかな声でそう尋ねた。

「はい、降臨されて三日になりますが、お体の調子もよろしいようで、健やかでいらっしゃいます。最初はやはり、初めての世界に戸惑いを覚えていらっしゃいましたが、とても順応が早く、今のところご不満もなく、日々をお過ごしでいらっしゃいます」

「そうか」

レイワンは微笑みながら頷いた。

「なかなか来ないから、よほどこちらへ来るのが嫌だったのではないかと案じていたんだ。そんなに嫌々ながら来たのであれば、臥せっているのではないかと心配していた。私の伴侶になることを嫌がってはいないかい？」

「そのことですが……」

ジアが何か言いかけたが、躊躇している様子ですぐに口を閉ざしてしまった。

「なんだ？　言ってくれ」

　レイワンが促すと、ジアは一礼した。

「はい、リューセー様は、来るのが遅れてしまったことをとても後悔されておいでです。この世界に来た初日から、陛下に謝罪したいと、何度も申されていました。一度陛下にお会いすることは叶わないかと……それは必死で頼まれるので、私もどうしたものかと悩んでいたところです」

「リューセーが私に会いたいと？」

「はい」

　レイワンは驚いたように聞き返した。体を起こそうとしたので、側にいたシィンレイが介助する。

「ジア、君から見て、リューセーはどんな人物だ？　率直に申してみよ」

「はい、とても素直でかわいらしいお方だと思います」

「素直でかわいい」

「はい、感情の起伏が激しくて、割となんでも忌憚なく口に出してしまわれるので、ご自分ではそれが欠点だと思っていらっしゃるようですが……私はとても素直な性格だからなのだと思います。リューセー様はとても明るくて、人を惹きつける魅力をお持ちです。我が儘なところがあるようですが、それを憎めないと思わせる魅力をお持ちです。きっといつもたくさんの人に囲まれていらっしゃったのでしょう。物怖じしないところがあり、陛下の伴侶としては、申し分ないお方だと思います」

　ジアの言葉を黙って聞いていたレイワンは、話が終わってもしばらく考え込むように動かなかった。

「そんなことを言われると、会ってみたくなるではないか……これからリューセーのところへ参ろう」

レイワンが笑みを浮かべてそう言ったので、ジアは驚いて飛び上がるように立ち上がった。同時にシィンレイもとても驚いた。

「い、今からでございますか？」

二人が同時にそう言ったので、レイワンは微笑みながら頷いた。

「ああ、そうだ。婚礼までそんなに日もないし……いや、少し顔を見るだけだよ。部屋には入らない。扉を開けて、廊下から声をかけよう。それならいいだろう？」

レイワンが楽しそうに言うので、ジアは困ったようにシィンレイを見た。シィンレイは心配そうな顔をしている。

「陛下、しかしそのお体では、あまり無理をして動きまわられない方が、よろしいかと思います……婚礼の儀式まで安静にしておられる方が……」

「大丈夫だよ。リューセーが来てから、なんだか調子が良いんだ。気の持ちようと言うのだろうか？不安がなくなると、体調も良くなるらしい」

レイワンは嬉しそうにそう言いながら、ゆっくりと立ち上がった。シィンレイが慌てて体を支えようとしたが、レイワンはそれをやんわりと断るように、軽く手を挙げた。

「王妃の私室はすぐそこじゃないか……それくらい歩けるよ。リューセーが私に会いたいと言ってくれているんだ。こんなに嬉しいことがあるかい？　それを聞いたら、気になって婚礼まで待てないよ。もう十分すぎるくらい待ったんだ。……本当に……本当に私のリューセーが来てくれたのか、この目で確かめさせておくれ」

穏やかにレイワンが言うと、シィンレイは根負けした様子で「分かりました」と答えた。

シィンレイはジアに指示して、警護の兵士を十人ほど集めさせた。

「陛下、私の肩をお使いください」

シィンレイが隣に並んで言ったので、レイワンは頷くと、右手をシィンレイの肩に乗せて摑まりながら、ゆっくりと歩きだした。

レイワンが目覚めてから、間もなく二十年になる。リューセーが降臨しなかったため、長く魂精を貰えない状態が続き、レイワンの体はすっかり衰弱していた。こうして介助がなければ、一人では歩けないほどだ。だがレイワンの言う通り、今日はずいぶん調子がいいようだ。肩を摑むレイワンの手が、それほどシィンレイを頼っていないと感じて、シィンレイは内心驚いていた。しっかりとした足取りで歩いている。

ジアは先に部屋を飛び出すと、兵士に王の警護の指示をした。王の私室から、龍聖のいる部屋まで、そんなに遠いわけではない。兵士達は警護というよりも、レイワンが倒れた時に助けるために集められたようなものだ。

龍聖のいる部屋までの廊下の両脇に、兵士達がずらりと並んで、レイワンを見守った。先にジアが行き、部屋に辿り着くと扉をノックして中へ入った。

「リューセー様、陛下をお連れしました」

「え!?」

龍聖は一人で一生懸命、本を読んで勉強しているところだった。突然のことに驚いて、本を床に落としてしまった。ガタンと音を立てて、椅子を倒しそうな勢いで立ち上がると、ジアの顔と扉の方を交互に見た。

「へ、陛下って……龍神様のこと？　え？」

まだ状況を把握出来ないままでいると、扉の向こうに一人の男性が姿を現した。その姿を見て、龍聖は驚いて目を丸くした。

なぜならその人物の髪が真っ赤だったからだ。『赤毛』のそれではない。本当に真っ赤なのだ。深紅と言っていいほど、目に眩いほどの赤い髪……真っ赤な長い髪のスラリとした長身の男性。その顔は、今まで見たことがないくらいに、目鼻立ちが整っていて美しかった。

きりりと太い男らしい眉、筋の通った形のいい鼻、切れ長の目は金色の瞳をしている。唇の形もほどよい大きさをしている。

龍聖は上から下まで舐めるようにみつめて、感嘆の息を漏らした。

『すっげえ！　めちゃめちゃ超美形なんですけど！　……これが龍神様!?』

龍聖は瞬きをするのも忘れて、竜王の姿に見入っていた。

「リューセー……お前がリューセーだね？」

『この声！　知ってる……鏡の中から聞こえた声だ！』

ハッとして、そう思ったらいてもたってもいられずに、いつの間にか走りだしていた。ダッと竜王の下へ駆け寄ると、足元に膝をついて、両手もついて土下座をした。

「龍神様！　あの……オレ、儀式をするのを引き延ばして、来るのが遅れてしまって、本当に申し訳ありませんでした。どうかお許しください！　父や母を助けてください！　悪いのはオレなんです。どうかこの通りです。オレは龍神様のためならなんでもするから、どうか守屋家を見捨てないでください!!」

龍聖の突然の行動に、レイワンはおろか、ジアやシィンレイや兵士達もとても驚いて大騒ぎになった。ジアが駆け寄って、龍聖を立ち上がらせようとしたが、龍聖は額を床につけるように、深々と土下座をしたままびくとも動かなかった。

「リューセー様、いけません！　どうかお立ちになってください！」

慌てるジアが、懸命に龍聖を説得するが、龍聖はまったく聞く様子がなかった。

「リューセー！　ああ、なんということだ……さあ、顔を上げて、そんなに謝らないでくれ」

レイワンも腰を落として、龍聖の肩を摑むと、顔を上げさせた。

「私は怒ってなどいないから……今まで通り、守屋家の安泰（あんたい）を約束しよう」

目の前に、とても美しい王の顔があった。龍聖は思わずぼんやりと見惚れてしまった。とてもいい香りもする。体の芯がビリビリと痺れて、いやらしい気分になってしまうような香りだ。これがジアから教わった竜王と龍聖が互いに惹かれ合う香りなのだと思った。

『キスしたい』

龍聖は一瞬そんなことを考えたが、思うよりも先に体が動いていた。

「龍神様！」

抱きつくように両腕を、レイワンの首に回して、唇を重ねていた。レイワンはとても驚いたが、抵抗は出来なかった。甘い魅惑の香りに抗（あらが）うことは出来ない。龍聖の柔らかな唇から、熱い力の源（みなもと）が流れ込んでくるような感覚に捕らわれた。魂精をもらっているのが分かる。その心地好さに、レイワンは身震いがした。

龍聖は唇を離して、うっとりとした表情で甘い息を吐いた。

「すごい気持ちいい……こんなキス初めてだ……」

龍聖が頬を上気させながら呟いた。その唇を今度はレイワンの方から重ねて塞いだ。噛みつくような勢いで唇を吸われ、舌を絡められて、龍聖は体の奥が熱くなった。むらむらと湧き上がる性欲に、今にも達してしまいそうだ。鼻孔をくすぐる媚薬のような香りのせいだけではない。吸いつくような唇が、絡めあう舌が、触れ合う体が、すべてが互いを求め合い気持ちを高ぶらせていた。

龍聖はレイワンの口づけから逃れて、苦しげにハアと息を吐いた。

「龍神様……龍神様……」

「リューセー」

「龍神様……このままエッチしよう……ねえ、セックスしよう。もっと気持ちいいことしよう」

龍聖はそうレイワンの耳元で囁いた。その甘い誘いに、レイワンはリューセーの体を強く抱きしめて、抱え上げながら答えた。

「皆、部屋からすぐに出よ」

「陛下!」

ジアもシィンレイも、驚いてなんとか止めようとしたが無理だった。竜王の命令には背けない。部屋から追い出されて、扉は固く閉じられた。

「陛下!」

「兄上!」

レイワンは龍聖を抱き上げたまま、奥の寝室へと向かった。体中に力が漲っていた。龍聖との口づけで、手足の先まで熱い力が行き渡った。これが魂精かと身震いがした。あんなに衰弱していたのが嘘のようだ。今はただもっと欲しいという欲望が体の中を渦巻いていた。

寝室の扉も閉めて、足早にベッドまで行くと、そっと龍聖を下ろした。龍聖は両腕をレイワンの首に絡めたままで、誘うように口づけた。レイワンはそのまま龍聖に覆いかぶさり、深く唇を吸った。

「んっ……んふぅっ……」

龍聖は口づけられて、背中が痺れるような快感に襲われた。たまらず喉を鳴らす。レイワンは唇の間に舌を滑り込ませると、龍聖の舌に絡めて愛撫した。龍聖の舌もそれに応えるように絡みついてくる。さらなる快楽を求めて、激しく舌を絡め合った。唾液が口の端から漏れようとも構わずに、わざと音を立てるように、甘い吐息を漏らして、弄り合うように口づけた。

下半身が熱い。すでに龍聖の性器は固く勃ち上がっていた。今にも射精してしまいそうなくらいに昂っている。先走りの汁が次々と溢れている。口づけながら、我慢出来ないというように、龍聖が腰を押しつけてきた。腰をゆすって、レイワンの体に固くなった性器を押しつけて擦ることで、より強い快楽を求めているようだ。

レイワンもそれに煽られるように、興奮が高まっていく。自分が今、何をしようとしているのか、考える余裕はなくなっていた。腰に当たる龍聖の性器を自分の性器と一緒に握って上下に擦る。

「あっあぁっ」

龍聖は思わず声を上げて身を捩らせた。ビクビクと腰が震える。それだけで達してしまっていた。こんなに早くいくなんて、今までにない。気持ち良すぎて頭が変になってしまいそうだった。

「リューセー」

レイワンが熱い息遣いで名前を呼んだ。

「龍神様、龍神様」

「私の名はレイワンだ」

「レイワン……」

「そうだ」

龍聖はうっとりとした顔で、目の前の端整な王の顔をみつめた。黒い瞳が潤んでいる。レイワンはみつめ返して頬に口づけた。

「美しい」

レイワンはそう囁いて、また唇を重ねる。魂精が流れ込んでくる。体が熱くなり、心臓が爆発しそうなほど、激しく鼓動を打つ。血液が凄まじい勢いで、体の隅々まで流れていくのを感じた。頭がぼうっとして、何も考えられなくなる。レイワンの下で、甘い声を上げながら悶える龍聖を、ただただ『欲しい』と思った。

龍聖の着ている服を、乱暴に剝ぎ取ると、すらりと伸びた足を摑み、左右に広げながらその中心に顔を埋めた。性器を口に含み強く吸ったり、舌で舐め上げたりした。

「ああっあぁっ……ぃやあっあっ……ダメ……」

龍聖がせつない声を上げて、身を捩らせた。

レイワンは性器から口を離すと、足の付け根に舌を這わせる。そのまま後孔まで舌先を伸ばし、入口を愛撫するように、丁寧に舌と指で解しはじめた。

『ヤバイ……気持ち良すぎる……こんなの初めてだ……』

龍聖は身悶えながら、朦朧とする意識の中でそんなことを思った。

男とセックスをすることには抵抗はなかった。龍聖は元々バイを自称している。男性とのセックスは初めてではない。いや、むしろ女性とよりも好んで多くやったかもしれない。男同士の方が、互いに快楽のツボを知っているから、より気持ちいいと感じる。行きずりの相手とのセックスにも抵抗はない。気持ちいいことが優先だった。

だから今、初対面の異世界の王様と、こんなことになってしまっていても、まったく不思議ではなかった。

「あっあっあっ……早く……早く入れて……」

龍聖がうわ言のように呟いた。それを聞いたレイワンが、舐めていた孔に指を差し入れる。龍聖の中を指でかきまわすと、龍聖は腰を揺らして喘いだ。

「あっあんっあっ……もっと……もっとかきまわして……奥まで……もっと奥まで入れて……」

龍聖の誘いに、レイワンは欲情をかきたてられた。体を起こして、龍聖の両足を抱え込んだ。柔らかく解した孔に、亀頭の先を押し当てる。ゆっくりと押し込んで、肉を割るように孔をこじ開けた。ぬるりと太い亀頭の部分が中に入ると、あとは難なく挿入することが出来た。ググッと深く押し入ってくる肉塊の熱さに、龍聖は悲鳴とも喘ぎともつかない声を漏らしていた。

「んんんっんっ……あっあああっあ――っ」

太くて熱い肉塊が、体の中をいっぱいに押し広げながら入ってくるのを感じて、龍聖はただ喘ぐしかなかった。半分ほど入ったところで、レイワンがユサユサと腰を揺さぶりはじめると、龍聖は泣くようにせつない喘ぎ声を漏らす。龍聖は体を貫かれて、内壁を擦られて、鈍い痛みのような痺れと混じって、体の奥にずっと溜まっていた疼きが、どんどん大きくなっていた。口からは喘ぎ声しか出ない。

レイワンは、何も考えられず、ただ本能のままに腰を動かしていた。硬く勃起した男根が、自分の体の一部とは思えないほど、制御出来なくなっていた。今にも爆発しそうだが、ひどく疼いて快楽を求める。龍聖の中はとても狭くて熱かった。柔らかな内壁が、男根に纏わりついてくるようで、腰を激しく動かして、亀頭を擦りつけた。

こんな快楽は初めてだった。爆発する……頭の中が真っ白になって、龍聖の中に勢いよく精を吐き出していた。

「ああっあっあ――――っ！」

二人の喘ぎが重なった。

レイワンは腰を揺さぶり続けながら、さらに深く挿入していく。射精が止まらず、残滓まで絞り出すように抽挿を繰り返した。

「あっあぁっ……気持ちいい……気持ちいいよぉ……もっと奥まで突いて……」

龍聖が恍惚とした表情で呟いた。両手を伸ばして、レイワンの首に絡めると、口づけをねだった。

レイワンはむさぼるように、龍聖の唇を吸い、腰を前後に動かした。男根を根元まで入れると、ゆさゆさと腰を揺すった。

「あっあぁっ」

龍聖は両足をレイワンの体に絡めて、もっと繋がっていたいと誘っているようだった。

「リューセー……リューセー……」

レイワンは何度も名を呼び続けながら、再び龍聖の中に射精した。

「あっあぁっ……あぁ――っ……んんっんっ」

龍聖は全身を朱に染めて、ぶるぶると小刻みに震えながら、あまりの快楽に頭の中が真っ白になっていた。

『気持ち良すぎて死んじゃう……』

薄れゆく意識の中で、そんな言葉が浮かんだ。


レイワンは意識を取り戻して、しばらくぼんやりと宙をみつめていたが、体の変化に気づき我に返った。起き上がると驚くほどに体が軽い。いや……激しい運動をした後のような、気怠い疲れは体に残っているが、きついという感じはしない。何よりも満たされている感覚が大きかった。

長いこと力を失い枯渇していた体が力を注ぎ込まれて、細胞のすべてに活力が漲っているようだ。空腹が満たされたような、からからに乾いた干物が新鮮な魚に戻ったような、そんな不思議な感覚がする。

「リューセー！」

大切なことをすぐに思い出した。名を呼びながら隣に横たわっている青年をみつめる。漆黒の髪の美しい青年が、一糸纏わぬ姿で眠っている。少し眉間にしわを寄せていて、額にはうっすらと汗が滲んでいた。悪夢でも見ているのかと、レイワンは心配になって、肩を揺すって起こしてみた。

「リューセー、リューセー」

すると龍聖はゆっくりと目を開けた。しばらくぼんやりとした表情でいたが、レイワンと視線が合うと、一瞬驚いたように大きく目を見開いて、再び顔を歪めながら目を閉じた。

「リューセー？　大丈夫かい？」

「……お腹が……すっごく痛い」

「え？」

「痛い……いてててっ……痛い、痛い！」

龍聖がしきりに腹痛を訴えるので、レイワンは狼狽えながらも、龍聖を抱き起こして、長衣を羽織らせた。

「しっかり……そんなに痛いのかい？」

「痛い、痛いよ……もうだめ……死にそう……ジアを呼んで！」

龍聖にそう言われて、レイワンは慌てて立ち上がり、衣を羽織りながら、寝室の外へ飛び出した。

「ジア！　ジアはいるか!?」

居間を見回したが、誰もいないので大きな声で呼ぶと、外へと続く扉が勢いよく開いて、ジアとシィンレイが飛び込んできた。

「陛下！」

「兄上、どうなさったのですか!?」

「リューセーが、腹が痛いと言って苦しんでいるんだ！」

血相を変えたレイワンがそう言うと、ジアとシィンレイは顔を見合わせた。

「シィンレイ様、医師をお呼びください」

「分かった！」

ジアはシィンレイにそう言って、すぐに寝室へと駆けていった。

「失礼いたします！　リューセー様！　大丈夫ですか？」

「大丈夫じゃないよ！」

ジアが声をかけると、悲鳴のような龍聖の声が返ってきた。龍聖は体を丸めてベッドの上に蹲っている。ジアは駆け寄り、龍聖の背中を撫でた。

「我慢出来ませんか？」

「出来ない！　早くなんとかしてよ！　オレ、痛いの嫌いなんだよ！　痛いよ！　痛い～！　死ぬ～！」

「死にませんよ、リューセー様、落ち着いてください」

ジアは龍聖の腰の辺りを摩りながら、宥めるように優しく言った。

「無理！　痛いの無理！　死ぬ！　痛い！」

龍聖はまるで子供のようにわめきだした。

「ジア、リューセーはどうしたんだ？　大丈夫なのか？」

「陛下……リューセー様と性交をなさったと思いますが……陛下がリューセー様と契りを交わせば、リューセー様の体がどうなるかご存じのはずです」

「え……」

ジアは落ち着いた口調で、側でおろおろとしているレイワンに向かって言った。レイワンは一瞬何のことかわからなかったが、やがて思い出した。

「あ！」

レイワンが事態を把握したところで、シィンレイが医師を連れて戻ってきた。

「連れてきたぞ！」

「リューセー様、具合はいかがですか？」

医師が龍聖に尋ねるが、痛いと繰り返すばかりだ。大騒ぎになってしまって、レイワンは青ざめた顔で立ち尽くしていた。

「とりあえず急ぎ、竜王の間へお連れすることが最善かと思われます」

医師がレイワンに向かってそう言ったので、レイワンは何度も頷いた。

「よし、すぐに行こう！　リューセー、少しばかり我慢してくれるか？」

「やだ！　我慢とか無理！　少しも無理！　痛い！　痛い！　早くなんとかして！　痛い！」

駄々（だだ）をこねはじめた龍聖に、皆が当惑して、しばし動きを止めた。医師とジアが顔を見合わせる。

「眠って頂いたら……」

「ああ、そうですね、そういたしましょう」

ジアの提案に医師が名案とばかりに頷き、持ってきたカバンの中から薬を取り出した。ジアは水の用意をする。二人がかりで龍聖を宥めながら、薬を飲ませた。

レイワンとシィンレイは、何も出来ずにただ見守っている。

しばらくして龍聖が静かになった。薬が効いて眠ったようだ。皆が安堵の息を漏らす。

「す……すまなかった」

落ち着いたところで、レイワンが頭を下げて謝罪をした。

「兄上……」

シィンレイが、困ったように何か言おうとしたが、堪えて言葉を飲み込んだ。

「陛下と交わった後の、リューセー様の体の変化については、我々ではどうすることも出来ませんから、変化が終わるまで痛みを堪えて頂くしかありません。竜王の間にいれば痛みが和らぎますから……あちらにお運びすることが最善かと思います」

医師が改めてそう提案すると、ジアも頷いて同意した。

「陛下、リューセー様の体の変化には、かなりの痛みは伴いますが、死ぬほどのことはありませんからご安心なさってください。過去のリューセー様の中にも、竜王の間以外の場所で交わり、痛みに耐えた方はいらっしゃいます。こんなに大騒ぎになることはまれですから……」

顔色を変えて心配しているレイワンを、ジアが気の毒そうに宥めた。

「しかし……まあ……なんとも……賑やかなお方ですな……いきなりリューセー様が平伏して大声で謝罪を始めたのには驚いたし、リューセー様から口づけをされたのにも驚きましたし……まさかそのままお二人で寝室に行ってしまわれるとは思わず、それにも驚きましたが……」

シィンレイが溜息とともに呆れたように言うと、ジアがプッと噴き出してしまい、慌てて口を押さえた。それにつられてシィンレイも笑いだした。

「あれからどれくらい経ったのだろうか？」

レイワンが気まずい思いで尋ねると、ジアが笑いを堪えながら首を振った。

「それほどの時間は経っておりません。ふた刻ほどです」

「すまない、私が悪いんだ……本当にすまない」

レイワンが何度も頭を下げるので、シィンレイがレイワンの肩を叩いた。

「結果的には良かったのではないですか？　兄上もすっかりお元気になられたし……色々と案ずる間もなく、無事に契りを交わすことが出来たようですし……順番は逆になってしまいましたが、とりあえずこのまま竜王の間へいらっしゃってください。婚礼の儀式は戻ってこられてから、改めて行いましょう。兄上はそれまでに、じっくりとリューセー様とお話をなさって、今回のことも含めて誤解のないように、仲良くなってくださいね」

シィンレイが笑いながら言うので、レイワンは少し赤くなって、また「すまない」と言って頭を下げた。

龍聖が目を覚ますと、目の前が赤かったので、驚いて勢いよく起き上がった。

「そんなに急に起き上がると危ないよ」

隣から声をかけられて振り向くと、深紅の髪の超絶美形な青年がいた。彼のことはもちろん知っている。龍神様だ。

「あれ……あの……ここは？」

龍聖は色々と聞きたいことがあったが、見慣れない辺りの様子についてまずは聞いてみることにした。

「ここは『竜王の間』の中の一室だよ。私と君が婚姻の儀式を行った後、しばらくの間過ごす場所なんだ」

「……え？　あれ？　婚姻の儀式っていうの……やったっけ？」

さらなる疑問が出来たので、龍聖はそのまま口にしていた。

「婚姻の儀式はしていないよ」

レイワンはとても穏やかな口調で答える。

「え？　でも……え？　っていうか、この部屋、なんで赤い光なの？　非常灯でも点いているの？」

「ヒジョウトウ？　それは知らないけれど、この光はそこにある竜王の宝玉が発している光なんだ。初代竜王ホンロンワン様の宝玉だよ。とても強い力を持っていて、この部屋の中を、ホンロンワン様の力で満たし、私達を守ってくれているんだよ」

「……なんかよくわかんないけど……えっと……オレ、龍神様に会って……謝ったよね？　それからどうしたんだっけ？」

龍聖は腕組みをして、う～んと考えはじめた。

「君が平伏したままでいるから、それを止めさせようとして、近づきすぎて私も君も互いの香りに囚われてしまったんだよ」

「それって……」

龍聖は驚き、目を丸くして、目の前のレイワンをじっとみつめた。

「ああ！」

突然龍聖が大きな声を上げたので、レイワンも驚いたように目を丸くした。

「オレ……龍神様とセックスしちゃったよ……ねぇ？」

「セックス？　……ああ、性交のことかな？　そうだね。やってしまったね」

苦笑するレイワンを、龍聖はまだ目を丸くしたままでみつめる。

「どうしたんだい？」

レイワンに尋ねられ、龍聖は少し赤くなって視線をうろうろとさせた。

「えっと……だっていきなり龍神様とセックスするなんて、やばくない？　あ、えっとその、怒られちゃうかなって……」

レイワンはクスリと笑った。

「大丈夫、怒られはしないよ。どちらにしても、婚姻の儀式の後、私達は契りを交わさなければならなかったわけだし……。ただ、まあ順番とか……場所が悪かったね。ああ、そうだ。お腹はもう大丈夫かい？　とても痛がっていただろう？」

レイワンに言われて、ようやく思い出し、龍聖は自分のお腹を押さえた後、不思議に思ってレイワンをみつめた。

「痛くない」

「良かった……あんまり痛がるから心配したんだよ」

「だってものすごく痛かったんだよ！　なんていうか……お腹の中にエイリアンがいて暴れまわっている感じ！」

「エイリアン？」

レイワンは首を傾げた。

「薬を貰ったから、それが効いたのかな?」

「あの薬は眠り薬だよ。君をここに運ぶのに、あんまり痛がるから少し眠っていてもらったんだ。この部屋にいれば、痛みも和らぐし、体の変化も早まるからね」

「さっき言っていた竜王の宝玉の力とかってやつ?」

「そうだよ」

レイワンは微笑んで頷いた。龍聖が黙り込んだまま、まじまじとレイワンの顔をみつめはじめると、レイワンは困ったように苦笑した。

「どうかしたのかい?」

「龍神様って、オレが想像していたのとは全然違うと思って……」

「それは……どう違うのだろう? がっかりした感じかい?」

龍聖はぶるぶると激しく首を振った。

「違う違う! むしろ思っていたよりも何倍も良い! すっごい超絶美形だし、すっごい優しいし……龍神様、本当に優しい……怒ってないんだね?」

「怒っていないよ。なぜ私が怒るんだい?」

レイワンがとても優しく笑みを浮かべて聞き返すので、龍聖は頬を赤らめてレイワンの顔に見惚れてしまった。

「龍神様、マジかっこいい……こんなに綺麗な顔の男の人見たことないし、背も高いし、大人で優しくて……ああ、女の子でなくても惚れるよ」

「惚れる? リューセーは私のことを気に入ってくれたのかい? それなら嬉しいよ」

「気に入る！　気に入る！　むしろ今のところ、嫌な部分が見つからない……それにセックスもすっごく良かったし！」

　龍聖はそう言うと、色々なことを思い出してしまい赤くなった顔を両手で覆って甘い溜息をついた。

「そうだった……いきなりあんなことになって申し訳なかった。私が悪いんだ。あそこで我慢しなければならなかったのに……長く魂精を貰っていなかったから、体が飢えていて……」

「こんせい……あ！　それ習った！　魂精ってオレが持っているんだよね？　それを龍神様にあげるのが、オレの使命でもあるんだよね？　オレが来るのが遅れたから、龍神様は空腹状態だったんだ！　ごめんなさい。本当にごめんなさい。さあ、いくらでも取っていいですから！　どんどん取ってください！」

　龍聖が両手を広げて言ったのがおかしかったのか、レイワンはクスクスと笑いだした。

「もう十分貰ったから大丈夫だよ。ありがとうリューセー、君は優しいんだね」

「そんなこと……」

　龍聖は赤くなって俯いた。本当に目の前にいる『龍神様』は、龍聖の想像とはまったく違った。外見だけではなくて、中身まで良いなんて……。実際のところは、まだ少ししか知らないけれど、その優しさに偽りがあるようには思えない。そもそも龍神様……神様で、この国の王様で、龍聖には想像もつかないくらいに、ものすごく偉くて位の高い人なのに、少しも威張ったところがない。

　龍聖が来るのが遅くなったことを怒っていないと言うけれど、普通は建前ではそう言っても、まったく怒っていないなんてことないはずだし、多少は態度に出ても良いはずなのに、この目の前の人は、とても優しく笑う。龍聖を見つめる眼差しが本当に優しくて、慈しみを感じて、なんだか愛されているような錯覚まで覚えてしまう。それはセックスしたせいなのかと思うと、恋愛しているみたいで恥ずかしい。まだ会ったばかりだというのに……。

「リューセー、私のことはレイワンと呼んでおくれ、私達は夫婦になるのだからね……あ、そのことも知っているよね？」

　レイワンが気遣うように尋ねてきたので、龍聖はレイワンの目を見て頷いた。

「向こうの世界でちゃんと聞いてたよ。オレが龍神様の花嫁になるってこと……。具体的にそれがどういうことなのか……オレ達の世界でいうところの『花嫁』の意味で合っているのか分からないけど、昔は『生贄』って言い方をしてて、でもそうじゃないって……龍聖は死ぬわけじゃなくて、龍神様の世界に行って、龍神様と一緒に暮らして幸せになるんだって……龍神様が幸せになれば、守屋の家も幸せになるんだって、そう聞かされていた。オレは子供の頃、なんで男なのに花嫁なんだろうって思っていたけど、まあ大人になったら別に男同士でもそういうことがあるんだって分かったし……それにオレ、男の人とも付き合ったことあるから大丈夫！　あ、やばい！　もしかして、清い体じゃないとダメでした？」

　ころころと表情の変わる龍聖をみつめながら、レイワンは嬉しそうに微笑んだ。

「そんなことはないから心配しなくてもいいよ。私自身は気にしないから大丈夫だ。ただ……君が恋人をあちらの世界に残してきて、心残りがあるのならば……」

「ああ！　ないない！　違います！　オレ、今まで特定の恋人とかいなかったから！　大丈夫です」

　龍聖は全力で否定した。またレイワンが微笑む。

「君は……ジアの言う通り、本当にかわいらしい人だね」

「え？」

「素直で、よく笑い、怒ったり泣いたり、忙しくて……君に邪気がないのがわかるよ。とても素敵な人で嬉しい」

「わっ！」

レイワンの言葉に、龍聖は耳まで赤くなり、恥ずかしさのあまり両手で顔を隠した。

『イケメンは、言うことがいちいちかっこいい！』

龍聖はそう思って顔から火が出そうだった。

「どうしたんだい？」

「いや……あの……なんか……龍神……レイワン様がオレのことを気に入ってるみたいで……」

「ああ、もちろん気に入っているよ。君のことが好きだ」

「いきなり告白！」

龍聖は、わーっと叫びたいような気持ちになって、両手で顔を覆ったまま俯いた。

「またお腹が痛いのかい？」

レイワンが不思議そうに尋ねてくる。

「ち、違います！　レイワン様がそんなこと言うから……恥ずかしくて……」

「そんなこと？」

レイワンは言っている意味が分からないというように首を傾げた。

「はあ……やっぱり王様はそういう言葉を言い慣れているのかな……ああ、もしかしてハーレムとかあります？　美女をいっぱいはべらせているとか？」

「まさか、とんでもない！　私の伴侶はリューセー、君だけだよ。私は一生、君ただ一人を愛する。他など必要ない」

龍聖は指の隙間からレイワンを見た。レイワンはとても真剣な表情をしていた。真剣な表情で、そんな恥ずかしいことを言うなんて！　と思って、龍聖は恥ずかしさに身悶えそうになった。

『なんだよ……プレイボーイかよ！　エッチも上手だったし……なんかオレ、全然後悔してないよね？　この人と結婚するとか、むしろラッキーって思ってない？　っていうか、オレ、この人に惚れてない？　先にこの人が相手だと分かっていたら、とっくの昔に儀式をやっていたのに……なんて思っちゃいそう……』

「何か疑問があるならなんでも聞いてくれていいよ。君が誤解していることがあれば、それはすべて晴らしたいんだ。私の伴侶になることを少しでも嫌だと思っているなら、悲しいからね」

「嫌っていうことはないけど……そもそも、もう自分の世界には帰れないんだし、これ以上父さん達に不幸になってほしくないし……。オレは決心したんです。絶対龍神様を満足させて、幸せだと思ってもらうって……そして守屋家も幸せにするって……今までの龍聖がそうしてきたように……ってあれ？」

龍聖は話しながら、何かが引っかかって首を傾げた。

「レイワン様はオレだけって言ったけど……オレの前の龍聖は？」

「君の前のリューセーは、私の父の伴侶だよ。私にとっては母だった人だ」

「レイワン様のお母さん……え？　あれ？　前の龍聖も男だよね？」

「リューセー……子供のことは聞いていないかい？」

「子供のこと……」

龍聖は言われて少し考え込んだ。昨日までにジアから教わった話の中に、そんな話があった気がする……と思ったが、首を振った。

「ジアから聞いたけど……あれはそういうたとえでしょう？　龍神様は神様だから、ちょちょっと作れるんじゃないの？　ほら、神話とかでもあるだろ？　木の股から生まれたとか、神様が土人形に命を吹き込んだとか……なんかそういう感じのこと」

レイワンは龍聖の話を聞きながら真面目な表情で頷いた。

「神様はもしかしたらそんなことが出来るかもしれないけど……実際我々は、元々竜だったのに、このような人の姿に変えられてしまったし……でも私は神様じゃないから……もちろん普通の人間とも違うし、魔力も使えるけど……子供はリューセーと性交をして作るんだよ。君が私の子供を身籠って（みごも）くれればいいんだけど」

「身籠る!?」

龍聖はその普段は使わない難しい言葉を聞いて、思わず大きな声で叫んでいた。意味は知っている。それはつまり妊娠するってことのはずだ。

「オレは男だから」

「分かっているよ。君は普通の人間だ。人間の男は子を孕（はら）まない。だが私と……竜王と交わることで、君は普通の人間の体ではなくなる。最初に向こうの世界で、儀式の時に竜王の指輪を嵌めただろう？　あれで君は少し体が変化したんだ。リューセーの体に変わりはじめた。そして私と交わることで、リューセーの体に完全に変わった。お腹が痛くなったのもそのせいだよ。君のお腹の中に、子供を作るための器官が出来たんだ。そして寿命も私達と同じように長くなった」

龍聖は話を聞きながら、目を白黒させて、自分のお腹を押さえた。

「オ、オレ……人間じゃなくなったの？」

「そんなことはないよ。リューセーはもちろん人間だよ。私のことはどう思う？　人間には見えない？」

「え……に、人間です。髪の色が不思議だけど、でもそれ以外は……」

レイワンは微笑んだ。

「そう、『人間』というものをどういう括りで言うかによって、意味も変わってくると思うんだ。私もリューセーも人間だよ。だけど私達はとても長命で、三百年とか四百年とか生きる。人間の寿命はせいぜい六十年や七十年だよね。それから我々シーフォンの男性は体を竜と人間のふたつに分けて生まれてくる。そして私……竜王は卵から生まれる」

「卵……」

龍聖はぽかんと口を開けてレイワンをみつめた。レイワンは頷く。

「じゃ、じゃあ、オレは卵を産むの？」

「そうだよ」

龍聖は、う～んと唸りながら頭を抱えて俯いた。しばらく唸ってから、ぱっと顔を上げてベッドから飛び降りると、レイワンは驚いた顔をした。

「無理！　無理無理！　無理！」

龍聖はそう叫びながら、扉を開けて部屋の外へと飛び出した。すると眩い光に包まれるような錯覚を覚えて、目を強く瞑り足を止めた。

「わっ……」

龍聖はそっと目を開けて、辺りを見た。目が慣れてくるとそこはとても広い部屋だということが分かった。床も天井も白い大理石のようなもので出来ていて、高い天井は一面が輝いているように光っていた。その光に満ちた白い部屋の眩しさで目が眩んだのだ。

「リューセー！」

後ろからレイワンに声をかけられ、龍聖は慌てて駆けだした。部屋の中央に大きな丸いテーブルと椅子があり、そこまで行くとテーブルに両手をついて、大きな溜息をつきながら項垂れた。

「無理無理……無理無理無理無理無理……無理！　無理だよ～！　卵を産むって……えぇ～……」

龍聖は俯いたままそう叫んで、また溜息をついた。そしてぎゅっと強く目を閉じると考え込んだ。

『無理……無理だよな？　どう考えても無理だよな？　卵を産むって……え？　どういうこと？』

龍聖は混乱していた。あまりの衝撃に思考が追いつかない。

『オレが？　産むの？　卵を？　オレ、人間だよね？　え？　でももう人間と違う体になったっていうし……お腹が痛かったのって、オレのお腹に女の人の子宮みたいなのが出来ちゃったのかな？　ヤバい……それってほんとヤバくない？　意味分かんない……』

「リューセー」

レイワンの呼び声に、龍聖はぎくりとした。恐る恐る振り返ると、先ほどの部屋から出てすぐのところに、レイワンが立って心配そうな顔でこちらを見ている。龍聖は眉間にしわを寄せると俯いて、右手をパッと前に突き出した。

「待って……あの、ちょっとだけ待ってください！」

大きな声でそう言って、再び背を向けると、またテーブルに両手をついて項垂れた。大きく深呼吸をする。

「オレ、冷静になれ」

小さく呟いた。

『無理だけど……だけど……今までの龍聖は、みんな産んできたってことになるんだよね？　あの人も、前の龍聖のことを母って言っていたし……つまり……決して無理な話じゃないってことか……』

龍聖は再び、う〜んと唸りはじめた。

覚悟をしたはずだ。生まれ変わると……。父が倒れて、母が倒れて、会社が倒産寸前で、守屋家が破滅の危機で……全部自分のせいだと思ったから、がんばって儀式をしたはずだ。龍神様に尽くして、虜にして、幸せだと思ってもらって、守屋家のみんなを幸せにすると誓った。

ここで卵を産むことを拒んだらどうなる？　龍神様を怒らせたら……遅れてきても怒ってないよと言ってくれた優しいレイワンも、さすがに怒るんじゃない？　だって子供を産まないとだめなんだよね？　絶対……。

龍聖はそんな風に考えながら、一生懸命ジアの話を思い出していた。

『竜王が死ねば、シーフォンは……竜族は滅びてしまいます。ですから竜王の命の素である魂精は、絶対に欠かせないものです。それと同じく、竜王の世継ぎも残さねばなりません。世継ぎが生まれなければ、それもまた竜族が滅びる原因となってしまうのです』

「だよねぇ……」

龍聖は思い出したジアの言葉を、頭の中で反芻して呟いた。

『魂精をあげられるのはオレだけで……竜王の子供を産めるのもオレだけ……って、めちゃめちゃオレの存在って重要じゃん！　そりゃあ龍聖が来なかったら、守屋家が滅ぼされそうになるのも当然だな……って、え？　そうだよ！　竜族が滅びるってことは、守屋家も滅びちゃうってことじゃない？　え？　そうだよね？』

龍聖はそう思ったら、ますますパニックに陥ってしまった。

「わあ～～!!」

頭を抱えると、両手で髪をくしゃくしゃにかきまわした。

「リューセー」

すぐ後ろで声がしたので、龍聖はびくりと体を震わせた。

「リューセー……その……君が子供を産むのが嫌ならば、産まなくても構わないよ」

レイワンのその言葉に、龍聖は驚き、ものすごい勢いで振り返った。目の前にレイワンが立っていた。こうして並ぶと、レイワンは龍聖よりも頭ひとつ分くらい大きかった。龍聖は少し見上げるような形でみつめる。

「何を言ってるんですか？」

龍聖は呆然としたまま言った。レイワンは落ち着いた様子で、むしろ龍聖を心配するように表情を曇らせている。

「何って……だからそんなに嫌なら……」

「何言ってるんですか！」

龍聖はつま先立ちになり、レイワンの顔に顔を近づけるようにして、怒っている口調でもう一度言った。その勢いに、レイワンは怯んで目を丸くした。

「産まなくて良いわけないだろ!? 世継ぎがいないとだめなんだろう? オレ、ちゃんとジアから聞いてるから! それともそう言っておけば、オレを宥められるって思ってるの?」

「そんなつもりはないよ……産まなくて良いと言ったのは、私の本心だ。私は、君がこの世界に来てくれただけでも、十分にありがたいと思っている。本当に、心からそう思ってる。だからそれ以上を君に望むことは出来ないんだ。我々の都合に君を巻き込んで、君を不幸にするくらいなら……」

「待って!!」

レイワンの話を遮るように、龍聖は大声で怒鳴った。

「待ってって、オレ……さっき言ったよね!? ちょっと考える時間をくれよ……正直に言うと、かなりパニックになってる。子供を本当に産むなんて、しかも卵を生むなんて、そりゃあジアから聞いていたけど、さっきも言ったようにたとえだと思っていたから……本当にオレが妊娠して出産するのかと思ったら、どうしたらいいのか混乱してしまったんだ。そりゃあ嫌だよ? だけど……嫌だって言って済む話じゃないことも分かっているからさ、だから悩んでいるんじゃん……だからちょっと待ってって言ったんだよ。なのにそんな……それ本気の本気で言っているならオレも本気で怒るよ!」

「リューセー……だけど……」

レイワンがなおも言おうとするのを、龍聖はキッと睨みつけた。レイワンは驚いていたが、やがて微笑みを浮かべて苦笑すると、ひとつ息を吐いた。

「リューセー……少し話をしよう。長くなるかもしれないから座らないかい?」

レイワンに促されて、龍聖は怒った顔のままで、素直に椅子に腰かけた。レイワンも向かい合うように座る。

「君がなかなか来てくれなくて、私は魂精が枯渇してどんどん体が衰弱していったんだ。その時に私は色々と考えた。……二代前の九代目竜王の時も、リューセーがなかなか来なくて、竜王が私と同じような状態になった。その前の八代目リューセーは、世継ぎを産んですぐに不慮の事故で……亡くなった。それまでエルマーン王国は初代から二千年近くの長きにわたって、竜王とリューセーの歴史を紡いできて、大和の国からリューセーが来てくれることが当たり前だと思っていた。だけど突然リューセーが死んでしまうこともあるし、来ない場合もあるということが分かって……というか、そういう可能性を考えなければならないのに、今まで一度も考えていなかったということに気がついたんだ」

龍聖は驚いてレイワンをみつめていた。なぜならレイワンが、穏やかな表情で、そんな深刻な内容の話をするからだ。

「私自身も、こんなことにならなかったら、改めて考えることはなかったと思う。でも私は考えた。君がなぜ来ないのか……どう考えても答えはひとつしかなくて……異世界になんて行きたくないから行かない。普通に考えてもそれくらいしかないだろうって……。リューセー自身がそう思うだけじゃなくて、リューセーの両親や兄弟が、大切なリューセーを手放したくないと思うんじゃないかって思った。衰弱して、このまま私が死ねばシーフォンが滅びると思った時、一日でも長く生きて家族を……兄弟をなんとか助けたいと思った。弟達も私の苦しみを肩代わりしたいと思ってくれていた。……でも自分達と同じように、リューセー側にも家族がいるんだ」

「レイワン様……」

レイワンの眼差しはとても静かだった。すべてにおいて達観しているように感じた。レイワンはまだ若い。たぶん龍聖よりも少し年上というだけだ。寿命が違うから、実際には龍聖よりもずっと長く生きているだろうけれど、体や心の成長はきっと相応のはずだ。それなのにこんなに落ち着いているのは、死を覚悟したせいなのだろうか？

「リューセーが来てくれないと困るというのは、こちらの都合なんだ。リューセー達には関係のない話だ。たとえ家が滅びることになっても、リューセーを渡さないと覚悟されてしまったら……それを我々が責めることは出来ない。だから……君が来てくれたことは奇跡なんだ。私は命を救われた。これ以上君に望むのは図々しいというものだ」

龍聖は最後に微笑んだレイワンを見て、眉根を寄せると唇を噛んで俯いた。

「一人なら……」

「え？」

龍聖の声が小さかったのか、レイワンが聞き返してきた。龍聖はゆっくりと顔を上げて、まっすぐにレイワンをみつめた。

「一人ならそうだと思うよ……それはオレも貴方も、オレの家族だって……みんな同じ気持ちだと思うよ。だけど一人じゃないから難しいんだよ」

レイワンは龍聖の言葉に首を傾げた。

「それは……」

「行きたくないってオレは思って逃げていた。……その罰をオレが受けるならそれでも良かった。だけど家族まで巻き添えにするなら話は違う。それは父さん達も同じで……嫌がるオレに無理強いすることが出来なかった。貴方だってそうだろう？　だけど……オレ一人のために守屋家が滅びてしまうのは嫌だ。貴方も貴方一人のために一族が滅びるのは嫌だろう？　そうしたら自分一人が犠牲になればいいやって思える。きっとみんながみんなそう思ったから、こんなことになっちゃったんだろ？　オレの家族の誰か一人でも、みんなのことを思って心を鬼にして、オレを無理やり異世界に送れば済んだことなのにさ……。だから貴方も心を鬼にしないとだめだと思うんだよ。一度、オレのせいで死にそうな目に遭って、一族を不幸にしかけたんだろ？　だったらさ、もう諦めたらだめだよ」

「リューセー……だけど私は……」

「オレだってもう引き下がれないんだよ！」

龍聖は叫んだ。

「もうこの世界に来ちゃったんだ。元には戻れないんだ。ここで一生、死ぬまで生きていかなきゃいけないんだから。だったら自分の役目をすべてやるしかないじゃん！　子供を産むことを止めても、何ひとつ良いことなんてないんだから……そのために守屋の家が滅びちゃったら、オレは何のためにこの世界に来たんだよ！　貴方の優しさは間違ってる。オレの甘やかし方を間違ってるよ！」

龍聖は鼻息を荒くしてまくし立てると立ち上がった。両手を腰に当てて仁王立ちでレイワンを睨みつける。

「オレの夫になるんなら覚えておいてよ！　オレはすごく我が儘で、甘えん坊なんだ。優しくされるの大好きだから、いくらでも甘えて我が儘言うんだから！　……貴方みたいに大人で優しい人に弱いんだから！　貴方は妻になるオレをめいっぱい愛して、甘やかして、それで子供のことなんて出来た時に考えようって、宥めすかせばいいんだよ！　さっきみたいに気持ちいいエッチは、大好きなんだからさ……オレ、貴方とエッチしたくないなんてひと言も言ってないだろう？　もうすでにやっちゃったんだからさ……もしかしたらさっきので妊娠したかもしれないじゃん……だから……」

「リューセー……」

レイワンも立ち上がった。龍聖は頬を染めてレイワンを見上げる。

「無理とか、嫌だとか、オレが騒ぐのはいつものことなんだよ……これからもあると思うから覚えておいてよ。それで貴方は、その優しさでずっと……オレを甘やかしてよ。オレのこと好きならさ……」

龍聖はそこまで言うと、照れ臭くて視線を逸らした。

「好きなんだろう？」

龍聖が赤くなりながらそう尋ねると、答えるより先にレイワンが両手を広げて、龍聖を抱きしめた。

「もちろんだよ。いや……好きじゃない。愛してる」

「ちょっ……会ったばかりだろ！　愛してるって……」

真っ赤になって照れ隠しに文句を言う龍聖を、レイワンは微笑みながら、ぎゅっと強く抱きしめた。

「むぐっ」

龍聖はレイワンの胸に顔を埋める形になって、文句を言えなくなってしまった。だがそれが嬉しくて、大人しくレイワンの胸に顔を押しつけた。薄い生地の長衣一枚なので、レイワンの体温を頬に感じる。

「父に昔言われたことがあって……。会ったこともない相手と婚姻するなんてって心配かもしれないけど、リューセーを一目見たらすぐに恋に落ちるよって……。本当かな？　って半信半疑だったんだけど、本当だった。君が私のリューセーで良かったと思うよ」

龍聖は耳まで赤くなって聞いていた。

今まで告白されたことはたくさんある。男から口説かれたことも何度もある。だけどそのどれとも比べられないほど、胸にきゅんとくるのはなぜなんだろう。

なんだかすごく嬉しい。満更でもない。いや……惚れる。

「リューセー、話が途中だったから、まだ少し話をしてもいいかい？　君があの部屋を飛び出す前の話の続きなんだ」

「え？　ん……良いけど……」

龍聖が少し顔を上げると、レイワンが下を覗き込んで微笑んだので、龍聖はまた赤くなった。

「すぐに済む話だけど、大事な話だから……」

レイワンが前置きをしたので、龍聖はこくりと頷く。

「本当は婚姻の儀式をしてから、この竜王の間に二人で来るんだ。理由はさっきも少し話したように、ここは竜王の宝玉の力で守られているから、契りを交わして君の体が変化する時に痛みを緩和してくれるし、変化の作用を後押ししてくれるから早く体が出来上がる……ここで三日ほど籠って、ひたすら子作りに励まなければいけないっていう決まりなんだ」

「え!?」

「初対面の二人が、じっくり互いを知り合うための場でもあるんだ。誰の邪魔も入らないから、こうしてただ話をしてもいいいし、何をやってもいいんだよ」

「じゃあ……あの部屋に戻ってエッチする？」

龍聖がにやりと笑って言うと、レイワンは驚いた顔をした。

「だってそのための部屋なんだろう？　それともオレとはもうやりたくない？」

戸惑うように言葉を失っているレイワンに、龍聖は煽るように言った。

「やりたくないなどということはないけど……リューセーはいいのかい？」

龍聖は返事をするかわりに、唇を舐めて誘うような眼差しで微笑んだ。


「あっあぁんっあっ……」

横たわるレイワンの上に跨(また)がって、背を反(そ)らしながら龍聖は甘い喘ぎを漏らす。レイワンが突き上げるように腰を動かすたびに、嬌声(きょうせい)を上げてしまう。

「ああっ……深い……すごく奥まで届いてる……」

龍聖は荒い息遣いで、自らも腰を揺らしながら恍惚として呟く。二人ともすでに何度か射精しているため、交わり合うその部分は、精液で濡れていた。

「ああ……あっあぁっあっ……だめ……またいっちゃう……気持ちいい……気持ちいいよぉ……」

湿ったいやらしい音を立てながら、腰を小刻みに痙攣(けいれん)させて、龍聖は幾度目かの絶頂を迎えた。

レイワンは起き上がると、龍聖の体を抱え込み、さらに腰を揺さぶり続ける。

「あっあっあっ……レイワン……だめ……もうだめ……死んじゃう……気持ち良すぎて死んじゃう……」

龍聖は泣くような声で何度も呟き、レイワンの首に両腕を絡ませてしがみついた。

「うっ……くぅっ……リューセー……」

レイワンが激しく腰を揺すり、体を硬直させると、龍聖の中に熱い迸り(ほとばし)を注ぎ込んだ。大きく肩を揺らして荒く息をする。二人は何度か口づけを交わし、体を離してベッドに倒れ込んだ。

龍聖はうつ伏せに横たわり、ベッドに顔を埋めながら乱れた息が収まるのを待った。気怠い疲れはあるが、良い運動をした後のような満足感に満たされていた。こんなに気持ちのいいセックスは初めてだ。よほどレイワンと体の相性がいいのだろう。そんなことをぼんやりと考えていたら、おかしくなってきて笑いが零れた。

「リューセー？　どうしたんだい？」

隣で仰向けに横たわっているレイワンが、突然笑いだした龍聖を不思議そうにみつめて声をかけてくる。

「ん……レイワン様と……」

「レイワン」

「あ……レイワンと相性がいいんだなぁって思って、なんかあんなに色々と悩んでいたのがバカバカしくて」

龍聖は顔だけレイワンの方へ向けると、ニッと笑ってそう言った。レイワンは少し目を見開いて、龍聖の言葉を考えているような顔でみつめてくる。龍聖はそんなレイワンの顔をまじまじとみつめて、またニッと笑った。

こんなに間近で見ても驚くぐらいに綺麗な顔。なんだか作り物みたいで、何度見てもただただ見惚れてしまうのだが、彼はこの国の王様で、龍神様で、自分の夫なのだと思うと、本当に不思議だと思う。どんな小説や漫画や映画よりも非現実的だ。

目に眩いほどに燃えるような深紅の髪が、彼の美しさをさらに際立たせている。普通ならば、こんな奇抜(きばつ)な色の髪はウィッグでしかありえないし、浮いて見えて似合う人なんてそうそういない。だけど彼にはもうこの髪の色しか考えられないほど似合っている。金色の瞳も綺麗だ。ともすれば爬虫類(はちゅうるい)のように硬質に見えてしまいそうな瞳は、彼の性格が映し出されているように柔らかくて優しい。

その性格は、優しくて穏やかで、懐(ふところ)が深くて、龍聖が何を言ってもすべてを受け止めてくれる。甘やかしまくって、大切にしてくれる。

彼の顔をいつまで見ていても飽きないし、大好きだと思った。そして彼とのセックスは中毒になってしまいそうなほどに気持ちいい。

顔も完璧、性格も完璧、お金持ちでセックスも良い。自分の結婚相手として、こんな相手を振る理由なんてあるのだろうか？

子供を産むって話も、龍聖は痛みに弱いので『出産なんて痛そうで嫌だ！』というだけで、それさえクリア出来るのならば、男が子供を産むということに、特に抵抗はない。世間体？　常識？　そもそも男と結婚している時点で、一般的に言う「普通」とは違うのだし、ここは龍聖のいた世界ではない。この国の王様は彼で、王様がＯＫなら何も問題はないのだから、問題があるとすれば龍聖が「産むのがＯＫかどうか」という部分だけだろう。

『まあ……子供が出来ちゃったら考えよう』

龍聖はすでにそんな風に考えていた。

「私の顔に何かついているかい？」

レイワンが微笑みながら穏やかに尋ねる。

『この人のこういう話し方がすごく好き……声も低くて柔らかいし、言いまわしっていうの？　なんかすっごくいい』

「リューセー？」

「あ、ううん、綺麗だな～って思って見ていたんだ」

龍聖はそう答えて、ふふふと笑った。

「綺麗なのは君の方だよ」

レイワンもそう言って、ふふふと笑った。

「ねえ、レイワンさ……ま……レイワンはオレとのセックスが初めてだったんだろ？　童貞だったんだろ？」

龍聖はまだ「レイワン様」と言ってしまいそうになるのだが、そのたびにレイワンから注意されるので、一生懸命呼び捨てに慣れようとがんばっていた。

「そうだよ」

「それで……どう？　オレとのセックス」

「どうって……なんと答えればいいのかな？」

「え？　気持ちいいとか悪いとか、率直な感想を聞きたいんだよ。そりゃあ、ちゃんと興奮して勃起もしているし、オレの中で何度も射精しているから、気持ちよくないってことはないと思うけど……

そういうことじゃなくてさぁ……生理現象的なことじゃなくてぇ……オレを抱くことが良いって思っ

ているのか……そのぉ……オレの体を気に入ってる？　夢中になりそうとかさぁ」

龍聖は頬を上気させながら、興味津々で尋ねた。レイワンは少しばかり考えて、恥ずかしそうな表情をして「そうだね」と口を開いた。

「もちろん君に夢中だよ。私は他で経験がないから、比べることは出来ないけれど、きっと君以外ではこんな風にならないと思うんだ。性交は子供を作るための行為だと教わったけれど、正直な気持ちを言うと、子供のことなんてまったく考えていないというか……君に口づけるのが好きだし……抱きしめるだけで勝手に体が反応してしまうし……君がとても気持ちよさそうだから、ついつい私も遠慮なく交わってしまっているけれど、ずっとこうしていたいくらいだよ」

龍聖は、レイワンをみつめながら、きゅんっと胸が高鳴った。

「じゃあ、毎日でもオレとセックスしたいって思う？」

「君の体に負担にならないなら……したいと思うよ」

「もう～、なんかラブラブって感じ！　すっごい良い！」

龍聖は笑いながら、じたばたと手足を動かした。

「オレもね、レイワンとのセックスがすっごく好きなんだ。もう夢中って感じ！　レイワンのあれってすっごく大きいし……ちんこのことね……あれ？　ちんこって言わないのかな？　それ、ペニス、えっと性器……そうそれ！　すっごく大きくて立派だし、勃起したらさぁもう最強兵器ってくらいだし……オレ、男とセックスしたことあるけど、どっちかっていうとオレが入れる方なんだよね。入れられるのは、なんか痛そうな気がして……まあ実際、初めてやった時ちょっと痛かったし……だからあんまりそっちは経験なくて、好きと思ったこともないんだけどさ……レイワンとのセックスは気持ち良すぎて、何回もいっちゃって、入れられていくなんて初めてだし、もうなんかすごいって思ったんだけど……まさかそんなに大きいのが入っているなんて知らなかったからさぁ」

龍聖がレイワンの性器を指さしながら言うと、レイワンは困ったように照れ笑いをした。

「初めてやった時に、入れる前にそれを見ていたら、絶対無理って逃げたかもしれないけど、もう入れちゃってたし、それでものすごく気持ちよかったからさ……えっとオレの言いたいことは、つまり……オレもね、レイワン以外の人とセックスしたいと思わないくらい夢中だよってこと……だから……レイワンもオレのことを同じように思ってくれて嬉しいし、オレ達、夫婦として最高じゃない？って思ったんだ。色々あったけどさ……これから仲良くしようね！」

龍聖は子供のような屈託のない満面の笑顔で言った。レイワンは目を丸くして、次に目を細めた。

胸の中がとても温かい気持ちでいっぱいになっていく。

「リューセー……」

愛しいその名を呼んだ。

「愛しているよ」

レイワンはその言葉を自然と口にしていた。おそらく今初めて、その言葉を心の底から言っていた。

「愛している」

もう一度言った。

第4章　大嵐

　城の中央にある大きな塔の最上階に、シィンレイとシュウヤンが並んで立っていた。そこはとても広い部屋で、壁の一面とそこに続く天井の一角が大きく開いていて、外の景色が見えていた。強い風が時折吹きつけてきて、二人のマントを大きく巻き上げる。

「シュウヤン、いい加減そのしかめっ面をやめろ。いざという時直せなくなるぞ」

「いざという時ってなんだよ」

「そりゃあ、兄上達を出迎える時さ。リューセー様がびっくりするぞ」

「リューセー様を見たら、こんな顔になるんだから仕方ないだろう」

「シュウヤン！」

　シィンレイが諫めるような口調で、シュウヤンの名を呼んだが、まったく直す様子はない。

「だって仕方がないだろう。リューセー様が降臨してからまだ六日しか経っていないんだ。心の準備も出来ないまま、こんなことになってしまって……まったくとんだ人物がリューセーになったもんだ」

「シュウヤン、言葉遣いには気をつけろ」

　シィンレイが眉間にしわを寄せて、シュウヤンを咎めた。だがシュウヤンの気持ちは収まらない。鼻息も荒くここぞとばかりに、シィンレイに向かって溜め込んでいる思いを吐き出した。

「二十年だぞ？　二十年！　それがどれほど長い時間かリューセー様は分かってるのか？　兄上がど

れほど苦しんだか……。どういう理由があって来なかったのかと思ったら、ただ嫌だから逃げまわっていたんだぞ？　それで家族に不幸が続いたから、慌てて儀式をしてこちらに降臨して、許してくださいって……そんな勝手なこと……挙げ句の果てにそのまま兄上を誘惑して、儀式も無視していきなり性交したり……腹が痛いと騒いだり……どれだけ騒ぎを起こせば気が済むのか……文句のひとつも言わないと、オレは怒りがおさまらない！」

シィンレイは眉根を寄せて、目を閉じたまま、シュウヤンの言い分を聞いていたが、彼が言い終わると薄く目を開けて、ひとつ溜息をついた。

「だがずっと竜王ウェイフォンは、ご機嫌に歌を歌い続けている。兄上が幸せな気持ちでいる証拠だ。お前がどんなに怒ろうと、不満を持っていようと、兄上はとっくにリューセー様を許しているし、愛しておいでなんだ。幸せな気分で仲良く二人が戻ってくるというのに、それをお前がそんな顔で出迎えて、会うなりリューセー様に文句を言いだしたら、きっと兄上がとても悲しまれるだろう」

シィンレイが淡々と述べると、シュウヤンは「うっ」と小さく唸って、苦虫を噛み潰したような顔をする。

「確かにリューセー様はずいぶん変わったお方のようだが……素直でかわいいということだし……兄上が気に入られているくらいだ。きっと人柄を知れば、お前もすぐに許せる気持ちになるだろう」

シィンレイは後ろに控えているジアを気にしながら、シュウヤンを諭した。

「とにかくお前もいい大人なんだから、今は堪えて笑顔で二人を出迎えろ。分かったな」

厳しめに一喝（いっかつ）すると、そのまま後ろを振り返った。

「ジア、申し合わせた通り、今日中にリューセー様の婚礼衣装を整えてくれ、明日には婚礼の儀式を行わなければならない。すべてにおいて、順番が変わってしまったからな」

「はい、すでに仮縫いまでは済んでおります。あとはリューセー様の寸法に合わせるだけですから、到着次第衣装合わせを行い、今日中に仕上げをいたします」

ジアの返答に、シィンレイは満足そうに頷いて、再び前を向くと雲ひとつなく晴れ渡った空を見上げた。

しばらくして金色に輝く竜の姿が見えた。

「お戻りだ」

シィンレイが一言言うと、シュウヤンとジアが姿勢を正して待ち受ける。

金色の竜は次第に近づいてきた。ゆっくりと降下して、シィンレイ達が待ち受ける塔の上に舞い降りた。

巨大な竜の羽ばたきで、強烈な風が巻き起こったが、シィンレイ達は慣れている様子で、少し後ろに退きながらも、竜の背に乗る二人が降りてくるのを、今か今かと待ちわびた。

レイワンが龍聖を抱き上げて、竜の首を伝い降りてきた。床に着地して、龍聖を降ろすと、龍聖は満面の笑みを浮かべながら、背後にいる金色の竜を振り返って見上げた。

「ウェイフォン！　超サイコーだったよ！　大興奮！　また乗せてね！」

龍聖は両手を大きく振りながら、ウェイフォンに向かって大きな声で言った。ウェイフォンは下げていた頭を高く上に上げると、グググッと喉を鳴らして龍聖に答えた。

「ぜひ散歩に行こうって言ってるよ」

レイワンが龍聖に通訳してやると、龍聖は嬉しそうに声を上げて笑った。

二人の仲睦まじい様子に、ジアは微笑み、涙まで浮かべている。シィンレイは安堵の息をつき、シュウヤンは複雑そうな表情でみつめている。

レイワンは出迎えに立つ三人に気づき笑顔を向けた。

「シィンレイ、シュウヤン、心配をかけてすまなかったね。この通り私の体はもうすっかりよくなったし、リューセーの体も大丈夫だ」

「陛下、ご無事な様子に安堵いたしました。竜王の間でのお勤めをつつがなく終えられ、まことにおめでとうございます」

シィンレイはにこやかに出迎えの挨拶の言葉を述べ、シュウヤン達とともに、レイワンの近くまで歩み寄った。

「リューセー、彼はすぐ下の弟シィンレイ、外務大臣を務めている。隣が末の弟のシュウヤン、国内警備長官と内務大臣を兼任している。二人とも私の信頼する補佐であり、大切な家族だ」

レイワンが紹介すると、龍聖は笑顔で二人に頭を下げて握手を求めた。

「はじめまして、シィンレイ様、守屋龍聖です」

「リューセー様、混乱の中で覚えていらっしゃらないと思いますが、実ははじめましてではございません。私は初めて陛下がリューセー様に会いに行きました時に、陛下に付き添っておりました」

シィンレイは、龍聖と握手を交わしつつ、にこやかな表情でそう話した。

「あ、そうだったんですね。ごめんなさい。オレ、覚えてなくて……」

「いいえ、仕方がないと思います。お気になさらずに……ようこそいらっしゃいました。リューセー様のお越しを心待ちにしておりました。どうぞ末永くよろしくお願いいたします」

龍聖が赤くなって恥ずかしそうに言ったので、シィンレイは思わず笑みを零すと、優しく答えた。

「はじめまして、シュウヤン様、守屋龍聖です。あっ……もしかしてシュウヤン様とも会っていました？」

龍聖はシュウヤンに挨拶して、握手を交わしながら、はっとした様子で少し赤くなる。シュウヤンは複雑そうな顔で首を振った。

「いえ、はじめましてです。よろしくお願いいたします」

龍聖は二人を交互に見て、ニコニコと満面の笑顔になった。

「レイワンから聞いて、お二人に会うのをとても楽しみにしていたんです。オレ、末っ子だから弟が二人も出来るなんて嬉しいなって思って……。だけどそういえばお二人がずっと年上だったってこと忘れてて……でも二人ともめちゃめちゃかっこいいし、美中年って感じで、さすがレイワンの弟だなって思って、なんか眼福(がんぷく)？　こうして見ているだけでも、顔がにやついちゃうんだけど……あの、お兄さんみたいに思ってもいいですか？」

龍聖がまったく人見知りする様子もなく、むしろ馴(な)れ馴(な)れしい感じで、明るく笑顔でペラペラとまくし立てるので、シィンレイ達は目を丸くして圧倒されていた。

「え……あ……まあ、そう思って頂けるのは……とても光栄に思います」

シィンレイが戸惑いながらもそう答えると、龍聖が嬉しそうに笑った。そして視線が後ろに控えるジアに向くと、飛び上がるほど驚いて「ジアー！」と大きな声を上げた。

「ジア！　ごめん、ごめんね！　オレ、すっごくジアに迷惑かけたんじゃない？　本当にごめん！」

龍聖はジアの下に駆け寄ると、両手でジアの両手を握り、一生懸命に謝罪した。

「リューセー様、そんなことはございません。私のことはどうぞご心配なく……リューセー様が陛下と心を通わせられたご様子を見て、本当に嬉しく思っています。リューセー様、良かったですね」

ジアの言葉を受けて、龍聖は照れ臭そうに笑った。

「リューセー様、お戻りになって早々に申し訳ありませんが、婚礼の準備がございますので、一度お部屋にお戻り頂いてもよろしいでしょうか？　陛下、リューセー様をお借りいたします」

「ああ、もちろん構わないよ。色々と手間をかけて申し訳ないが、よろしく頼む」

レイワンが答えると、ジアは一礼をして、龍聖を促した。

「じゃあ……レイワン、またね！」

龍聖はレイワンに手を振りながら、ジアに伴われて去っていった。

シィンレイとシュウヤンは、唖然とした様子でそれを見送った。レイワンはクスクスと笑っている。

「いや……なんというか……嵐のような方ですね」

「嵐か……」

シィンレイの言葉に、レイワンが噴き出した。

「兄上……リューセー様はいかがですか？」

シィンレイが尋ねると、レイワンは笑顔で頷いた。

「とても素晴らしい人だよ。たくさん話をすることが出来たんだ。リューセーはすべて正直に話してくれた。二人とも色々と思うところはあるだろうし……まだリューセーを心から許し、受け入れる気持ちにはなれないかもしれないけれど、長い目で見てもらえないかい？　時間をかけてリューセーを見守ってほしい。そして理解してやってほしい。きっとお前達も好きになるよ」

レイワンの言葉を聞きながら、シィンレイがシュウヤンを見ると、シュウヤンは眉根を寄せて俯いていた。とりあえず龍聖の前でその顔をしなかっただけでも良かったと、シィンレイは思って苦笑した。

「兄上の伴侶ですから、兄上が気に入られることが一番です。明日の婚礼は慌ただしくなりそうですが、それが済めば、皆も安心するでしょう。兄上、申し訳ありませんが、このまま執務にお戻り頂けますか？」

「もちろんだよ」

レイワンは頷いて、二人とともに執務室へと向かった。

「リューセー様、まずはお風呂に入ってお体を癒やしてくださいませ」

「お風呂？　え？　お風呂!?」

驚いている龍聖を連れて、ジアは浴室へと案内した。それは今まで龍聖が過ごしていた部屋とは別の部屋にあった。大きな両開きの扉の前に兵士が立ち、見張っている。その部屋の中に入り、いくつかの小部屋を抜けると、広い居間へと出た。

座り心地の好さそうなソファセットや、ダイニングテーブルもある。

「ここは？」

「こちらは王の私室です。これからはこちらでお過ごし頂けます。もちろん以前のお部屋はリューセー様の私室ですので、あちらも自由にお使いください」

ジアはそう言って、寝室や書斎などを案内してくれた。その中の一室に風呂場があったので、龍聖はとても驚いた。

「すごい、ちゃんとした風呂場だ！　それもどこか日本風……」

「この国の人々には風呂に入る習慣はありません。普段は濡れた布で体を拭くぐらいです。たまに水浴びはいたしますが……熱いお湯を溜めて入るというのは、リューセー様だけです」

「え？　じゃあこれってリューセーのために造られた風呂なの？」

「そうです」

龍聖はひゃあ！　と驚きの声を上げながら、嬉しそうに湯舟を覗き込んでいる。

「さすがに檜（ひのき）じゃないけど、木の風呂って良いね！　昔のリューセーのリクエストなのかな？」

「りくえすと……？　確か三代目か四代目のリューセー様の願いで作られたはずです」

「へえ～」

龍聖が嬉しそうなので、ジアも満足そうに微笑んだ。

「お湯加減はちょうどいいと思います。どうぞお入りください」

「入る、入る！　すっごい嬉しい！」

龍聖はさっさと服を脱ぐと、湯船に飛び込むように入った。ジアは服を片付けるために一度出ていったが、しばらくして戻ってきた。

「お体を洗いましょう」

ジアにそう言われたので、龍聖は湯船から出ると椅子に座らされた。ジアが濡らした布で、背中を洗ってくれた。石鹸を使っているのか分からないが、とても良い香りがする。

「そういえば向こうにいた時……あの、竜王の間ね、あそこにいた時、レイワンが濡れた布で体を拭いてくれたんだ」

「そうですか……仲良くお過ごしになってよろしかったですね」

「うん」

龍聖は思い出したのか少し赤くなった。

「頭も洗いますか？」

「うん、洗う！」

ジアは頷くと、自分の膝の上に龍聖を仰向けに寝かせた。

「え？　ジア、服を着たままなの？　濡れちゃうよ？」

「着替えますので大丈夫です。お気になさらないでください」

ジアはそう言って、龍聖の髪を丁寧に洗った。

「大和の国の方はとても綺麗好きですね」

「そうかな？」

「毎日のようにお風呂に入られるでしょう？」

「まあ確かに……髪がボサボサになっちゃうんだよね、洗わないと」

龍聖は洗ってもらいながら気持ちよさそうに目を閉じた。

その後お湯にもゆっくりと浸かり、とても満足した様子で風呂から上がった。

「本日はこれから婚礼衣装の寸法合わせをいたします」

「やっぱり婚礼衣装を着るのかぁ……まさかウェディングドレスとかは着ないよね？」

「ウェディングドレス……ですか？」

「なんでもない！」

体を拭いてもらって、服を着せてもらいながら、えへへと笑った。

龍聖はこんな風に、何から何まで人にやってもらうことに、まったく抵抗がなかった。むしろ楽ちんとまで思っている。髪も拭いてもらって、ブラシで髪を梳かれて「あ！」と龍聖が声を上げたので、ジアはびくりと驚いて手を止めた。

「どうかなさいましたか？」

「だめだめ、濡れたままそんな風にブラシで梳いたら、ウェーブが取れちゃう……ドライヤーは……あ、ないよね！　ドライヤーはないか!?　そうか……」

「どらいやあ……というのはどんなものですか？」

「熱風が出て髪を乾かす道具だよ……あ～そうかぁ……どーしようかなぁ」

龍聖はぶつぶつと呟きながら、濡れてくるりと巻いている髪を一房、指でつまんで引っ張った。

「リューセー様？」

ジアが不思議そうにみつめていると、龍聖はう～んと唸りながらしばらく考えて、何か閃いたのか瞳を輝かせながらジアの方を向いた。

「ねえ！　あれ、なんていうんだっけ……ほら、えっと……竈の火を熾したりするのに、風を送る道具……あれってこの世界にはないの？　日本にもあった昔の道具なら、なんとなくありそうじゃない？」

龍聖に言われて、ジアは首を傾げた。

「こう……蛇腹みたいになってて……手とか足とかでこうやって押して……先の細くなったところから風がびゅーって出るの……ふいご……そう！　ふいごっていう名前だったはず！」

龍聖が一生懸命身振り手振りで伝えたが、ジアは首を傾げるばかりだった。

「ジア様……ターフのことではないでしょうか？」

「ターフ？」

側にいた侍女が、恐る恐るジアに耳打ちした。

「私、厨房にいたことがあったので……大きな竈に火を熾す時に使っていた道具のことです」

「それ、ここに持ってこれますか？」

「借りてまいります」

侍女は一礼するとどこかに去っていった。ジアは、龍聖が何を欲しているのか分からなかったが、とりあえずそれらしい物があるというなら、用意することにした。

しばらくして侍女が、ターフを持ってきた。

「リューセー様、こちらでしょうか？」

「そうそう！　これ！　でも大きいね、これどうやって使うの？」

龍聖が嬉しそうにジアに尋ねたので、ジアが侍女に通訳した。すると侍女はそれを床に置き、足で踏んでみせた。すると細くなった先端から勢いよく風が吹き出した。

「そうそう！　これこれ！」

「リューセー様、これをどうなさるのですか？」

「ドライヤーの代わりになるかなと思って……えっと……髪を乾かすんだよ。この風で」

龍聖の返事に、ジアは目を丸くした。

「床だと髪を乾かせないよね……それ、テーブルの上に置いて、手で押してくれる？　ねえ？　ジア、彼女に通訳してよ」

龍聖に促されて、ジアは慌てて侍女に指示を出した。ターフはテーブルの上に置かれて、侍女が手で押して風を起こした。龍聖はその正面に頭を翳（かざ）すと、吹きつける風を気持ちよさそうに髪に受ける。

「ああ、いいよ、いい感じ！」

龍聖は濡れた髪を風で乾かしながら、ブラシを器用に回して、くるくるになっていた髪を伸ばしてウェーブを作った。やがて、ジアから鏡を見せてもらって、満足した様子で髪を整える。

「ねえ、ジア、これさぁ、もう少し小さいのがあると良いんだけど……大きくて動かすの大変でしょ？　手に持って使えるくらいが良いと思う。小さく作れないかな？」

どこまでもマイペースな龍聖の言葉を、ジアはずっと目を丸くしたまま聞いていた。


翌日、婚礼は粛々（しゅくしゅく）と進められた。

龍聖はジアの言いつけを守り、大人しく儀式を執り行うレイワンの真似をして、なんとか無事に婚礼の儀式を終わらせることが出来た。

本来ならばその後、竜王の間に行くのだが、当然ながらそれは省（はぶ）かれて、城下町でパレードを行い、国民に新しき竜王と龍聖のお披露目（ひろめ）がされた。

たくさんの人々からの祝福を受けて、龍聖はとても感激した。

その夜は晩餐会が開かれ、シーフォン達の前で改めて龍聖のお披露目が行われた。

シーフォン達は、龍聖が巻き起こした騒動については知らされていなかった。竜王の間での儀式が、婚礼の儀式よりも先に行われたことについては、レイワンがかなり衰弱していたことは周知の事実だったので、レイワンのために異例の事態となったのだろうと、誰が言うでもなくそう認識されているようだった。

それはジアから龍聖に説明され、「余計なことは言わないように」と釘を刺された。

龍聖は晩餐会をとても楽しんだ。居並ぶシーフォン達が、老若男女の区別なく、皆がそろって美形だったことに感激したのだ。

「シーフォン最高！　もうこれってパラダイスじゃない？」

龍聖はジアに通訳してもらいながら、シーフォン達と会話を楽しみ、どんどん仲良くなっていった。シィンレイとシュウヤンは、龍聖の社交性に舌を巻いて、ただ啞然と見守るしかなかった。レイワンは、楽しそうな龍聖を、これまた楽しそうに眺めていた。


「あ～～～、さすがに疲れたね！」

龍聖がソファにゴロリと寝転んだので、ジアが慌てて駆け寄り、衣装を着替えるように促した。

「リューセー様、服を着替えられましたら、陛下のお部屋へご移動ください」

「え？　なんで？」

「この部屋は王妃の私室です。リューセー様が自由にお使い頂いて結構ですが、主となるお住まいは、王の私室となります。婚礼も無事にお済みになりましたから、これからはあちらでお過ごしください。お休みになるのもあちらで……陛下とご一緒になります」

「あ、そうかぁ……」

龍聖は少しばかり頬を染めながら、納得したように頷いた。されるがままの状態でジアに服を着替えさせられる。

「ジアは？　ジアも一緒に行ってくれるんでしょ？」

「はい、私はリューセー様の側近ですから、これからもリューセー様の身の回りのお世話をさせて頂きます。ただ夜間、陛下が政務からお戻りになりましたら、私は退室させて頂きます」

「夫婦二人でってこと？」

「そうですね……侍女などが控えの間にはおりますので、何かあればお呼びになってください。私も近くにはおりますので、ご安心ください」

「分かった」

龍聖は素直に頷き、嬉しそうに含み笑いをした。

「なんですか？　その笑い方……」

ジアが苦笑して指摘すると、龍聖が首を振った。

「なんでもない……いや、なんかさ、今まであんまり実感が湧かなかったんだけど、今日結婚式をやったんだろう？　そしたらさすがに……レイワンと夫婦なんだなあって思ってさぁ……。これからレイワンの部屋に行くのかと思うと、ちょっと照れ臭いというか……不思議な感じがするというか……ほら、オレは男だし……結婚したって言っても相手が男で、オレが奥さんだろう？　奥さんって……

旦那さんに対してどう振る舞えばいいんだろう？　とか思っちゃってさ……。そしたらちょっと恥ずかしいっていうか……だけど嬉しいなって思って……」

龍聖は照れ笑いをしながら話していたが、ふと黙って聞いているジアの顔を見ると、目頭を押さえていたのでとても驚いた。

「ジア！　どうしたの⁉」

「申し訳ありません……本当に嬉しくて……陛下のご苦労を存じておりますし……その頃のことを思うと……陛下があんなに幸せそうでいらっしゃるのが信じられないくらいで……リューセー様が、そういう風にとても自然に、当たり前のように陛下の話をなさるのが嬉しくて……本当にリューセー様で良かったと……」

「ええ～！　ちょっとジア……泣かないでよ！」

「申し訳ありません」

龍聖は一生懸命に、ジアを慰めた。

レイワンが執務室で、今後の政務についてのシィンレイ達との打ち合わせを終わらせて、王の私室へ戻ってくると、龍聖がソファに座り待っていた。

「おかえりなさい！」

元気な声で出迎えられて、レイワンは驚いたように入口に立ち尽くしてしまった。

「？　レイワン、どうしたの？」

龍聖が不思議そうに尋ねると、我に返ったレイワンが苦笑しながら、ゆっくりと龍聖の側まで歩いてきた。

「すまない……この部屋に戻って、おかえりなさいと出迎えられたのが初めてで……嬉しいものだね」

レイワンは龍聖の隣に座った。

「そう？　こんなことで喜んでくれるなら良かった……。正直なところ、オレ、レイワンが帰ってくるのを待っている間不安になっていたんだ。今日、やっとちゃんと結婚式をしただろう？　晴れて正式な奥さんになったわけだけど……王様の奥さんって、どういう態度でいればいいのか分かんないし……レイワンもさぁ、なんていうか……あっちにいた時と、やっぱり違うなって思って……このお城でさ、他の人達がいると、すっごく王様らしく変わっちゃったからさ……なんか改まると、どうレイワンに接していいのか分かんなくてさ」

「私は私だよ。特に変えているつもりはないのだけど、もしもリューセーがそんな風に感じているのだとしたら、それだけ私はリューセーの前で、気を抜いているのかもしれないね」

レイワンがそう言うと、龍聖は少し赤くなった。

「え？　それってオレといるとリラックス出来るってこと？」

「りらっくす？」

レイワンには分からない言葉のようで、不思議そうな顔で首を傾げる。

「あ、えっと……なんていうか……寛（くつろ）いでいるってこと？」

「ああ、そうだね。君といるととても気持ちが安らぐよ……でも安らげないこともあるけど……」

「え？　オレなんかした？」

龍聖が、い～っと口の端を下げて、焦ったように言うので、レイワンはクスクスと笑った。

「いや、そういうことではなくて……私は君とこうしていると、胸がドキドキして、そわそわして、平静でいられなくなるんだよ。こんなことは他の者の前ではないからね」

「もお～……」

龍聖は赤い顔をして、レイワンの肩に凭れかかった。

「本当にレイワンって、うまいなぁ……」

「何が？」

「レイワン、今さらだけど今夜は初夜だよ？　結婚式して夫婦になって初めての夜なんだからさぁ……そろそろ寝ようよ」

「え？　あ、うん……そうだね」

レイワンもその意味を理解して、照れ臭そうに頬を染めた。

龍聖が立ち上がり、レイワンの手を取って引っ張った。レイワンは照れ笑いをしながら続いて立ち上がると、手を繋いで寝室へと向かった。

「わ～お！　さすが王様の寝室！　ベッドがでかい！」

中に入るなり、龍聖が歓喜の声を上げた。

「これならどんなに寝相が悪くても大丈夫だね」

「リューセーは、そんなに寝相が悪くないよ」

「ふふふ……エッチのことだよ」

龍聖がそんなことを言いながら、レイワンの手を引いてベッドへ向かった。上に乗ると手を引っ張って、レイワンをベッドの上に誘った。

レイワンが少しばかり遠慮するように、軽く唇を重ねると、龍聖がレイワンの背中に腕を回して、深く口づけた。

「まだその気にならない？」

唇が離れて、龍聖が囁く。レイワンは全身の血が逆流するような感覚に襲われた。

「そんなわけはないだろう」

レイワンは囁きながら、龍聖を押し倒して組み敷いた。首筋を強く吸い上げると、龍聖が喉を鳴らして甘い息を漏らした。衣を剝ぎ取り、龍聖の肌触りを楽しむように、レイワンの大きな手が、龍聖の胸から脇にかけて何度も撫でまわす。薄い乳輪を舌で愛撫すると、龍聖の体が細かく震える。

人の体を舌で舐めまわし、それを悦びとして感じることがあるなんて、レイワンは思いもしなかった。でも今は、夢中でむさぼるように、龍聖の体を舐めまわしている。

龍聖の肌は肌理が細かく舌に吸いつくようだ。その舌先に感じる感覚と、龍聖の香り……それはあの交わる前の相手を狂わす香りではなく、龍聖の肌から匂う香り、そしてかわいい龍聖の喘ぎ声、淡い朱色に染まる顔、五感すべてで龍聖を愛でて感じる。

歴代の竜王は、このようにリューセーに惑わされてきたのだろうか？　魂精などいらないと思ってしまうほど、龍聖自身に溺れる。

「入れて……レイワン……レイワンの大きいの入れて……いっぱい突いて」

龍聖がせつなげな声で、誘惑の言葉を紡ぐ。それに抗う術を知らない。

レイワンは昂りを堪えながら、大きく肩で息を吐く。龍聖の両足を抱え込み、弄られて赤く色づいた小さな孔へ、怒張した男根を押し当てた。抵抗を感じながらも、孔を押し広げて中へと挿入する。熱い内壁が絡みつき、レイワンの理性を失わせる快楽が押し寄せてくる。

龍聖がかわいい声で鳴いた。もっとその声が聴きたくて、腰を前後に動かすと、その動きに合わせて、熱い息遣いとともに、甘い声が漏れる。鼻にかかったような甘えた声。「いや」と何度も繰り返すが、本当に嫌がっているわけではない。止めたらもっと「いや」と繰り返すのだ。

レイワンの欲望を助長して、さらに攻めさせようとする。

「リューセー……リューセー……」

レイワンはうわ言のように名前を繰り返しながら、激しく腰を動かし抽挿を繰り返した。突き上げるたびに、龍聖の体が跳ねる。喘ぎ声が絶え間なく続く。

龍聖の性器からは、透明な液体が溢れ続けていた。体が『リューセー』に変化して、その性器は男性器としての機能を失う。白濁した精液が吐き出されることはなくなり、代わりに透明の液体が出るだけだ。自身の股や腹を濡らしている。

レイワンは誘われるままに、何度も何度も攻め立て犯し続けた。

龍聖の中に熱い精を注ぎ続けた。

ジアは自室で机に向かい日記をつけていた。ジアの自室は、王の住まいがある最上階の一番端にあった。机とベッドと本棚くらいしか家具の置かれていない簡素な部屋だった。

ジアは日記を書き終わると、溜息をついて目を閉じた。竜王の歌声が聞こえる。レイワン王とリューセー様が仲良く睦み合っている証拠だ。

幸せな歌声だと思って、目を閉じてしばらく聞き入っていた。

さっきは思わずリューセー様の前で泣いてしまった。あまりに嬉しくて泣いてしまったのだが、本来であれば側近失格な行為だ。その反省の言葉も日記に書いた。

ジアは目を開けると、日記を机の引き出しにしまい、ランプを手に持って立ち上がった。

ベッド脇の小さなテーブルの上にランプを置き、ベッドに入った。

座ったまましばらくぼんやりと宙をみつめる。

それにしても本当にリューセー様は面白い方だと思う。驚かされることばかりだ。そんな風に思ってから少し考え込んだ。

思い返すと、いつも驚いている気がする。リューセー様が驚くようなことをするからだとはいえ、あんなにあからさまにびっくりした顔をするなんて、リューセー様に対して不敬なのではないだろうか？　ジアは眉間を寄せて項垂れた。深く反省する。

「明日は驚かないようにしなければ……」

ジアは独り言を呟いてランプの火を消すと、ベッドに横になった。竜王の歌を聞きながら、安心したように目を閉じた。

「レイワンってすごく優しくて物静かだよね」

「そうですね」

歴史の勉強をしているはずの龍聖が、唐突にそう言ったので、ジアは一瞬の間をおいて同意の返事をした。龍聖は次々と思ったことを口にする。突然何を聞かれるか分からない。

龍聖が降臨して半年。ジアはすっかり慣れて、何を聞かれても、何をされても、めったに驚かなくなった。もっともこれまでに、驚きすぎたせいもある。毎日のように驚いていたので、免疫が出来たのだ。

「歴代の竜王もみんなそんな感じだったのかな？」

続く言葉を聞いて、ジアは今龍聖が読んでいる歴史書から、そんな発想になったのだなと納得した。

龍聖は素直なので、思いついたことはすぐに口にする。だから龍聖を知らない者からすると、その発言は突拍子もなく感じるかもしれないが、よく聞けば当然ながら、何か発想のきっかけがあり、それを理解すれば、驚かずに会話を弾ませることが出来る。

それが分かれば、龍聖ほど会話をして楽しい人物はいなかった。発想が豊かで話術も多彩で面白い。

「皆様、それぞれだと思いますよ。性格も違うとお聞きしています」

「ふう〜ん……でもレイワンのお父さんもすごく優しかったって言っていたよ」

「そうですね。シィンワン様もとてもお優しかったと皆様が言いますね」

ジアが微笑んで頷いた。

「だけど優しい人ランキングだったらレイワンが一位のような気がするけどね」

龍聖がそう言って首を竦（すく）めながら、ふふふと笑った。ジアは『ランキング』という言葉の意味が分からなかったが、なんとなく比較順位のようなことを言っているのだろうと納得した。

「だってレイワンが怒ったところなんて見たことないし」

「陛下がリューセー様に対して怒ることなどないでしょう」

「そうかなぁ？　オレ、結構我が儘を言ったりするよ？　それにオレに対してじゃなくても……レイワンが他の誰かのことなんかで、機嫌を損ねているところなんて見たことないよ」

「そうですね」

ジアは微笑んだ。

「リューセー様は、レイワン様のどこが一番お好きなのですか？　やはり優しいところですか？」

「え？　一番好きなのは、エッチがうまいところかな」

平然と答えた言葉に、ジアはさすがに驚いた。

「え？」

「もちろん優しいところも好きだけどさぁ……一番はなんと言っても、エッチがうまいところだよね。毎日やってるけど、全然飽きないもん。すっごく気持ちよくしてくれて、もう最高だよ。オレ、今までこんなにセックスに夢中になったことないからさぁ……レイワンって本当にすごいよ」

頬を上気させながら、ニヤニヤと笑って話す龍聖を、ジアは目を丸くしてみつめていた。

「リューセー様……陛下とご夫婦仲がいいことはとても喜ばしいのですが……そのような話は他ではなさいませんように、ご注意ください」

ジアが真面目な顔で注意したので、龍聖はきょとんとした表情で、本から顔を上げてジアを見た。

「当たり前だよ。こんな話を他でするわけないだろう？　ジアだから話したんだよ。いくらオレでも、そこまでバカじゃないよ」

「も、申し訳ありません」

龍聖の返事に、ジアは赤くなってテーブルに額がつくほどの勢いで謝罪した。

「別にそんなに謝らなくてもいいよ……ところで話は戻るけど、竜王がみんな同じというわけじゃないかぁ……そうだよね……レイワンは兄弟とも性格が違うからね。シィンレイ様とシュウヤン様もそれぞれ性格が違うし……」

龍聖はそう言いながら少し考え込んだ。

「あの二人って、すっごいブラコンだよね」

「ぶらこん……ですか？」

「レイワンのことが大好きだよね？　なんかオレ、小姑いびりされそうだもん」

「……何か言われたのですか？」

ジアが心配そうに尋ねたので、龍聖は笑いながら首を振った。

「言われるほど会ってないし……そういえば、勉強とかで忙しくて、あっという間に半年が経っちゃったけど、考えてみたらオレ、ジアとレイワン以外の人と、ほとんど会ったことない。オレ、別に城の中なら出かけても大丈夫なんだよね？」

「はい、王宮の中なら自由に歩きまわっても大丈夫です。出来れば私や兵士を伴って頂きたいのですが……。この城の王宮以外の区域も護衛をつければ大丈夫ですし、城の外も行ってはダメということはありません。ただ城の外に出る場合は、事前の準備が必要ですので、ひと月ほど前から言って頂かないと……」

龍聖はジアの言葉を聞きながら、腕組みをしている。

「王宮っていうのは、この周辺ってことだよね？」

「はい、城の左側……王族とシーフォンが住まいにしている区域のことです。今リューセー様がいらっしゃるこの階層は、王とその家族だけが住んでいますが、下の階層は他の王族やシーフォン達が住んでいます。城の右側には、アルピン達が働く工房などがあります」

ジアは立ち上がると、書棚から一冊の本を持ち出してきた。開くと城の絵が描いてある。その絵を指で指し示しながら説明をした。

「うん、それは前に習ったよね……この辺が政務に関する場所で、レイワンの執務室とか謁見の間とかがあるんでしょ？　それでこの辺りに工房とか厨房とかがある」

「はい」

「本当に大きいお城だよね……全部を回ると一日かかりそう」

「二代目竜王ルイワン様が二十年の歳月をかけて建設された城です」

龍聖は腕組みをしながら、その絵をじっとみつめた。

「まあ……探検とかはぼちぼちやるとして……友達は欲しいよね」

「友達……ですか？」

「個人的にはハーレムを作りたいんだけど……あ、別に本当の意味のハーレムじゃなくてさ、綺麗どころを集めたいってだけなんだけど……」

龍聖は独り言のように呟きながら、絵を見て考えている。しかし何か閃いたのか、視線を上げてジアをみつめた。

「ここに呼んだらダメ？」

「……誰をですか？」

「例えば……シィンレイ様の息子とか、シュウヤン様の息子とか……」

「リィミン様とウーラン様ですか？」

「そうそう！　歳が近かったし、何よりすっごい美青年だったから！」

「独身の男性を王妃の部屋へ入れることは出来ませんよ」

「え～、女の子はダメかもしれないけど、男ならって思ったのに！」

「男も女もダメです。王の私室にある貴賓室でしたら、お招きしても大丈夫ですよ」

「ああ……あの入口から入ってすぐのところにある部屋？　もしかして兵士がたくさん警護するとか？」

「もちろんです」

龍聖はそれを聞いて溜息をついた。

「オレが行くのはダメ？　リィミン達のところへ」

「それは別に構いませんが……もちろん私や護衛の兵士はお供させて頂きますよ？」

「うん、まあ、それは仕方ないよね」

龍聖が苦笑しながら頷いた。

「じゃあ、近々会えないか聞いてもらってもいい？　話をしたいんだ」

「かしこまりました」

ジアは一礼した。

数日後、龍聖はリィミンのところへ遊びに行くことになった。とても楽しみにしていた龍聖は、朝から着ていく服を色々と選んでいた。

「この首飾りは少し派手すぎるかな？」

「いいえ、そんなことはありませんよ……それよりリューセー様……前から気になっていたのですが、最近リューセー様の髪がまっすぐになってきましたよね」

ジアが少し伸びた龍聖の髪をみつめながら、不思議そうな顔で言った。すると龍聖は赤くなって首を振る。

「わあ！　言わないで！　すっごく気にしているんだから！」

龍聖のその反応に、ジアはまた不思議そうに首を傾げた。

「もうさあ、すっかりパーマが取れちゃったんだよねぇ……今までブラッシングで巻いたり、癖付けたりして誤魔化してきたけど、髪も伸びたからもうすっかりストレートになっちゃったよ」

龍聖はそう言って眉根を寄せながら、自分の髪を引っ張った。

「ぱーまとはなんですか？」

「髪を巻いた形に薬品で癖をつけることだよ」

龍聖が説明するが、ジアにはまったく分からない。

ジアは、龍聖がこの世界に来た頃、髪はふわふわの巻き毛だと思っていた。だが今はサラサラでまっすぐになっている。龍聖はおしゃれに気を遣う方で、いつも朝から服を選んだり、装飾品を選んだりするのに時間をかける。

髪も、ターフを改良した小型のもので、風を吹き付けながら弄ったりしていた。

「髪型が決まらないと、一日憂鬱（ゆううつ）だよね」

龍聖がそう言って暗い顔で溜息をつくので、ジアは驚いた。

「リューセー様の髪は漆黒で、とてもお美しいですよ。まっすぐでサラサラで良いではないですか」

ジアが宥めたが、龍聖はとても不満そうだ。

「カーラーを作ってもらおうかな……」

龍聖は鏡を覗き込みながら、ぶつぶつと呟いている。ジアはそんな龍聖をみつめながら、苦笑して溜息をついた。ジアが知る限り、歴代の龍聖は、装飾品はほとんど身につけず、おしゃれにもあまり興味がなかった。他国からの来賓を迎える際に、王妃という立場から、多少なり着飾った方が見栄えも良い。その点ではおしゃれにうるさいのは、良いことだと思った。

「ねえ、ジア、これくらいの太さでこれくらいの幅の筒状の物って作れる？　出来れば軽くて丈夫なのが良いんだけど……それで表面にブラシ状の突起をつけてね……」

龍聖がなにやら言いはじめたので、ジアは呆れたように目を丸くした。

「リューセー様、そろそろ行きませんと、遅れてしまいますよ」

ジアは龍聖を急かして準備を整えると、リィミンのところへ向かった。

王の執務室の扉が勢いよく叩かれたかと思うと、返事をする間もなく扉が開いた。

「兄上！」

飛び込んできたシュウヤンに、レイワンは驚き、一緒にいたシィンレイが眉間にしわを寄せた。

「シュウヤン！　なんだ失礼な！　ちゃんと落ち着いて扉を叩き、中から返事を貰ってから扉を開けるものだ。その上、兄上などと……ここは政務の場所だぞ！　陛下と呼べ、陛下と！」

ひとしきりシィンレイが小言を言うと、終わったところでレイワンが穏やかに「どうしたんだい？」と尋ねた。そのレイワンの態度に、シィンレイが再び眉間にしわを寄せた。何か言いたいようだが、言葉を飲み込む。

「兄……陛下、王宮の中に談話室を作ることを許可なさったのですか？」

「ああ、リューセーにお願いされたからね」

「陛下はリューセー様に甘すぎます！」

シュウヤンが噛みつくように言うので、レイワンは困ったように苦笑し、シィンレイはその様子を眺めながら首を傾げた。

「談話室を作るのがいけないのか？」

シィンレイの問いに、シュウヤンは不機嫌そうに眉根を寄せた。

「リューセー様は自分のために談話室を作らせようとしているんだぞ？　娯楽のためだ。かつて自分の遊びのための施設を作ったリューセーなど存在しなかった。けしからん！」

シュウヤンはとても怒っていた。それを見てシィンレイとレイワンが顔を見合わせる。

「なぜリューセー様が、自分のための娯楽施設を作ってはいけないんだ？　別に賭博場(とばくじょう)を作るわけではないんだ。談話室なんて何も問題ないだろう」

シィンレイが首を傾げながら言ったので、シュウヤンはちらりとレイワンを見て、何か言いたげな顔をしながらも口をつぐんだ。

「リューセーが、シーフォンの若者達と話をするのに、王の私室にある貴賓室では、ロンワン以外のシーフォンを呼ぶことが出来ないので、そういう場所を作ってほしいと言われたんだ。空いている部屋はたくさんあるし……目的をもって部屋を作れば、警護がしやすくなるからね。それで私は賛成したんだよ。談話室は部屋を利用するリューセーが、警護の兵士達の存在を気にすることなく楽しめるように、話している室内からは、兵士が見えないように待機させる場所を、新たに設計して作らせることにしたんだ。だから国内警備長官であるお前のところに話がいったんだよ。何か問題でもあるのかい?」

レイワンが穏やかに説明をすると、シュウヤンがまた何か言いたげな複雑な表情をした。それをシィンレイはじっとみつめる。

「シュウヤン、何か言いたいことがあるなら、遠慮なく言え。そうでないと話は進まぬ」

シィンレイに促されて、シュウヤンは渋々口を開いた。

「リューセー様は……半年ほど前からオレの息子のウーランや、シィンレイ兄上の息子のリィミンととても親しくしています。リューセー様はしょっちゅう二人を呼び出して、話し相手をさせています。息子の話では、リューセー様は綺麗な青年を眺めるのはとても楽しいと言って、二人以外にもシーフォンの若者達を呼んで、遊んでいたようです。ただいつも我が家かシィンレイ兄上のところで集まっていて、そうたびたくさんの者が訪問するのは迷惑をかけるからと言って、談話室を作ることにしたようなんです」

シュウヤンが経緯を説明していたが、レイワンもシィンレイも、特にその内容に問題があるとは思えず、ずっと不思議そうな顔をしている。シュウヤンはそんな二人を見て、ますます不機嫌になった。

「リューセー様は、若い男が好きなんですよ？　綺麗な青年に囲まれてハーレムみたいだと喜んでいるんですよ？　不謹慎だ！　リューセー様にあるまじき行為です。王妃としての品格もない！　陛下はそれでいいと思われておいでなのですか？　そもそもリューセー様は、色んなところが規格外です！　少し自由すぎます。それはすべて陛下が甘すぎるからではないのですか!?」

「シュウヤン、言葉を慎め……いくらなんでもそれは言いすぎだし、リューセー様に失礼だろう！」

シィンレイが咎めたが、シュウヤンは歯向かうように顔を背けた。

「シュウヤン……確かに私はリューセーに甘いかもしれない。だが今まで非常識なことを、リューセーが私に頼んだことはないし、かわいい我が儘ばかりだよ。今回のことだって、私はリューセーがシーフォンの若者達と親しくなることはとても良いことだと思うんだ。リューセーにだって友人は必要だよ。母上もファーレン叔父上と仲良しだった。リューセーにとって、この城が窮屈な場所であってほしくないんだ。社交的なリューセーが、ロンワンばかりではなく、下位の若者達と交流を深めようとしてくれることは、本当に良いことだと思うし、そのための場所を作りたいという考えは、素晴らしいと思ったんだ。ハーレムというのは、リューセー独特の冗談だし……そんなに目くじらを立てることもないだろう」

レイワンが穏やかな口調で、シュウヤンを宥めるように言ったので、シュウヤンは困ったような顔をした。

「ですが……陛下とリューセー様は、婚姻なさってまだ一年。子供もまだですし、お二人にとって今は大事な時期……それでなくてもリューセー様は、降臨を自分の意思で遅らせて来ているのです。歴代のリューセー様の行いを鑑(かんが)みても、二、三年は陛下だけに尽くされて、大人しくして頂くことが賢明かと思います。オレだけの意見ではありません。リューセー様の行いに眉根を寄せる者が少なからずいることを、忠告させて頂きます」

　シュウヤンは、はじめは言いにくそうにしていたが、真面目な顔で言い切った。それを聞いたレイワンは、驚いた顔でシィンレイを見た。シィンレイは苦笑するのみで何も言わなかった。それは半ばシュウヤンの意見に同意しているようにも見えた。

「シーフォンの中に、リューセーを悪く言う者がいるなど、私は信じたくない」

　レイワンが初めて不快そうに、表情を曇らせて言ったので、シィンレイ達は顔を見合わせた。

「陛下……悪く言う者などいません……ただ……少々自由すぎるリューセー様の行動に、ついていけない者がいるのは確かです。シュウヤンの言う通り、二十年も降臨が遅れて、皆が暗黒期の再来かと、不安な日々を過ごしただけに、リューセー様の行動によっては、いらぬ誤解が生じかねないと、シュウヤンは言っているのです。今は一刻も早く子作りに専念して頂くのが賢明かと思います。リューセー様には、そういう意味では、大人しくして頂いた方がいいかもしれません」

　シィンレイまでもがそう言ったので、レイワンは眉間にしわを寄せて二人をみつめた。

「シィンレイ、シュウヤン、二人の忠告はありがたいが、これだけははっきり言っておく。私はリューセーの味方だ。誰がなんと言おうとリューセーを守り抜く所存だ。たとえお前達を敵に回してもだ。こんな言葉を私の口から言わせないでくれ」

温厚なレイワンが、初めて怒りを表したように思えて、シィンレイとシュウヤンは青ざめた顔で、少し後退りした。

「兄上……決してそういうつもりではありません。どうかお許しください」

二人が慌てて謝罪すると、レイワンはすぐに穏やかな表情に戻った。

「皆が案ずる必要もないほど、私とリューセーは、毎日子作りに励んでいる。とても仲良しだよ。子が出来ないのはリューセーのせいではない。私の努力が足りないのだろう」

レイワンはそう言い終わると、書きかけていた書簡に視線を戻した。これ以上この話は聞きたくないと、完全に拒否しているように、レイワンの前に見えない壁が出来ているようだ。

シィンレイ達は、強張った表情で一礼すると、そのまま執務室を出ていった。


シィンレイとシュウヤンは、しばらく無言で歩いていた。

「兄上を本気で怒らせるなど……」

執務室からかなり離れたところで、ようやくシィンレイが一言呟いた。

「だけど……」

「分かっている。私だって多少思わなくもないから、あんな風に言ってしまった……だがやはりリューセー様のことを悪く言うのはご法度(はっと)だ。それに……我々は私的な感情が先にある。最初から兄上を苦しめたリューセー憎しになってしまっている。無意識にな。息子のリィミンの話を聞くと、リューセー様は息子達にはかなり評判がいい……我々ももっとリューセー様に歩み寄り、人となりを知る必要があるのかもしれない」

シィンレイが難しい表情のままで言うと、シュウヤンは黙ったまま何も返事をしなかった。


レイワンはその日の仕事を終えて、私室へ戻ってきた。入口の扉の前で立ち止まり、ドアノブに手をかけようとして一瞬動きを止める。その様子に、護衛についていた兵士達が不思議そうに顔を見合わせると、先頭にいた兵士が進み出て、代わりに扉を開けた。

「あ……」

それに気づいたレイワンが我に返り、兵士の顔を見て苦笑した。

「ありがとう。下がっていいよ」

レイワンは兵士達に声をかけて、部屋の中へと入っていった。貴賓室を抜けて、さらにその奥の扉が、王の私室にある居間へと続いている。

レイワンは扉の前でまた立ち止まった。躊躇しながらも、ゆっくりと扉を開く。

「あ！　レイワン、おかえり！」

ソファに座り、ジアとともに何かの本を読んでいたらしい龍聖が、レイワンの姿を見て、嬉しそうな笑顔で立ち上がった。ジアは一歩退いて一礼をする。

龍聖はレイワンの下まで駆け寄ると、両手を広げてレイワンに抱きついた。

「おかえりなさい」

龍聖がもう一度言ったので、レイワンは微笑んで「ただ今帰りました」と答えた。

「どうかしたの？」

なんだかレイワンの様子がいつもと違うように感じて龍聖が尋ねたので、レイワンは首を振った。

「何もないよ。少し疲れたのかもしれない」

「大丈夫？　お茶でも飲んでゆっくりしてよ……それともう休む？」

「大丈夫だよ。お茶でも飲んで、龍聖の話でも聞こうかな？　今日何か面白いことでもあったなら聞かせておくれ」

レイワンがそう言いながら、一番上に羽織っていた上着を脱ぐと、龍聖が受け取り、近くにいた侍女を呼んで渡した。ジアはお茶の用意をしている。

レイワンは龍聖と一緒にソファに座った。龍聖は甘えるようにレイワンの腕に腕を絡めて凭れかかった。

「面白いことって……今日は特になかったよ。今日は勉強集中日だったから」

「勉強集中日？」

初めて聞く言葉に、レイワンが聞き返すと、龍聖はわざとらしく顔をしかめてみせた。

「ジアがすごく厳しく教育指導するの……オレはあくびひとつできないんだよ。少しでもさぼったら、ジアの拳骨(げんこつ)が飛ぶんだ」

「リューセー様！　陛下が信じてしまわれるではありませんか！」

ジアが少し赤い顔をして、慌ててそう言ったので、龍聖が楽しそうに声を上げて笑った。

「リューセー様が、若い方達と遊んだり、城の中を探検したり、勉強をさぼられることが、最近多くなりましたので、五日に一日は終日勉強だけの日を作るというお約束をさせて頂いているのです。遊ぶための条件として……」

ジアがお茶のカップを、レイワンの前に置きながらそう説明をした。

「でも他の日だって、さぼるとか言ってるけど、ちゃんと勉強もしているだろう？」

龍聖が頬を膨らませながら反論すると、ジアが苦笑する。

「確かにそうですが……午後の半分を勉強以外のことで潰してしまわれることが多いですよ？　リューセー様はこの世界に来て一年。まだまだ学ばなければならないことがたくさんあります。言葉にしても、話すことは出来るようになりましたが、文字を書くのがまだ苦手でいらっしゃるし、文字を読むのもまだ……。まあこちらに来てまだ一年ですから、読み書きが出来なくても仕方がありませんが、だからこそ本来なら勉強に励む時期ですよ？」

ジアが龍聖を窘めるように言うと、龍聖はまた頬を膨らませた。

「だけどさぼるって言っても、リィミン達と話をするのは、エルマーン語の勉強になるんだよ。彼らと色んな話をした方が、単語も幅広く知ることが出来るし、何より楽しく学べるからいいだろ？」

龍聖の言葉を聞いて、レイワンはハッとしたような表情を見せた。

「リューセーは、リィミン達といつもどんな話をするんだい？」

レイワンが尋ねると、龍聖はニッと笑った。

「どうでもいいような話だよ。彼らが好きなこととか、食べ物の話とか、子供の頃の話とか……シーフォンがどんな人達なのか知りたくて。オレ達の世界の同じ年頃の者達とどんな風に違うのかとか……。話してみたら、もちろん生活環境が異なるから、全然違うことも多いけど、根本的な部分は似ていたり、通じるところがあったり……すごく楽しいんだ。ジアと勉強に使っているエルマーン語の教科書には載っていない言葉もたくさん知ることが出来るしさ」

　自慢げに龍聖が語ると、レイワンはとても嬉しそうに笑って頷いた。

「それは本当に良いことだと思うよ。この前、リューセーが談話室を作ってほしいという話をしてくれた時も、リューセーが下位のシーフォン達とも交流を持ちたがってくれるなんて、本当に嬉しいと思ったけれど、そういう風に、彼らと話をすることで、リューセー自身も色々と学びたいと思ってくれているのだと知り、ますます嬉しくなった……いらぬ心配だったな」

　最後の方は、レイワンの独り言のような呟きだった。

「何か心配していたの？」

　龍聖が聞き漏らさずに尋ねてきたので、レイワンは苦笑した。

「いや……なんでもないんだ……ただ、リューセーが綺麗な青年が好きだから集めているなどと言っている者がいたので……」

「え？　好きだよ！　そりゃあ不細工よりも綺麗な方がいいだろう？　男だって女だって……ただ女の子を集めると、さすがにまずいかなと思って、男の子にしているだけだよ。オレは綺麗なものが大好きなんだ。美青年は眺めているだけで幸せな気持ちになれるからね」

　龍聖はそう言って、ふふふっと首を竦めて笑った。レイワンは唖然とした顔をしている。

「リューセー……まさかハーレムを作ろうなんて思っていないよね？」

「レイワン！　まさか！　そんなこと思ってないよ！　作れるわけないだろう？　そりゃあ作ってもいいなら作りたいけどさ」

「作りたいのかい？」

「え？　だってハーレムは男の憧れじゃない？」

さらりと言った龍聖に、レイワンは目を丸くしている。

「陛下、常に私が側におりますので……リューセー様は冗談で言っていらっしゃるだけです。実際には本当に何もなく、友達として普通に話をしていらっしゃるだけです」

ジアが慌てて横から弁明をした。

「なに？　レイワン、やきもちを焼いているの？」

「やきもち？　別に私は……」

レイワンが少し赤くなって否定すると、龍聖がニヤニヤと嬉しそうに笑った。

「リューセー、違うんだ。そういうことではなくて……もしも今みたいにリューセーが、綺麗な青年をたくさん集めて、眺めているだけで幸せなどと言ってはしゃいだりしているならば、少しは自重しなさいと注意しようかと思ったんだ」

「注意？　なんで？　やっぱりやきもちなんでしょ？」

「リューセー！」

龍聖がからかうので、レイワンは赤くなって困ったように眉根を寄せた。

「ジア、すまないが下がってくれないか？　二人で話がしたい」

「か、かしこまりました。リューセー様、本日はこれで失礼させて頂きます」

ジアは一礼して、侍女にも下がるように告げて、部屋を出ていった。

「リューセー……よく聞いて。私は出来る限り、君を厳しい慣習で縛ったりはしたくないと思っている。前例にないことでも、君のためになることならば、なんでも許してあげたい。だから談話室のことも許可を出した。何があっても、私は君を全力で守るつもりだ。だけどここは君のいた世界とは違う。風習も環境も考え方も……たぶん……君の世界の方が、文明は進んでいるのだろうと思う。母から聞いたのだけど……九代目リューセーが書き残した『龍聖誓紙』というものがあるのだよね？君は読んだかい？」

「……この世界に来て、最初に読まされたよ」

龍聖は急に真面目な顔になり、質問に答えた。

『龍聖誓紙』とは、九代目龍聖が、後の龍聖宛てに書き残したものだった。内容としては、この世界にそぐわないものは安易に持ち込んではならないということが、細かく記されていた。

日本は明治以降急激な文明開化が進み、昭和には先進国として産業、工業などがいちじるしく進化した。たとえ龍聖達に専門知識はなくても、この世界に存在しない『物』について語れば、それに興味を示され、結果この世界を変えかねないと案じての注意書きだった。

分かりやすく言えば、飛行機やロケットの話をしてはいけない。電車や自動車の話ももちろん、エスカレーターやエレベーターもダメ。クリスマスやバレンタインなど異世界の宗教性のあるイベントに関してもダメというようなことだ。

実際、九代目龍聖自身が、この世界にスマートフォンを持ち込んでしまったが、誰にも見せることなく処分したと綴られていた。

NGワードについて、とても詳細に書き記されたその文書を、最初に読んだ龍聖は、驚くとともに「別にそこまでしなくても」と思った。

だがこの国の歴史を学びはじめると、遙か昔に竜族が人間と戦争をするきっかけとなった『進歩した人間の文明』が、飛行機やミサイルのような強力な武器だったのではないかと、龍聖でも安易に想像することが出来た。それは龍聖がそういう文明の中で育ったからこそだ。

ともに歴史書を読んだジアは「不死のような竜を殺せる武器が、あったなんて信じられませんね」という感想しかなかった。だが龍聖には、歴史書に書かれていた「空を飛ぶ乗り物」が飛行機だと想像できるし、「強靭な竜を遠くから貫き殺せる武器」がミサイルのようなものだろうと想像出来る。

今のこの世界は、たぶん龍聖の世界の中世くらいの文明水準だろうと思った。機械文明も、科学技術も知らない人々。想像すら出来ない人々だ。そこに龍聖が「自動車という馬を使わない便利な乗り物があって……」という話をすれば、それがどんなものか想像させるきっかけになるし、そこから発明が生まれるかもしれない。

九代目龍聖は、それを案じて後の龍聖に『龍聖誓紙』を残したのだ。

この世界と文明水準があまり変わらなかった江戸時代以前から来ていた龍聖と、明治以降の近代国家から来た龍聖では立場が違うと悟ったのだ。

九代目龍聖が、二十八歳の社会人としてこの世界に来たせいもあるだろう。

「私はその内容について知らないのだけど、大和の国とエルマーン王国の間にある文明の差を理解し、この国を守るための約束事が記されているのだよね？　だから龍聖は、我々にとって……我が国にとって良くないことは絶対にしないはずだと……私はそう信じている。それを踏まえて、君の望むものは叶えてやりたいと思っているんだ。そんな私でも、君の突飛な発想には、たびたび驚かされる。だから他の者達は、もっと驚かされているだろう。古い考えの者も多いから、龍聖の行動を良しとしない者もいるかもしれない。龍聖にとっての冗談が冗談として通じないこともあるから……私は心配しているんだよ」

レイワンはいつものように穏やかな口調で説明をしてくれた。だがその表情は、帰ってきた時に見せた少し心配そうな硬い表情と同じだった。龍聖は真面目な顔でレイワンをみつめながら言った。

「レイワン……それは談話室でオレがハーレムを作ろうと思っているんじゃないかって、冗談を本気にしている人がいるってこと？　そのことでオレに対して反発している人がいるの？」

まっすぐにみつめる龍聖からの問いかけに、レイワンは困ったように眉根を寄せた。そっと龍聖の髪を撫でて、すぐには答えないので、龍聖は溜息をついた。

「レイワン……レイワンはそのことで困っているの？」

「私は困っていないよ。龍聖に何かあれば困るけど……私は龍聖のことが心配なだけだ」

レイワンが優しく笑みを浮かべた。龍聖を安心させようとしているのだと分かる。

「王政とか、王族とか、そういう階級の世界は、オレには無縁だったからよく分からないんだけど……この国での王様や王妃様って、他の国の……一般的？　な王様とはちょっと違うと思うんだ。竜王って絶対だろう？　王位を狙って暗躍するなんてことはありえない……下剋上は出来ない。竜王はこの世でただ一人なんでしょ？　そして王妃も、ただ王の妃ってわけじゃない。リューセーもただ一人なんだよね。リィミン達と話してて、オレは仲良くなって友達になりたいと思ってる。だけど友達にはなれないんだ。がんばれば仲良くなれると思うけど……オレがどんなに気にしないでって言っても無理……リィミン達はオレのことをものすごく敬ってくれてるんだ」

レイワンは龍聖の言葉に何度も頷いた。

「オレの行動を良しとしない者、反発している者っていうのは……つまりオレのことを王妃と思っていないってことだよね？　リューセーと認めてないってことだよね？」

　続く龍聖の言葉に、それまで頷いていたレイワンが、顔色を変えた。

「そんなことはない！　リューセー！　それは違うよ」

「違わないよ……オレ、別にいばりたいわけじゃないけど……さっき言ったように、シーフォンにとってリューセーって、竜王と同じくらいに絶対的な存在のはずなんだ。その人物の人格がどうとか、好き嫌いとか、そんなことは関係なく、リューセーを敬うはずなんだ。だけどそうじゃない人がいるってことは、オレがまだリューセーとして認められていないってことだよ……。そりゃあ……儀式しないで逃げまわっていたから……二十年も来なくてレイワンを苦しめたから、仕方ないかもしれないけどさ……」

「リューセー」

　レイワンは龍聖を抱きしめた。龍聖の言葉には一理ある。シーフォンの中に、そういう考えの者がどれくらいいるのか分からないが、少なくとも弟のシュウヤンは、龍聖を認めていない。

　他のシーフォンはともかく、ロンワンであるシュウヤンは、竜王やリューセーに意見することが出来る存在だ。彼に龍聖を好きになってもらいたいと思うが、どうすればいいのかレイワンには分からない。

「レイワン、ごめんね」

　レイワンの腕の中で、龍聖が囁くように言った。

「リューセー……君は別に悪くないよ。私に謝る必要などない」

「レイワン、オレはね、大丈夫だから！　そういうの平気だから！　そのうちなんとかなるよ。だから心配しないで」

龍聖が明るい口調で言ったが、レイワンは眉根を寄せて浮かない表情だ。

龍聖は小さく溜息をついた。


「というわけでね、ここだけの話、ジアはどう思う？」

翌日、龍聖から話を聞かされたジアは顔面蒼白で、その場に硬直してしまっていた。

「ジア？」

龍聖が首を傾げながら呼びかけると、ジアは青白い顔で震えながら「ああ」と悲痛な声を上げた。

「私のせいです。私が悪いのです」

「もお～……レイワンもジアも、なんでそうなるのさ……悪いのはオレでしょ？　どう考えても……ねえ、それよりも、ジアには心当たりある？」

「な……なんのことでございますか？」

ジアはかなり動揺してしまっているようだ。龍聖は肩を竦めた。

「だからさぁ……オレのことを良く思っていない人物……何人かいるのかもしれないけど、その中でジアが思い当たる人物とかいないの？」

問われて一瞬ジアが表情を変えたのを、龍聖は見逃さなかった。ソファに座っていた龍聖は立ち上がり、ジアに顔がくっつくほど近づいて、じっとみつめた。

「ねえ？　誰か思い当たる人がいるんでしょ？　誰か教えてよ。そうじゃないと、オレ、本当にやばいからさ」

「そ、それを知ってどうなさるおつもりですか？」

「別に喧嘩（けんか）するつもりはないよ。むしろ仲直りしたいくらいさ。オレのことで誤解があれば解きたいし、オレへの不満があるならぶっちゃけてほしい……話がしたいんだよ。ね？」

至近距離で詰め寄られて、ジアはひどく焦った。

「恐らくお一人は……シュウヤン様だと思います」

つい逆らえずジアは白状してしまった。

「シュウヤン様!?」

龍聖は驚きの声を上げたが、まったく予想外だったというわけではなかったので、すぐに納得した。冗談で「小姑いびり」なんて言っていたのが本当になっちゃった……と思っただけだ。

龍聖は腕組みをして考え込んだ。それをジアは赤くなったり青くなったりしてみつめている。

「ジア……ちょっとお願いがあるんだけど……」

龍聖が真面目な顔で言ったので、ジアは緊張した面持ちで、ごくりと唾を飲み込んだ。


王の私室にある貴賓室に、シュウヤンと息子のウーランが招かれていた。シュウヤンは憮然（ぶぜん）とした様子で、腕組みをしてソファに座っている。ウーランはそんな父の様子を困ったように横目で見ながら、大人しく俯いて座っていた。

ウーランは、ここに来るまでの間に、一度父と口論をしていた。

父がリューセー様のことを悪く思っていることは知っていた。だがウーランは何度か龍聖からお茶に招かれて、話をして、その魅力的な人柄に惹かれるようになっていた。

慕っていた前のリューセーと同じく、新しいリューセーもとても素晴らしい人なのだと思った。もちろん性格も違うし、色々と変わった発言や行動をする人だ。だがそれは『変わっている』だけで悪いところなどひとつもない。むしろ時間をおいてよく理解しようとすれば、リューセーの発言や行動は好ましく、面白いものだ。新しいことに敏感で、順応性の高い若いシーフォン達は、次々と新しいリューセーの魅力に嵌っていった。

だから竜王の弟で、最も竜王とリューセーの理解者でいなければならない自分の父が、リューセーに対して悪い印象を持っていることがとても悲しかった。

今日も龍聖の側近であるジアを通じて、父とともにお茶に呼ばれたというのに、寸前まで「行きたくない」とごねる父と口論になっていたのだ。

ウーランは俯いたまま溜息をついた。

その時扉が開き、ジアに伴われた龍聖が現れた。

「シュウヤン様、ウーラン、お越し頂きありがとうございます」

龍聖は二人の前まで歩いてくると、ニッコリと笑って言った。シュウヤンとウーランは立ち上がり、龍聖に深く頭を下げた。

「本日はお招き頂きありがとうございます」

「オレ、シュウヤン様と一度ゆっくり話をしたかったんです。今日はレイワンもいないし、公式の宴とかでもないいから、遠慮なくなんでも話してください」

シュウヤンは姿勢を正して、龍聖の話を真面目な顔で聞いていた。先ほどまでの憮然とした態度が嘘のようだが、ウーランはとりあえず安堵した。

「オレは面白い話など出来ませんから、リューセー様を楽しませることは出来ないと思いますよ。息子のウーランだけでも良かったのではありませんか？」

シュウヤンは言い方は穏やかだったが、皮肉の混じった言葉を述べたので、ウーランは驚いて父を見た。

「オレやレイワンに、面と向かって意見が言えるのは、近親者だけだと聞きました。王や王妃が間違ったことをした時に、それを正すことが出来るのは、ロンワンの者……それも兄弟などの近親者が最も適している。だから内務、外務などの重要な要職に就いて頂くんですよね。竜王には兄弟が必要だと聞きました」

「その通りです。お分かりなら話は早い。リューセー様には世継ぎと兄弟を産んで頂く必要があります。本来の予定よりもすでに二十年も遅れている。何卒よろしくお願いいたします」

「シュウヤン様、少し言葉が過ぎるようですが！」

龍聖の後ろに控えていたジアが、顔を強張らせてシュウヤンに意見した。

「オレに文句があるのか？」

シュウヤンがジアを睨んだが、ジアは怯まなかった。

「私はリューセー様の側近です。リューセー様を守るためならば、竜王にも意見出来る立場であることをお忘れなきように」

毅然（きぜん）とした態度でジアが答えたので、龍聖の方が驚いて、一度ジアを振り返ってみた。いつも温和なジアが、とてもりりしい表情で立っていた。

『おぉ……』と龍聖は心の中で感嘆の声を漏らした。

「……失礼した。リューセー様、お許しください」

シュウヤンが少し不満そうな顔で、龍聖に向かって謝罪したので、龍聖は微笑み返した。

「いいえ、そういう話も聞きたかったんです。オレは自分が未熟者だってことを分かっているし……まだ色々と勉強しないといけないことが多くて……でもウーラン達のおかげで、こうしてエルマーン語の会話は、割と不自由なく出来るようになりました。本当に感謝しています。シュウヤン様からも何か教わることが出来ればと思っています」

「オレは特に……お教え出来ることはないと思いますが……」

シュウヤンは苦笑した。

「レイワンのことを教えてください」

「陛下のこと……ですか？」

思いがけない言葉に、シュウヤンは目を丸くして聞き返した。

「はい、だってシュウヤン様はものすっごくレイワンのことが大好きでしょ？　だからオレの知らないレイワンのことをいっぱい教えてもらえたらと思って」

龍聖がそう言ってニッと笑ったので、シュウヤンは面食らったような表情をした。

「そ……それは……別に……オレが教えなくても……リューセー様は陛下の伴侶だ。そういうことは夫婦で分かり合っていくものでしょう」

「オレ……今まで恋愛したことないから、そういうのが分かんないんです。あ、恋愛したことないって言っても、レイワンとはまた違うっていうか……今までお付き合いをした人は何人かいるんだけど、恋愛とは違うっていうか……好きだけど特別その人だけ愛しているとか……そういうのがなくて……だから付き合った相手のことを深く知りたいとかも思ったことがないんです。どうすればそういう……深い関係になれるのか分からなくて……だからレイワンをよく知っている人達からレイワンのことを色々聞いて、知るきっかけになればいいと思ったんです」

龍聖は真面目に話していたが、シュウヤンは眉根を寄せている。内心「ふざけているのか？」と思っていた。

「貴方はもうすでに兄上と一年間も夫婦として過ごしてきたでしょう。仲睦まじくしていると思っていましたが、それでもまだそんなことをおっしゃるなんて……リューセー様、まさか兄上とも恋愛関係にないと言われるのですか？」

「え？」

シュウヤンの問いに、龍聖が驚いた。

「いや、そんなことはないよ。レイワンとはラブラブだよ。婚礼以来毎晩欠かさずエッチしてるし……」

「リューセー様」

ジアが背後から窘めた。

「しかし先ほどリューセー様ご自身がおっしゃったではないですか。今まで恋愛をしたことがないから、相手を深く知りたいと思ったことがないし、どうすれば深く知ることが出来るのか分からないと……オレから兄上の話を聞いて知るきっかけにしたいと……それって、今、兄上のことを深く知らないと言っているのと同じでしょう」

「あ……」

龍聖は指摘されて気がついたようで、とても驚いた顔をして固まっている。シュウヤンはますます不愉快そうな顔をした。ウーランがはらはらとした様子で、父と龍聖を交互にみつめている。

「毎日性交をしているだけで、恋愛感情がないと言うのならば、貴方は兄上のことを性的な相手としか思っていないのですか？　リューセー様ともあろうお方がなんということだ。信じられん。兄上はあんなに貴方のことを愛しているというのに……」

シュウヤンが不快さを露(あらわ)にして、眉をひそめながら言うと、さすがの龍聖も顔色を変えた。

「あ……」

龍聖が返す言葉もなく、動揺していると、その肩をそっと後ろからジアが摑んだ。

「お言葉ですがシュウヤン様！　まだ一年です。降臨されてまだ一年。歴代のリューセー様も、出会ってすぐに竜王と愛し合われてきたわけではございません。まずは互いに分かり合い、契り合い、少しずつ愛を育(はぐく)んでいくものです。人の心は、簡単なものではないと……時間をかける必要があると……八代目のことがあって、我々もそれを知った。だから私もリューセー様の心のお世話や配慮に、神経を配らなければならないと側近教育の中で教わりました。恐れながら竜王様ご自身もそのように教育をされていると聞いています。シュウヤン様がた近親者もそうではないのですか？　シュウヤン様、陛下ばかりを庇(かば)いだてなさらず、リューセー様のことも理解しようとなさってください！　貴方がたシーフォンにとって、リューセーとはなんですか？　リューセー様がいらっしゃらなければ、貴方がたは滅びるのですよ!?　貴方はあまりにもリューセー様をないがしろにしすぎています！　口が過ぎるのもいい加減になさいませ！」

ジアが怒鳴ったので、その場にいた者全員がとても驚いた。龍聖もジアがこのように激昂するのを見るのは初めてで、ぽかんと口を開けて、振り返ってみつめている。

「な……なんだと！　黙って聞いていればアルピンふぜいが……」

シュウヤンは真っ赤になって立ち上がり、恥と怒りが混ざった様子で、わなわなと震えていた。

「リューセー様への非礼を指摘したまでです」

ジアは毅然とした態度で返した。

「ジ、ジア……遠慮なく話してって言ったのはオレだから……」

「父上、ジアが言うように、少しお言葉が過ぎますよ……失礼をお詫びください」

龍聖とウーランが二人の間に入り、なんとか宥めようとした。

「今日のところはお帰りください」

ジアが追い打ちをかけるように言い放った。

「言われずとも帰る！　不愉快だ！」

シュウヤンは吐き捨てるように言うと、さっさと部屋を出ていった。

「あ……リューセー様、本当に申し訳ありません。また改めてお詫びに伺います。ジア、すまない」

ウーランは真っ青な顔で、二人に何度も頭を下げると、慌てて父の後を追いかけた。

龍聖は二人が去ると、大きく溜息をつき、ソファにがくりと腰を落として、背凭れに倒れるように凭れかかった。

「リューセー様……」

ジアが龍聖の前まで回り込んでくると、その場に崩れるように膝をつき、額を床につけるほど平伏した。

「申し訳ありません！」

「え!?　なに？」

龍聖は突然のことに驚いて身を乗り出した。

「申し訳ありません！　すべては私の責任です！　シュウヤン様にあのような言葉を言わせてしまったのも、リューセー様が陛下とのことを不安に思われていたのも……すべて私が至らないばかりに……申し訳ありません」

「え？　ちょ……ちょっと待って！　別にジアは何も悪くないだろう？　シュウヤン様がオレに対して不満を持たれていたのは以前からだし、それを承知で分かり合いたくて呼んだわけだし……レイワンのことは、オレ……そこまで深刻には考えてなくて……だけどシュウヤン様に言われて気がついたというか……考えてみたらオレ、レイワンに『愛してる』って言ったことない……オレが悪いんだよ」

龍聖は眉根を寄せて、両手の拳を握りしめた。

「すべては私の責任です。申し訳ありません」

「そんなことない。ジアは悪くない。ジア……オレのことを庇ってくれてありがとう。すごく嬉しかったよ」

龍聖も床に膝をついて、平伏するジアの肩をそっと撫でた。

「ジア、さっきのことレイワンには言わないでね……オレ、シュウヤン様と仲直り出来るように考えるから……ね？　またオレを助けてよ」

「リューセー様……」

ジアが顔を上げると、龍聖はニッコリと笑ってみせた。だが心の中は悶々（もんもん）としていた。


「ばかもん!!」

シュウヤンの家の中から、怒鳴り声が廊下にまで響き渡った。

「お前は一体……なんということをしたんだ！　どこまで愚かなのだ!!」

怒鳴っているのはシィンレイだった。ことの重大さに慌てたウーランが、シィンレイの下へ行き、すべてを打ち明けて助けを乞うたのだ。龍聖との一件を聞いたシィンレイは、顔色を変えてシュウヤンの下へ怒鳴り込んできた。

「こんなことが兄上に知られたらどうするのだ！　いくら温厚な兄上でも、怒るどころでは済まされないぞ！　お前は自分の立場が分かっていない！　私とお前は兄上を命に代えても支えなければならないのだ！　それはリューセー様も含めてのことだ！　ああ……なんということだ……」

シィンレイは頭を抱えて唸った。

「しかし兄上……」

「黙れ!!　黙れ!!　お前はもう何も言うな!!」

シィンレイが顔を真っ赤にして激昂しているので、誰も近づくことも出来ずに、シュウヤンの家族はみんな遠巻きに見守っていた。シィンレイが部屋の真ん中で仁王立ちしている。その前に、シュウヤンがひざまずいて項垂れていた。

「今まではお前が兄上を思うあまりに、愚痴ぐらい零すことは仕方がないと大目に見てきた。私だって兄上を思って、この二十年を見てきたから、気持ちが分からないこともない。私達兄弟の間での愚痴の言い合いだ……それくらいならばと思ってきたが……まさか……これほどまでにお前が愚かだとは思わなかった……。お前は一体いくつだ!?　子供でもあるまいし、いい大人が……それもお前は内務大臣だぞ!?　国内警備長官だぞ？　兄上とともにこの国を支えるべき者が……ああ……リューセー様を許せんと口にするのは、個人的な感情の部分だけのことだ！　契約通りに儀式を行わなかった過去への愚痴だ！　もう過去だ！　来なかったというのは過去の話なんだよ！　今、ここにいらっしゃるリューセー様ご自身には、もう何の恨みもないし、なにひとつ責めるべきことはない！　リューセー様は兄上と仲睦まじくしているし、兄上はとても幸せそうだ！　それの何が不満なのだ!!　お前のそれはただの個人的な嫉妬だ！　なんと浅ましく卑しいことか……私は情けない……」

シィンレイはがくりと肩を落として、しばらく目を閉じて考えていた。シュウヤンは項垂れたまま言葉もない。ふいにシィンレイが険しい表情で顔を上げると、シュウヤンを睨みつけた。無言のままで、むんずとシュウヤンの腕を掴むと、力任せに立ち上がらせて、引きずるように歩きだした。

「ど、どこへ行くのですか、兄上」

「お前を黄昏の塔に入れる！」

「ええ!?」

その言葉に驚いたのは、シュウヤンだけではなかった。遠巻きに見守っていたシュウヤンの妻や子供達も驚いた。

「お、お待ちください！」

「シィンレイ様！　それだけは！」

「兄上！」

『黄昏の塔』とは、古い北の城にある高い塔のことだ。今は特別な許しがなければ、誰も入ることの出来ないその塔は、シーフォンさえも近づくことが出来ない孤立した場所だ。そのため、そこに幽閉されれば世間から隔絶されてしまう。『死刑』のないシーフォンにとって極刑と同じ意味を持つ場所だった。

「一日放り込むだけだ。そこで頭を冷やせ！　その間に私がジアと話し合う」

「まっ……待ってください！」

「いくらなんでも黄昏の塔は……」

「お前のしたことはそれくらいのことだと思い知れ！」

真っ青になって抗うシュウヤンを、シィンレイは真っ赤な顔で怒鳴りつけた。シュウヤンの妻が泣きながら止めに入る。

その時扉が叩かれた。侍女が対応に出ると、ジアが訪ねてきていた。

「ジア殿……」

「シィンレイ様のところへ伺ったらこちらにいらしていると聞きましたので……」

ジアがそう言いながら部屋へ入ってきて、中で揉み合うシィンレイとシュウヤン達の姿に、驚いたように目を見開いた。

「シィンレイ様……どうなさったのですか？」

「シュウヤンを罰していたところだ……それよりジア殿、今回のことについて、謝罪はもちろんだが

少しそなたと話し合いたいと思っていたんだ。改めて私の方から伺うので、ここは一旦お帰り頂けないだろうか？」

シィンレイが神妙な面持ちで、シュウヤンの腕を摑んだままジアに告げた。

「シィンレイ様、私が参ったのは、シィンレイ様のところへリューセー様がいらっしゃっていないかと思って、お探ししていたのです」

「リューセー様が？」

「何か思いつめたご様子だったので、心配していたのですが、一人になりたいと言われたので……。そうしたらほんの少し目を離した隙に、リューセー様がいなくなってしまっていて……。もしかしてシュウヤン様とのことでシィンレイ様に相談に行ったのではと思いお探ししていたのです」

「私のところにはたぶんいらしていないかと……リューセー様はお一人でいなくなられたのか？」

「いえ、一応警護の兵士はついていったようなのですが……」

そこへまた訪ねてくる者があった。龍聖付きの侍女だった。

「ジア様、リューセー様の居所が分かりました」

「どこにいらしたのですか？」

「陛下の執務室です」

「え!?」

それを聞いて、ジア達は一斉に驚き顔を見合わせた。シィンレイとシュウヤンの顔は、みるみる蒼白に変わる。それを見て、ジアが首を振った。

「リューセー様は私に、今回のことは決して陛下に言わないようにと口止めされました。ですからリユーセー様ご自身で陛下に言いに行くようなことはないはずです」

「自分で言うからお前に言うなと言ったのかもしれないじゃないか」

ジアに向かって、シュウヤンが血相を変えて文句を言った。シィンレイは眉間にしわを寄せてシュウヤンを睨みつける。

「とにかく兄上のところへ行こう。ジア、一緒に行ってくれ。シュウヤン、お前はここから一歩も動くな！」

シィンレイは、シュウヤンを放り投げるように乱暴に手を離すと、ジアとともに部屋を出た。


その少し前、龍聖はレイワンの執務室を訪ねていた。

突然の来訪にレイワンは驚いたが、笑顔で歓迎した。

「ジアは一緒じゃないんだね？　どうかしたのかい？」

レイワンは龍聖を抱きしめると、優しくそう言いながら、ソファに座るように勧めた。

「仕事の邪魔をしてごめんなさい……ちょっと聞きたいことがあって……レイワンが帰ってきてからでもよかったんだけど、なんか一人で考えていたら、いてもたってもいられなくなって……」

「なんだい？　何か心配事でもあるのかい？」

レイワンが不思議そうに尋ねながら、龍聖の腰を抱いたまま一緒にソファに座った。

「レイワン……あのさ……レイワンはいつもオレに愛しているって言ってくれるけど……それはいつからだっけ？　オレも改めて考えたことなかったけど……竜王の間で、すでに言われていたような気がするんだ」

龍聖が真面目な顔で、そんなことを尋ねるので、レイワンは不思議に思いながら、少し考える素振りをした。

「そうだね、竜王の間にいた頃にはもう言っていたね。私は君を愛していると思ったから言ったんだよ」

「なんで？　会ったばかりなのに……本当に愛しているなんて思った？」

「思ったよ」

レイワンは微笑んで頷いた。龍聖がなぜ突然そんなことを言い出したのか、その意図は分からなかったが、真剣な顔で尋ねるので、ここはきちんと答えるべきだと思った。

「もちろん私だって最初からそうだったわけではないよ。初めて君に会った頃から好感は持っていたけど……君と初めて性交をして、君に夢中になって、それで愛していると思ったけれど、後でその時の気持ちは違うことに気づいたんだ」

「違うこと？」

「そう……私が最初に君のことを愛しているって思ったのは、本当じゃなかった。その間違いに気づいたのは、本当に心から君に惹かれて、胸の奥から『愛している』という感情が湧き上がった時だよ。君が子供を産むのは無理と騒いだ後、色々と話をして、最後には君がとても明るく爽やかな笑顔で、私と仲良くしようねと言ってくれたんだ。その君の前向きな強さと優しさに癒やされた。私は、ああ、君が私のリューセーで良かったと心から思った。そして愛していると自然に口から出ていたんだ」

レイワンの言葉に、龍聖は頬を染めて目を丸くした。

「でもオレ……レイワン……オレ、レイワンに愛しているって言ってない……ごめんなさい……オレ……」

龍聖は自身がとても恥ずかしくなって、俯いて唇を噛んだ。

「知っているよ」

レイワンは優しく囁くように答えた。龍聖が驚いて顔を上げると、とても優しい笑みを浮かべて龍聖をみつめるレイワンがいる。

「知ってるって……今までずっと……一年も言わなかったのに？　でもレイワンはオレにずっと愛しているって言ってくれていただろう？」

「別に君が私のことを嫌っているわけじゃないし、むしろ君は私のことを好きになってくれていて、信頼してくれて、甘えてくれる。それで十分だよ」

「そんなのおかしいよ！」

龍聖は思わず立ち上がっていた。赤くなって眉根を寄せて、レイワンを見下ろしている。

「なんで怒らないのさ！　いい加減にしろって！」

「なぜ怒るんだい？」

レイワンが不思議そうに答えたので、龍聖はさらに頬を赤らめた。

「夫婦なのに……レイワンは愛してくれているのに、愛していると言ってくれているのに、愛を貰うばかりで、好き放題やっているのに、なんで怒らないのさ!?」

「リューセー……君は私のことが好きかい？」

レイワンは穏やかな口調で尋ねた。

「す、好きだよ！　当たり前だろう！」

龍聖の答えに、レイワンは零れるような笑顔を見せた。

「十分だよ」

「……そんなのオレは分からないよ！」

龍聖は叫ぶように言うと、だっと駆けだした。

「リューセー！」

龍聖は執務室を飛び出して、廊下を走った。外で待っていた警護の兵士達が慌てて後を追う。後方で扉の開く音がしてレイワンも飛び出した。

「リューセー！」

レイワンも走って後を追おうとしたが、警護の兵士に止められた。

「陛下、お待ちください！」

兵士は近くにいる他の兵士を応援に呼び寄せていた。その間に、龍聖を見失ってしまった。


シィンレイがジアとともに、レイワンの執務室へ向かっていると、前方からものすごい勢いで走ってくる者の姿があった。よく見ると龍聖だったので、二人ともとても驚いた。

「リューセー様！」

龍聖は二人の横を通り過ぎ、全速力で駆けていく。その後ろを必死になって兵士達が追いかけていた。

シィンレイとジアは、あまりのことに呆然（ぼうぜん）とそれを見送っていた。だがすぐにジアが我に返り、後を追いかけた。

「リューセー様！」

龍聖は、ノックもせずに勢いよく扉を開けていた。シュウヤンの家の中に転がるように飛び込むと、シュウヤン達が目を丸くして、突然飛び込んできた龍聖をみつめていた。

「リュ……リューセー様!?」

「ウーラン！　ちょっと来て！」

「え？　あ、はい！」

有無を言わさぬ勢いに負けて、ウーランが龍聖の下へ駆け寄った。龍聖はウーランの手を握ると、踵（きびす）を返して走り出した。

「ちょっと付き合って！」

「え？　あの？　え？」

扉の前には、ようやく追いついた兵士が、ぜえぜえと息を切らしながら並んで立っていたが、また飛び出てきた龍聖に驚く。

「ウーランの竜はどこにいるの？」

「え？　あ、呼べば南の塔に来ます」

「そこに案内して！」

「え？」

「いいから！　言う通りにして！」

「こ、こちらです」

勢いに押されて、ウーランは龍聖を南の塔へと案内した。

「ウーラン！　リューセー様！」

慌ててシュウヤンが部屋を飛び出したが、二人は廊下の先へとすでに行っていた。その後ろを兵士達が追いかけているのが見える。

「シュウヤン！」

呆然と立っていると、シィンレイ達が走り寄ってきた。

「リューセー様が来なかったか!?」

「い、いらしたけどウーランを連れて飛び出していった」

「どっちへ向かった!?」

「たぶん南の塔だ」

「南の塔？」

シィンレイとジアは驚いて聞き返した。


龍聖はウーランを引っ張って、南の塔の上まで来ていた。はあはあと二人は肩で息を吐く。そこは竜に乗り降りするための場所で、そこにいたシーフォン達が、突然現れた龍聖に驚いている。

「ウーランの竜はどれ？」

「今、こちらに降りてきます」

ウーランがそう言って指さすと、上空から一頭の竜がゆっくりと舞い降りてきた。赤茶色をした竜だった。

「オレを乗せて、ウーランの家の別荘に連れていってよ」

「ええ!?」

龍聖の突然の申し出に、ウーランはとても驚いた。その間にも、風が巻き起こり、二人のすぐ目の前にウーランの竜が着地する。

「オレを乗せることは出来るんでしょう？　乗せてよ」

龍聖はウーランの竜に向かって手を伸ばした。するとウーランの竜は嬉しそうに目を細めて、頭を下げ、龍聖の前に突き出した。龍聖は竜の頭を撫でてやる。

「名前はなんていうの？」

「チャンシェンです」

「チャンシェン、オレを乗せてくれる？」

龍聖が竜に話しかけると、竜はグルルッと喉を鳴らして、尻尾をパタパタと振った。

「さあ行こう」

「しかしリューセー様、こんなことが知れたら……」

「大丈夫、オレが君を誘拐したんだから、君にお咎めはないよ。ウーラン、君の父上のこと……オレに謝るくらいならば、オレの言うことを聞いてよ！　さあ！」

ウーランは、父のことを言われると何も言い返せなくなる。仕方なく龍聖を竜の背に乗せ、自分も乗った。チャンシェンは大きく羽ばたき、塔の上からふわりと舞い上がった。すると空を飛んでいた他の竜達が騒ぎはじめた。チャンシェンに乗る龍聖の下に、どんどん集まってくる。

「リューセー様、やはり危険です。戻りましょう」

「別荘はすぐそこなんでしょう？　それに竜達は、オレに危害を加えないって」

「竜達に危害を加えるつもりはなくても、こんなに集まってきて興奮したら、何が起こるかわかりません！」

ウーランが不安そうに辺りを見回した。たくさんの竜達が興奮した様子で、ぎゃあぎゃあと鳴いている。するとオォォォーッと低い咆哮(ほうこう)が空に響き渡った。それを聞いて、騒いでいた竜達がさぁーっと退散していく。龍聖達の上に大きな影が降りて、頭上を見上げると金色の巨大な竜の姿があった。大きな頭が真上に見える。

「ウェイフォン！　見逃してくれない？」

龍聖が大きな声で叫ぶと、巨大な金色の竜が少し頭を下げて、金色の瞳で龍聖をみつめた。龍聖は両手を合わせている。

「お願い！」

龍聖がもう一度言うと、ウェイフォンはググッと短く鳴いて、ゆっくりと高度を上げて、チャンシェンから少し離れた。

「ウェイフォン！　ありがとう！」

龍聖が手を振っていると、今度はチャンシェンが高度を下げ始めた。眼下を見ると、緑の草原と湖が見えた。その側に一軒の屋敷が建っている。

「あれが話に聞いていたウーランの家の別荘だね？」

「はい」

「一度行ってみたいと思っていたんだ」

龍聖がそう言って嬉しそうに笑うと、ウーランは困ったように苦笑する。チャンシェンはゆっくりと降下して地上に降りた。


「ウーランの竜だ」

後を追ってきたシュウヤンとシィンレイの竜が、屋敷の側に舞い降りた。二人は着地も待てないように、竜の背から飛び降りると、屋敷へと走っていく。シュウヤンが扉を開けようとしたが鍵がかかっていた。ドンドンと扉を叩くと、従者ではなくウーランが顔を出す。

「ウーラン！　リューセー様は？」

「いらっしゃるけど……父上だけ中に入るようにって」

「オレ？」

シュウヤンはとても驚いて、隣に立つシィンレイと顔を見合わせた。

「私は入れてもらえないのか？」

「……とにかく父上だけっていうことですから……すみません」

ウーランは困ったようにシィンレイに向かって頭を下げた。シィンレイは眉間にしわを寄せながらも、仕方ないというように、少し扉の前から離れる。

「シュウヤン、分かっているな？　もう絶対にリューセー様に失礼なことを言うんじゃないぞ？　土下座するなりなんなり、とにかく謝り倒して、城へお帰り頂くんだ」

シィンレイがシュウヤンの肩を叩いてそう言うと、シュウヤンは力強く頷いた。

シュウヤンが中に入ると扉が閉められる。シィンレイは外で待つことにした。

「リューセー様……」

屋敷の中に入ると、すぐの広間に龍聖が立っていたので、シュウヤンはその場にひざまずいた。

「リューセー様……先ほどは大変な無礼を働き申し訳ありませんでした。どのような処罰もお受けいたしますので、何卒お許しください」

シュウヤンは真剣な面持ちで謝罪の言葉を述べると、そのまま床に手をついて平伏した。

「シュウヤン様、そのことはもう結構です。貴方の言うことももっともだったし……それよりしばらく、ここに匿（かくま）ってもらえないかな？」

「は？」

シュウヤンが驚いて顔を上げると、龍聖はニッと笑ってみせた。

「というか、もうここに居座るって決めちゃったから、悪いけどお願いね」

「いえ、リューセー様、そういうわけにはまいりません。ここは警護が手薄ですし……いえ、そんなことよりも陛下はご承知なのですか？」

「レイワンには何も言ってないよ。だってオレ、家出してきたんだもん」

「家出!?」

驚きのあまり、シュウヤンとウーランは大きな声を上げていた。

「オレ、しばらくレイワンと離れたいんだ。でも城の中だと家出出来ないだろう？　オレの部屋に逃げたところで、レイワンはすぐ近くにいるし……。それで以前、リィミンとウーランから別荘の話を聞いていたのを思い出したんだ。シィンレイ様には頼んでも無理そうだけど、シュウヤン様ならって思って」

「オ、オレだってダメですよ！　そんなこと許すわけがないでしょう!?」

「シュウヤン様はオレに悪いって思っているんでしょ？　無礼なことをしたって……さっきどんな処罰も受けるって言ったじゃん。オレに悪いと思うなら協力してよ。悪いけど貴方を利用させてもらうから」

「は？　え？」

シュウヤンは、目を白黒させて立ち尽くしている。龍聖の言っていることが理解出来なかった。

「だから、レイワンと夫婦喧嘩中なんだ。まあそうは言っても、オレが勝手に飛び出してきたんだけど……。オレ、少し時間が欲しいんだ。色々と考えたくて……。レイワンとのことで悩んでいるんだ。レイワンの世話にはなりたくないから家出したの。だからシュウヤン様の世話になる！　シュウヤン様は国内警備長官なんだから、この屋敷の警備なんてどうにでもなるでしょう？」

「しかし……」

「協力してくれないなら、シュウヤン様の代わりにウーランに罰を与えるよ？　ウーランは人質ね。よろしく」

龍聖はそう言うと、ニッコリと笑って、ウーランの手を握った。

「レイワンは絶対に屋敷に近寄らせないでね。シィンレイ様の説得も聞かないから！　後でジアに来るようにお願いしてもらえるかな？」

シュウヤンは、驚きのあまり口をぱくぱくとさせるばかりで、何も言い返すことが出来なかった。

「じゃあ、そういうことで……」

龍聖はにこやかに手を振った。


扉が開いてシュウヤンが出てきたので、シィンレイが慌てて駆け寄ってきた。

「リューセー様は？」

「……しばらくここに滞在されるそうだ」

「は？　何を言っている。連れ戻してこいと言っただろう」

「オレだってそうしたいよ！」

シュウヤンがやけくそになって怒鳴り返した。

「とにかく……話は後だ。屋敷の警備を整えるために、一度城へ戻る」

「シュウヤン！」

「兄上はそこで見張っててくれ、すぐ戻る」

「シュウヤン!?」

シュウヤンは竜に乗って飛び去ってしまった。

「一体どうなってるんだ!?」

残されたシィンレイは、頭を抱えていた。

その後、シュウヤンが兵を連れて戻ってきた。一個小隊を屋敷の周囲に配置して警備をした。一緒に連れてこられたジアは屋敷の中に入れてもらえたが、シュウヤンとシィンレイは入れてもらえなかった。

シュウヤンはシィンレイに、龍聖から言われたことを伝えて、今後どうするか話し合った。

「とにかくオレがリューセー様に非礼を働いたのは事実だ。兄上とどういう喧嘩をしたのかは知らないが、オレのせいならなおさらだ。リューセー様の言う通りにするしかない」

「兄上に聞いてみよう。リューセー様と何があったのか……その上でどうするか話し合った方がいい」

二人が相談をしていると、大きな影が横切り、強い風とともに金色の竜が、近くの丘の上に舞い降りた。それを見て、シィンレイとシュウヤンが顔を見合わせる。

慌てて二人がウェイフォンの下に駆け寄ると、レイワンが降りてきた。

「兄上！」

「リューセーはどこだい？　ウーランと一緒にこっちに来たのだろう？」

レイワンが心配そうな顔で尋ねた。

「兄上……それが……リューセー様はしばらくオレの別荘に厄介(やっかい)になりたいとおっしゃっておいでなのです」

「シュウヤンの別荘に？」

レイワンはさすがに驚いたようで、困惑した様子でシュウヤンの屋敷へと視線を送った。

「兄上、リューセー様と一体何があったのです？　喧嘩したとリューセー様はおっしゃっているようですが……リューセー様は家出してきたと……」

「家出？　そうか……」

レイワンはそれを聞いて肩を落とした。

「喧嘩というか……私が悪いんだ。良かれと思って言ったことが、リューセーを傷つけてしまった」

「何をおっしゃったのですか？」

シィンレイが尋ねると、レイワンは苦笑した。

「こんな話……お前達に話すことではないのかもしれないけど……巻き込んでしまったからね……恥ずかしいけど話すよ。リューセーは、私に今まで一度も『愛している』と言ったことがなくて、もちろん故意にではなく、自分でも気づいていなかったようなんだけど、どういうわけかそのことに気づいてしまって、私に打ち明けに来たんだ。謝るつもりで……。でも私はそのことにずっと前から気づいていていて……リューセーがあまりにも申し訳なさそうにしょげてしまっているからかわいそうになって、前から知っていたけど気にしていないと言ってしまったんだ。良い意味で言ったつもりだったんだけど、その言葉はリューセーを逆に傷つけてしまった。私が浅はかだったんだ。リューセーの気持ちをもっと汲んでやるべきだった。きっと……たまには私が駄々をこねて、『愛していると言ってくれ』とでも言えば、リューセーの気も楽になっていたのかもしれない……。リューセーがいきなり怒って飛び出していった時は、どうしたのか分からなかったけど、今まで考えていて、その答えに辿り着いたんだ」

自嘲気味に笑いながら語るレイワンを、二人の弟は真剣な表情でみつめていた。

「兄上……そのことですが……」

シュウヤンが思いつめた様子で、レイワンに打ち明けようとした時、シィンレイがそれを制するように、シュウヤンの顔の前に右手を挙げた。シィンレイの目が『何も言うな』と言っていたので、シュウヤンは言葉を飲み込んだ。

「リューセー様は誰にも会わないとおっしゃいました。私達も入れてもらえません。陛下が来ても会わないと言っておられます」

「そうか……」

レイワンががっかりした様子で俯いたので、シィンレイとシュウヤンは顔を見合わせた。

その時、屋敷の方で動きがあった。玄関の扉が開いたのだ。中からジアが現れた。こちらに向かって小走りに近づいてくる。

「ジア」

レイワンが声をかけると、側まで来たジアが一礼をした。

「陛下、リューセー様よりこちらを預かっております」

ジアは一通の書簡を差し出した。

「これは？」

「リューセー様より陛下宛の書簡です。お持ち帰り頂き、ゆっくりと読んで頂いたら、返事を書いてほしいとのことです」

レイワンは言われて手元の書簡をみつめた。

「分かった。そうしよう……ジア、リューセーのことを頼む」

「かしこまりました」


城に戻ったレイワンは、執務室で龍聖から貰った書簡を読んだ。そこにはたどたどしいエルマーン語の文字が書かれていた。それでも龍聖が一生懸命書いていることが分かる。

——レイワンへ
一人で怒って飛び出してしまってごめんなさい。

でもオレはレイワンの優しすぎるところに我慢が出来なかった。

オレはそれに甘えてばかりで、恋愛しているような錯覚(さっかく)をしてしまっていた。

それではだめだと思う。だから少しレイワンから離れます。

最初からやり直したいです。

レイワンといちゃいちゃ仲良くして、セックスを毎日して、それは恋愛ではないですよね。

少なくともオレは勘違いしていました。

ちゃんとレイワンを愛せていなかった。

あんなにセックスしたのに子供が出来ないのはそのせいだと思います。

離れてみて、オレは毎日レイワンのことを考えます。

そして毎日オレが考えるレイワンの好きなところを手紙に書きます。

だからレイワンも、毎日オレのことを考えて手紙をください。

龍聖――

レイワンは何度も読み返して、やがて大きな溜息をついた。そしてクスクスと一人で笑いだした。

「まったく……リューセーはどこまでも、私をびっくりさせるんだね」

レイワンは、降参だと思いながら、新しい紙を取り出してペンを取った。


レイワンと龍聖の文通は毎日続いた。

レイワンからの手紙は、「気障すぎる～！　恥ずかしい～！」といつも龍聖を悶絶させるほど、愛の言葉が溢れていた。龍聖はレイワンの外見以外の好きなところを真剣に考えて書くようになり、次第にレイワンに対する思いが変わっていった。

「ジア……オレさぁ、いい年して恋愛の仕方が分からなかったんだ。あんなにたくさん付き合った人がいたのに、オレはいつも『特定の恋人は作らない』って気取っていて、儀式をして龍神様の花嫁にならないといけない運命だからしょうがないって、自分に言い聞かせていたんだ。でも本当は恋愛が良く分かっていない自分への言い訳だったんだ」

手紙を書いていた龍聖の下に、ジアがお茶とお菓子を持っていくと、龍聖は突然そんな話を始めた。

ジアは微笑んで頷いた。龍聖はペンを置くと、用意された焼き菓子を一つつまんで口の中に放り込んだ。咀嚼しながら何かを考えているような表情で、書きかけの手紙をみつめていた。

お茶を一口飲むと、龍聖は溜息をついた。

「すごいよね。さすがシュウヤン様は、国内警備長官だけあって尋問がうまいよね。オレの浅い考えなんて、簡単に見抜かれちゃうんだから……。レイワンとの関係がセフレだって指摘された時はすっごくショックだった。あっ、セフレっていうのはね……性交を楽しむだけの相手ってこと。オレはもちろんそんなつもりはなかったんだけど……考えてみたら、オレ今までそういうセフレみたいな関係の相手しかいなかったんだ。特定の恋人にはならないけど、エッチはするっていうのならば、それってセフレだもんね。特定の恋人……つまり本気で恋愛した相手なんていなかったんだから、付き合い方なんて分かるわけないよね」

龍聖は自嘲気味に笑って、また焼き菓子を口にした。美味しそうに食べているが表情は曇っていた。

「レイワンはそういう意味で言えば、最高のセフレだよ。オレの好きな相手の条件を完璧にそろえているし、エッチの相性もいい……。今まであんなに気持ちいい体験したことないし、毎日やりたいなんて思ったこともなかったし、長続きした人もいなかった。だからオレ勘違いしちゃったんだ。これが恋だって……本気の恋愛だって……。でもオレは一度もレイワンに『愛している』って言ってなかった。分かんなかったんだ。どうすればそんな風に言えるのか……どんな時にその言葉が口から出るのか……」

龍聖はもう一度溜息をつくと、また手紙を書きはじめた。

「でも毎日こうやって、レイワンの好きなところを文字にしていくと分かってきたような気がする……オレ……勘違いじゃなかったかもって……レイワンのこと……ちゃんと好きだったんだって。レイワンと毎日エッチしていたのは、気持ちいいからだけじゃなかった。レイワンの逞しい腕で抱きしめられるのが大好きで、キスされるのももちろん大好きで……レイワンの声とか、オレの名前を呼ぶ時の優しい声音とか、すごく大好き。レイワンに抱かれるのが嬉しかったんだ。他の誰でもない……レイワンだから……」

「じゃあ、もう城へお戻りになれますね」

ジアがそう言うと、龍聖は顔を上げて激しく首を振った。

「ダメダメ！　帰れないよ！」

龍聖の勢いに、ジアは驚いて目を丸くした。

「なぜですか？　こうして陛下に手紙も書いていますし、もう十分にリューセー様のお気持ちは届いていると思います。あとはリューセー様が城に戻って陛下に謝罪すれば、すべてが丸く収まるのではないですか？」

「そうだけど……そうだけどさ……まだだめだよ。家出してまだ三日しか経ってないんだよ？　オレの我が儘で勝手に家出したのに、これでのこのこと戻って、レイワンはきっとあっさり許してくれて……それじゃあだめだよ。何も変わらない」

ジアは龍聖の言葉を聞きながら、納得のいかない様子で首を傾げた。

「ですが……リューセー様が我が儘で勝手に家出したからこそ、リューセー様が謝罪するのが一番の解決策ではないのですか？」

ジアに言われて、龍聖は唇を噛んで項垂れた。

「オレがもっと……もっとレイワンのことが恋しくなって、会いたいって思って……会いたくて会いたくて苦しくなって……誰に会っても楽しくなくて、レイワンじゃなきゃだめ！　って心から思って、家出したことを反省するまではだめだよ」

「それは……誰が判断するのですか？　私から見て、もう十分にリューセー様は辛そうで寂しそうですよ？」

「ジアはオレのこと甘やかしすぎなんだよ！　じゃありィミン達を呼んでみてよ。オレたぶん以前と同じように楽しくなって、すぐにレイワンのこと忘れちゃうんだから！」

「リューセー様……」

「シィンレイ様！　リューセー様はどうなさったのですか？」

「どうなさったというと？」

会議の間で、各要職の長達が集まり月に一度の会議が行われる。皆がそろい、王の到着を待つまでの間、そんな質問がシィンレイに投げかけられたので、シィンレイは澄ました顔で問い返した。

「リューセー様が、シュウヤン様の別荘に滞在されているというのは本当ですか？」

別の者が続けて問いかけたので、シィンレイとシュウヤンは顔を見合わせた。

「ええ、リューセー様はこの国のことを色々と知りたいとおっしゃるので、オレの別荘で社会勉強をなさっておいでです。あそこからはパンポックの畑も近くに見えるし、アルピン達の暮らしぶりなどを見ることが出来るからと……」

「本当にそれだけですかな？　家出したとの噂もあります。現に陛下は一度も別荘へ出向いていらっしゃらない。魂精を貰われずとも大丈夫なのですか？」

「若者達を別荘へ呼んで毎日遊んでいると聞きますが？」

「一体、今度のリューセー様はどうされたというのですか？　二十年も遅れて来たかと思えば、毎日遊んでばかりで、ご自分のお立場をお分かりでないのでは？」

「今までにないことですぞ？　このような勝手な振る舞いをなさるリューセー様など……どうなさったのかと不思議に思うのも無理はないでしょう」

皆の口から堰を切ったように次々と、龍聖についての疑問が飛び出した。それは不満を匂わすものだった。一部の者達のその言葉に、会議の場がざわめいた。

バンッと机を激しく叩く音が響き渡った。皆が驚き一瞬静まり返る。

「いい加減にしろ！」

間髪容れずにそう怒鳴ったのはシュウヤンだった。厳しい眼差しを一同に向ける。ぐるりと皆を睨みつけて、もう一度バンッと机を叩いた。

「リューセー様が今までと違う？　当たり前だ！　リューセー様は皆それぞれ違う！　我が母だって、初代だってみんな違う！　遅れてきた？　それの何が悪い！　ちゃんといらしたからいいではないか！　たかが二十年だぞ？　九代目は五十年近くいらっしゃらなかった。だが……皆、我らのために降臨されている。それでいいじゃないか！　いや、ありがたいことだ。陛下と仲睦まじくされている！　ありがたいことだ。陛下はとても喜んでいらっしゃる！　ありがたいことだ。陛下がお許しになっているのに、なぜお前達が文句を言う？　リューセー様をなんだと思っているんだ！　無礼にもほどがあるぞ！　口を慎め！」

シュウヤンが大声で怒鳴ると、皆は顔色を変えて俯いた。

「そ、そのようなつもりは……申し訳ございません」

萎縮して消え入りそうな声で、数人の者達が机に突っ伏すように頭を下げて謝罪した。

シュウヤンは腕組みをして、なおも皆を睨みつけている。その様子を、シィンレイは苦笑しながらみつめていた。

「陛下のおなり！」

扉の前に控える従者が大きな声でそう言うと、ゆっくり扉を開いた。

「遅れてすまない」

レイワンが会議場に集まる皆の顔を見渡して言うと、全員が一斉に立ち上がり一礼をして迎えた。

レイワンが着席し、皆も着席をする。シィンレイが咳払いをして会議の進行を行った。


会議が終わりレイワンが退室する時に、シィンレイとシュウヤンに執務室へ来るように声をかけた。

二人は執務室を訪ねた。レイワンからソファに座るように促されたので、二人は何事かあったのかと顔を見合わせた。レイワンも二人に向かい合うように座るが、すぐには何も話しださない。侍女がお茶を運んできて、去っていくとようやくレイワンが口を開いた。

「先ほどはありがとう」

「え？」

「会議の前のことだよ。皆を鎮めてくれてありがとう」

レイワンが穏やかな口調でそう述べたので、二人は驚いた。

「き、聞いておられたのですか!?」

二人が同時に言うと、レイワンは微笑んで頷いた。それを見て、二人は肩を落とした。

「なんとも……見苦しいところをお聞かせしてしまい申し訳ありません」

「いや……元々、そういう声があることは聞いていたし……皆がそう思うのも仕方のないことだと思っている。私もそれを案じて、リューセーに忠告したのが、そもそもの夫婦喧嘩のきっかけだからね。リューセーはそのことをとても気に病んでいた。素直な人なんだよ。良い意味でも悪い意味でも……。私はどちらの意味でも、リューセーのそういうところが好きだ。今日のように、皆が私に面と向かって苦言を言うことはない。もちろんそのためにお前達がいて、代わりに話を聞き、諫めてくれる。お前達は唯一私に意見してくれる存在だが、それでも私に気遣い、言葉を濁したりするだろう。だからリューセーのようにすべてをまっすぐに私にぶつけてくれる存在が、とても新鮮で嬉しいんだ。我が儘さえも愛しい」

レイワンは微笑みながらしみじみと語った。

「しかしあのような時は、シィンレイが説き伏せるものだと思っていたが、シュウヤンがあんなに怒ってくれるとは……嬉しかったよ」

シュウヤンはそのように言われて照れ臭そうな、困ったような、複雑な表情をした。それを見てシィンレイがニヤニヤと笑う。

「そういえば大人になって、シィンレイは大人しくなったね。血の気が多い方だと思っていたし、割と思いつきで行動するところがあって、私はずいぶんお前に振りまわされていたものだけど」

レイワンがクスクスと笑いながら言うと、シィンレイは頭をかきながら苦笑した。

「いやあ……シュウヤンが私の何倍も血の気が多くて……兄上が眠られた後、ずいぶん振りまわされて、私も大人しくなりましたよ」

「いやあ……シィンレイ兄上は今でも血の気は多いし、思いつきで行動するところがありますよ……オレを黄昏の塔に入れようとしたり……」

「え？　何？」

シュウヤンが皮肉交じりに言ったのを、レイワンが不思議そうに聞き返したので、シィンレイは慌てて大きな声を上げて誤魔化した。

「ああ!!　それよりも兄上！」

「なんだい？　急にそんな大きな声を出して……」

顔をしかめてレイワンが言うと、シィンレイは苦笑し、シュウヤンは口を押さえて笑いを堪えた。

「すみません、兄上……その……先ほどの話ですが、兄上はやきもちは焼かれないのですか？」

「誰にだい？」

「そのお……私が言うのもなんですが……リューセー様はうちの息子とか、ウーランとか、とても贔屓にしているじゃないですか……別荘の方にも毎日のように呼び寄せているようですし……」

シィンレイが言いにくそうに言ったが、レイワンはとても落ち着いた様子で頷き返した。

「知っているよ。きっと退屈なんだろう……リューセーは寂しがり屋だし、たくさんの友達に囲まれていたいんだ。リューセーはリィミン達を友達だと思っているのだから、別にやきもちなんて焼かないよ」

穏やかに答えるレイワンを見ながら、シィンレイは何か考えているような表情をした。

「しかし……寂しいのでしたら、さっさと兄上の下に帰ってくればいいではないですか……リューセー様に疚(やま)しい気持ちはなくても、満更でもないとは思っていらっしゃるのではないですか？」

「満更でもない？」

レイワンは、シィンレイの言っている意味が分からなくて首を傾げた。

「兄上は真面目だし、まだ若くて経験もないので、気持ちが分からないのかもしれませんが……たとえば私だって、別に浮気をしようとか、疚しい気持ちがまったくなかったとしても、外交先で美しい女性達から『素敵』とか『かっこいい』と言われてちやほやされれば、満更でもない気持ちになります。なあ、シュウヤン！」

「え？　いや……オレは……」

シィンレイがそう言って、突然シュウヤンに振ったので、シュウヤンは驚いて目を瞠(みは)った。

「なあ！　シュウヤン！　男ならモテることを嫌だと思う者はいないし、自分に好意を寄せてくる相手から、ちやほやされれば多少は良い気になるよな？　な？」

シュウヤンが目を丸くしていると、しきりにシィンレイが、語尾を強めて言いながら、シュウヤンに目配せをするので、何度目かでようやく察することが出来た。

「あ、ああ！　そうだな！　ちょっと浮かれるな！　レイワン兄上、もちろん、もちろん浮気ではないし、疚しいこともないのですよ？　ただ満更でもないですよね……嬉しいというか……兄上には分かりませんかね？」

シュウヤンも調子を合わせて、レイワンに向かって少しオーバーに説明を始めた。

「リィミンがうちに戻ると、リューセー様の話ばかりで……とても素敵な方だといつも興奮気味に語るのです。すっかりリューセー様の信者です」

「うちもです。うちのウーランも完全にリューセー様信者で……以前オレがリューセー様の行動のことでちょっと愚痴ったら、ウーランにひどく叱られて親子喧嘩になったほどです」

「兄上、想像してみてください……リィミン達のような若者達が、周りを囲んで褒め称えてちやほやするのです。リューセー様だっていい気分になれるし、兄上と離れて寂しいなんてことも忘れてしまわれるのではないですか？」

シィンレイとシュウヤンは、二人でレイワンを左右から挟み込むようにして、矢継ぎ早にそんな話をし続けた。

するとそれまで穏やかだったレイワンの表情が、次第に曇っていき、眉間にしわまで寄りはじめた。

「私の妻がそんなことをしていたら、とても冷静ではいられませんね」

「オレだって無理！　まあでも友達だし……浮気とかではないし……」

「そう、別に浮気ではないから……兄上はなんとも思われないのですよね？」

「オレには目に浮かびますね！　リューセー様が楽しそうにはしゃいでいらっしゃる姿が……」

「ちょっと！」

大きな声を上げて、ガタッと勢いよくレイワンが立ち上がり、二人は驚いてレイワンから離れた。

「ちょっと……私室に戻ってくる」

立ち上がったレイワンが、ぽつりと言ったので、二人は顔を見合わせた。

「は、はい……またお戻りになりますか？」

シィンレイが見上げながら尋ねたが、レイワンはふいっと顔を背けた。

「いや、どうするかまだ分からない」

レイワンは呟くように答えると、さっさと執務室を出ていってしまった。

残された二人はぼんやりと見送ったが、しばらくしてプッとシュウヤンが噴き出した。それに釣られるようにシィンレイも噴き出す。

「兄上！　ちょっとやりすぎでしょう！」

「いや、お前が乗っかりすぎだろう。そこまで言わなくてもと思ったぞ」

「いやいや、最後の『リューセー様が楽しそうにはしゃいでる姿が』は、かなり効いたと思いますよ」

二人はソファに転がって笑いはじめた。ひとしきり笑ってから、同時に大きな溜息をついた。

「これで兄上も、行動を起こす気になってくれればいいが……」

「兄上は達観しすぎているのです。もっと若者らしくすればいいのに……こんなおっさん二人の『兄上』でい続ける必要はないんだ」

「まあ、それが兄上なんだろうけど」

二人は顔を見合わせてニヤリと笑う。

「さてと……自分の執務室へ戻るか……」

「オレも……少しお茶を飲んでから行こうか……ああ！」

カップを手に取ろうとしたシュウヤンが、突然大きな声を上げて立ち上がったので、シィンレイは驚いた。シュウヤンは「あぁ……」と唸りながら頭を抱えて座り込んだ。

「どうした？」

驚いたシィンレイが、シュウヤンの様子を見ながら尋ねる。

「……やられた……」

「何が？」

「兄上が……オレの竜……カンムウを乗っ取った……」

「はあ!?」


レイワンは、青い竜の背に乗って飛んでいた。シュウヤンの竜だった。

王の私室に戻ったレイワンは、部屋に入るとそのままテラスへと向かい、空に向かって呼びかけてカンムウを呼ぶと、その背にひらりと飛び乗った。護衛の兵士達もこれには気づかない。シュウヤンの別荘へ向かっていた。城下町を越え、広い畑を越え、丘の少し手前で高度を下げて降りた。

「いい子だ。ここで待っていておくれ……シュウヤンには言いつけるなよ？」

レイワンがカンムウの首を撫でると、カンムウは大人しく頭を下げてググと喉を鳴らした。


玄関の戸が叩かれたので、ジアは首を傾げながら居間から出てきた。対応に出ようとする侍女を、手ぶりで制す。今日のこの時間に、ここを訪ねてくる予定の者はいない。だが怪しい者ならば、外の兵士達が騒ぐはずだ。

「ジア？　どうしたの？」

今日の分の手紙を書いていた龍聖が、緊張した面持ちのジアに気づいて、不思議そうに声をかけた。

ジアは人差し指を口元に当ててみせる。

再び戸が叩かれた。

ジアはゆっくりとした足取りで玄関へと向かった。

「どちら様ですか？」

扉の側に立ち、そう問いかける。

「ジア、私だ」

その声にジアは驚いて、慌てて扉を開けた。風が部屋の中に吹き込み、深紅の長い髪が煽られる。

「陛下！」

ジアは驚きのあまり、大きな声を上げていた。

「え？　レイワン？」

その声に驚いて、龍聖が部屋から飛び出してきた。

「レイワン……」

玄関に立つその姿を見て、龍聖は驚きつつも嬉しそうに頬を染める。

レイワンは無言のままでしばらく龍聖をみつめていたが、つかつかと中へ入ってくると、龍聖の前に立ちじっとみつめた。

「リューセー……」

「レ、レイワン！　なんで来るんだよ！　今は会わないって言っただろう！」

龍聖は我に返ると、眉間にしわを寄せて唇を尖らせて、怒る素振りを見せた。

「リィミン達は来てもいいのに、私はだめなのかい？」

珍しく少し怒ったように声を荒らげてレイワンが言ったので、龍聖は目を大きく見開いた。

「え？」

「君は私と距離を置いて考え直すと言った。自分の行動を反省し、私のことだけを考えたいと言った。そう手紙に書いてあった。だから私は待つことにしたんだ。君が……私がいなくて寂しいと……これ以上耐えられないと、私に言ってきたら、すぐにでも迎えに行こうと思っていた。だけど……」

レイワンは眉間にしわを寄せて、とても怒っている表情だった。龍聖はただ驚いて何も言えずに、大きく目を見開いて目の前のレイワンの顔を見上げている。

「だけど君はリィミン達をここに毎日呼んで、楽しそうにお茶会を開いている。リィミン達と遊んでいる間は、私のことなんてすっかり忘れているだろう。リィミン達はリューセーにとって友達だから、私は平気だと……やきもちなんて焼かないと言ったが、それは嘘だ！　たとえ友達だろうと、なんだろうと、君が私といる時よりも楽しそうにしていることは許せない！　君が私以外の男を褒めたり、友達としてでも好意を寄せたりすることは嫌だ！」

「レイワン……」

龍聖は驚いていた。レイワンが声を荒らげて、そんなことを言うなんて思わなかった。何も言えずにただぽかんと口を開けて見ていた。

「君を愛しているから……君のことを思っていつも我慢していたんだ。物分かりのいいふりをしていた。自分でもそうだと思い込むようにしていたんだ。平気だと……リューセーは私の伴侶だから、リューセーは私を好きだと言ってくれるし、甘えてくれるし、それで十分だと……。リィミン達は友達なのだから、別にいいじゃないかと……自分に言い聞かせてきたけど、本当はいつも胸の中がもやもやとしていた。君が家出したのだって、本当は嫌だったけど、君の気持ちを尊重しようと思って我慢した。それなのに……もう我慢も限界だ！　私は許さないぞ！　ここで君がリィミン達と、楽しそうに遊んでいるなんて許さない！　私は怒っているんだ！」

「楽しくなんかないよ！」

怒鳴りつけるレイワンに向かって、龍聖も赤い顔をして怒鳴り返した。

「楽しくなんかないよ！　ここにリィミン達を呼んで気晴らししようと思ったけど、全然楽しくないんだ！　今までは楽しかったのに……。なんでだろうって考えたら、やっぱりレイワンがいないからなんだ……。レイワンが側にいてくれて、毎日ソファでレイワンに抱きしめられながら話をしたり、いっぱいキスしたり、エッチもして、毎日毎日……レイワンで満たされていたから……幸せだから他のことも楽しいんだ。こんな風に離れて、レイワンがいなくて寂しくて、その代わりはリィミン達じゃだめなんだよ！　全然代わりになんてなんないよ！　なんでさっさと迎えに来てくれないんだよ！

レイワンのバカ！」

「だから迎えに来た！　嫌だと言っても連れ帰るつもりだ。君には少しばかりお仕置きが必要だ！」

レイワンはそう言って、ひょいっと龍聖を肩に担ぎ上げた。

「わあ！」

「へ、陛下！　リューセー様！」

「リューセーは連れて帰る。お前は後から戻ってこい」

レイワンはジアに向かってそう言い、龍聖を担いだまま別荘を後にした。

外に出ると、たくさんの兵士達がおろおろとしながら、遠巻きに見守っていた。

レイワンはそれを気にすることもなく、大股で歩いていく。丘の向こうで待っているシュウヤンの竜カンムウのところまで戻り、その背にひらりと飛び乗った。

「え？　あれ？　ウェイフォンじゃないの？」

「ウェイフォンでは目立って、私が来ることがバレてしまうと思ったから、シュウヤンの竜カンムウを勝手に使った」

「勝手に!?　っていうか降ろしてよ！　怖いよ！」

「ダメだ！」

レイワンは龍聖を肩に担いだまま、カンムウを空に飛び立たせた。龍聖が悲鳴を上げたが、それも無視した。城へ戻ると、南の塔の上には、シィンレイとシュウヤンが待っていたが、レイワンは何も言わずに龍聖を担いだまま、カンムウから飛び降りて、二人の横を無言で通り過ぎた。

「怒っているね」

「いいんじゃないか？　たまには」

シィンレイとシュウヤンはニヤニヤと笑いながら、レイワン達を見送った。


レイワンは寝室の扉を乱暴に閉めて、担いでいた龍聖をベッドの上に放り投げた。

「うわあ！　ちょっ……レイワン！　ひどいじゃないか！　わあ！」

文句を言う龍聖を無視して、レイワンは龍聖の服を乱暴に剝ぎ取った。有無を言わさず腰を掴み、ベッドの上に膝をついた形で後ろ向きにさせると、両手の親指で双丘の割れ目を、ぐいっと左右に押し開き、その中心に舌を這わせた。

「あっ……ああぁっ！　あっ！　いやっ！　あっ！」

レイワンの熱い舌が、孔の中をかきまわすように愛撫した。龍聖は耳まで赤くなりながら身悶えて、ベッドに顔を埋める。舌が蠢き、孔の入口を乱暴に犯す。やがて親指も入れられた。舌で濡らした入口を、広げるように親指が挿入される。

「ああっあっ！　レイワン……ああっ……待って……あっああっ！」

龍聖が泣くような喘ぎを漏らして、腰を震わせた。容赦なく責められて、身構える暇もなく、快感の波が襲ってきて、龍聖はただただ喘ぎ続けるしかないようだ。龍聖の甘い泣き声に、レイワンはそそられるように高揚して、小さな孔を指で解し続けた。赤く色づき柔らかくなった孔は、レイワンの長い指を二本も三本も、難なく飲み込めるようになっていた。

レイワンは指を引き抜き、体勢を立て直すと、衣の前を開いてズボンを少し下ろし、すっかり怒張した男根を引きずり出した。

龍聖の腰を掴んだまま、口を開いている孔に、大きな亀頭を宛がいゆっくりと挿入した。

「ああっあぁぁっ……んんっんっあぁ……」

龍聖が顔を上げて、悲鳴のような声を上げた。太くて硬い肉塊が、肉を割るように体の中を貫いていく。痛みはない。それは電気が走るほどの快感だった。

レイワンは根元まで挿入すると、間髪容れずに前後に腰を大きく動かして、男根の抽挿を始めた。挿入の際は激しく突き上げて、腰の当たる音をわざと立てた。

「あっあっあっ……だめ……そんな激しく……あっあっ……いっちゃう……いっちゃう」

激しく責め立てられて、龍聖は背を反らせながら腰を震わせて絶頂を迎えた。龍聖の性器から、透明な汁が放たれてシーツに染みを作った。だがレイワンの責めは手を緩めることなく続けられた。

「あああっ……待って……いったばかりなのに……あっあっ……だめ……だめ……」

身悶えながら嬌声を上げ続けるのは龍聖だけだった。レイワンは上気した顔を、時折快楽の波に耐えるように歪ませ、歯を食いしばり、声が漏れるのを堪えているようだった。甘い囁きなど発さない。荒い息を漏らすだけで、黙々と腰を動かし続けていた。

「ううっくぅっ」

レイワンが眉間にしわを寄せながら、小さく呻いた。ぶるりと腰を震わせると、龍聖の中に勢いよく射精する。

熱い迸り(ほとばし)が体の中に放たれるのを感じて、龍聖が大きく喘ぎながら腰をゆらゆらと動かした。

レイワンは深く挿入したまま、ゆさゆさと腰を揺さぶり、残滓まで残さず精液を注ぎ込んだ。

ゆっくりと男根が引き抜かれ、龍聖の体を解放した。

龍聖は息を乱しながら、ベッドに仰向けになりレイワンの方へ顔を向けた。レイワンも顔を上気させて、肩で息をしているが、眉間にはしわを寄せたままで、険しい表情で龍聖を無言でみつめていた。

「レイワン……」

性交の後に、そんな硬い表情のレイワンを見るなんて初めてで、龍聖は驚いたように目を見開いてレイワンをみつめた。いつもならば抱きしめて、何度も口づけてくれるのにそれもない。

「レイワン」

龍聖がせつない声で名を呼ぶと、レイワンは目を閉じて、ふいと顔を背け、乱れた服を整えながらベッドから降りた。

そしてそのまま龍聖に背を向けると、寝室から出ていってしまった。

「レイワン！」

パタンと閉じられた扉をみつめながら、龍聖は起き上がり、泣きそうな顔で名前を呼んだ。

「レイワン！　レイワン！　ごめんなさい！　レイワン！　許して！　ごめんなさい！」

龍聖が泣き叫ぶように、謝罪の言葉を繰り返す。すると扉が勢いよく開き、レイワンが戻ってきた。ベッドまで駆け寄ると、泣いている龍聖を抱きしめた。

「リューセー」

乱暴に唇を重ねた。深く口づけて、舌を絡ませ合った。龍聖の体を強く抱きしめ、髪を優しく撫でる。

「リューセー、嘘だよ。怒ってなんかないよ。ごめん、ちょっとやりすぎた。ごめん」

「レイワン……ごめんなさい……ごめんなさい」

泣きじゃくる龍聖を宥めるように、レイワンは何度も龍聖の唇や頬に口づけて、髪を撫でて抱きしめる。

「リューセー、怒っていないから……愛してるよ。愛してる」

優しく愛の言葉を何度も囁くと、ようやく龍聖が落ち着いて泣き止んだ。

「怒ってないよ」

「本当に？」

「本当だ。ちょっと君を懲らしめてやろうと思って、わざと意地悪をしたんだ。乱暴に抱いてしまった。すまない。許しておくれ」

レイワンが甘く低い声で優しく囁く。何度も口づけられて、ようやく龍聖の頬が赤く色づいた。優しいいつものレイワンだと思って安心したのだ。

「レイワン……オレ……レイワンのこと……愛してるんだ。愛してる。この気持ちは間違いないよ。レイワンのことを想うと胸が苦しくて、せつなくて、レイワンがいないとだめなんだ。愛してる。レイワン愛してる」

「リューセー……」

二人は深く口づけ合った。何度も何度も確かめ合うようにみつめ合っては、口づけを交わし合った。そして微笑み合う。

「愛してるよ、リューセー」

「愛してるよ、レイワン」


「あ〜〜、久しぶりにいっぱいエッチしたなぁ……もう無理、もう一滴も出ない。お尻が痛い」

「リューセー、すまない……大丈夫かい？」

ベッドの上で大の字になり、笑いながらそんなことを龍聖が言うと、隣に横たわるレイワンが体を起こして、心配そうに龍聖の頰を撫でた。

「平気平気……だけどレイワンって本当に絶倫だよね～……何回射精したっけ？」

龍聖はそう言いながら、指を折って数えている。レイワンはそれを苦笑しながらみつめた。

「それとさあ……最初の怒ったようなレイワンとのエッチ……なんかレイプされているみたいで、ものすごく興奮した！　たまにはああいうのもいいよね！　癖になりそう！」

龍聖がそう言って笑いだしたので、レイワンは困ったように眉根を寄せた。

「本当にすまない」

「だから謝らなくても良いって！　怒っていると思ったから、悲しくて泣いちゃったけど、嘘だって分かったらさぁ……ああいう……レイワンの野性味っていうの？　なんかすっごく萌えた！」

龍聖はニヒヒッと変な笑い方をして、両手を広げてみせた。

「レイワン、抱きしめて」

レイワンは言われるままに龍聖を抱きしめた。龍聖は両手を、レイワンの広い背中に回す。

「レイワン、改めて……これからも毎日愛し合おうね。いっぱい抱きしめてね、いっぱいキスしてね、オレ、レイワンにそうされるのが一番大好きで、一番幸せなんだ」

「リューセー……私もだよ」

二人はみつめ合うと、幸せそうに微笑んで口づけを交わした。

第5章　大革命

龍聖（りゅうせい）が要望していた『談話室』が完成した。

王宮内の空き部屋を改造したもので、とても広い横長の広間がひとつあり、その広間の両側には隠し小部屋が作られていて、兵士が十人ほど待機出来るようになっていた。

隠し小部屋の壁には、数ヶ所透かし格子（こうし）が嵌（は）められていて、広間の方からはあまりよく見えないが、隠し小部屋からは広間の中が良く見えるように作られている。

「ただみんなでおしゃべりするだけで、何も起こらないよ」と龍聖は抗議したが、王や王妃が出向く先には、必ず護衛の兵がつくという決まりがあり、ましてや複数の他者と同席する場には、廊下ではなくその部屋で控える警護の兵が必要と言われた。それでも「そんな重々しい雰囲気じゃあ、みんなが緊張しちゃうよ！」と粘り強く龍聖が交渉し、検討に検討を重ねた結果の形だった。

広間には、大きめの丸テーブルがみっつ並び、それぞれのテーブルには六人ほど座ることが出来る。テーブルの配置を変えれば、最大で四十人ほど、集（つど）うことが可能な部屋だ。

中央のテーブルに龍聖と四人の青年が座りお茶会を開いていた。

「せっかくここが完成したんだから、今度はもっと大勢を呼びたいね。オレ達くらいの若者って何人くらいいるんだっけ？」

四人は、いつも龍聖とお茶会をしていたメンバーだ。シィンレイの息子のリィミン、シュウヤンの息子のウーラン、リィミンの親友のネイジュン、ウーランの親友のコーエン。ネイジュンとコーエンもロンワンの血筋だった。

「若者って男ばかりですよね？　そうすると……二十人くらいかな？」

「え？　そんなものなの？」

龍聖が驚いたので、四人は顔を見合わせて、指を折って数えている。

「同じ年頃でも……八十歳から百二十歳くらい……成人前後で幅広くみても、男だけならそんなものです。女性を加えたら三十人ちょっとかな？」

「結婚しててもいいんですよね？」

リィミン達が口々に話すのを、龍聖は頷きながら聞いている。

「あ、待って、独身男性だけなら？　独身だけなら何人？」

「独身の男だけなら十五人くらいかなぁ」

「そんなに減っちゃうんだ」

龍聖はさらに驚いた。

「そんなものですよ。我々シーフォンは、現在五百人にも満たないんです」

「少ないよね……本当に少ないよね……絶滅危惧種だよね。だってこの広い世界にたった五百人くらいしかいないんだよ？　世界の人口がどれくらいか知ってる？」

龍聖の問いに皆が顔を見合わせた。

「いいえ、知りません……五万人とかですか？」

「そんなに少なくないだろう。我が国と国交のあるカドルニス王国は、小さな国だが人口は三万人だと聞いた。兵士だけでも五千人はいる」

「ラヴァイン王国などは、兵士だけで二万人はいるぞ」

皆が知っている限りの情報を言い合い、知らない話には互いに感心し合っている。

「ごめん、ごめん。オレも正確にはこの世界の総人口なんて知らないんだ。だけど何千万人も……もしかしたらその何倍もいるかもしれない。でもその中で、シーフォンはたったの五百人未満だ。少ないよね」

「暗黒期には四百人を切っていましたから、これでも増えた方です」

「だけど最初の頃は二千人はいたんだろう？」

龍聖に言われて、四人は俯いてしまった。それを見て龍聖は慌てた。

「あ！　ごめん！　なんか難しい話になっちゃったね！　そんな話のつもりはなかったんだ！　話を元に戻そうよ！　それで……えっと……そうだ。独身のオレ達と同じくらいの男性ばかり集めて、お茶会しようよ」

龍聖が明るい表情で、そう提案した。

リィミンは不思議そうな顔で首を捻った。

「それは別に構いませんが、なぜ独身の私達くらいの男性だけなんですか？」

「それそれ、そこ！　そこが大事！」

龍聖はそう言うとニヤリと笑う。

「年頃の男ばかりでぶっちゃけトークやりたいんだよね」

「ぶっちゃけとーく？」

初めて聞く言葉に、皆が首を傾げた。

「今まではさ、リィミンとかウーランの家でやっていたから、そんなにたくさん集まれなかったし、その上お母様とか他の兄弟とかも近くにいるから、やたらな話は出来なかっただろう？　でもここならば、他に誰もいないから、オレ達だけでしか話せない話が出来る」

「オレ達だけでしか……」

「話せない話？」

四人は困惑気味の表情で龍聖をみつめた。

「色々とあるだろう！　女の子の話とか、エッチな話とか、体験談とか……」

「女の子の話ですか？」

「エッチな話ってなんですか？」

「体験談？」

いつまでも要領を得ない四人の様子に、龍聖は眉根を寄せた。

「本当に君達ってお上品だよね……みんなさぁ、年頃なんだから女の子に興味ないの？　あ、そういえば以前リィミンと話した時、婚約者とあまり会っていないって言っていたよね？」

皆がリィミンを見たので、リィミンは少し赤くなった。

「な、なんですか？　みんなだってそんなに頻繁に婚約者と会ったりしていないだろう？　第一、女性と会う機会なんてそんなにはありません」

「年に一度のお祭りの時ぐらいかな？」

「え？　祭りの時に婚約者に会うか？」

「会うっていうか……何かの出し物に参加していれば、応援しに行くだろう？」

「え!?　ウーランは、婚約者をいつも応援してやってるんだ」

「なんだよ、みんなは応援しないの？　冷やかさないでよ！」

四人は互いをけん制しながら話している。それを龍聖は不思議そうな顔で見ていた。

「ねえ、じゃあさあ、みんなはいつ結婚するの？」

「結婚は、男が成人して、仕事に就いて……まあ落ち着いたらします。いつと決まってはいません。家を出る時に、その機会に合わせて結婚するっていうのが、普通だと思います」

リィミンが真面目な顔で答えた。

「家を出るのは？　自分で決めて良いの？」

「そうですね……たぶん……仕事を覚えて、一人前になれば……自分から出ようと思う場合もあるし、親がもう一人で暮らせと言う場合もあります。我々ロンワンの場合は特に早く一人立ちさせられますね。早く結婚させたいというのもあると思います」

「この中だとリィミンが一番上？」

「はい、来年百歳になるので成人です」

「じゃあ来年結婚？」

リィミンは少し赤くなって、皆の顔を見回した。

「いやあ……さすがにそれはないと思いますが……再来年かなぁ……」

「一番下はウーラン？」

問われてウーランとコーエンが顔を見合わせた。

「私はコーエンよりふた月遅いので、そうですね。一番下です。九十二歳です」

「ふう～ん」

龍聖は腕組みをして、四人を見回した。

「みんな童貞だよね」

ニヤリと笑って言うと、四人は真っ赤になった。

「な、なんですか？　結婚していないんですから、あ、当たり前です」

「別に結婚と童貞は関係ないだろう？　婚約者がいるんだから、別に結婚前にやったっていいわけだし……あれ？　婚前交渉はだめなの？」

「だめ！　だめですよ！」

四人が一斉（いっせい）に否定したので、龍聖はおかしそうに笑った。

「それじゃあ他でやるしかないかぁ……あ、リィミンは見習いでもう外交の仕事を覚えているんだよね？」

「はい、でもまだ外には行ったことはありません。成人して正式に仕事に就けば、外遊に出向くこともあると思いますが……」

「じゃあその時に、外国で経験してみたら？　この国には売春宿がないからさぁ」

「ば、売春宿！」

四人は飛び上がるほど驚いた。

「四人とも性交の仕方とか知っているんだろう？　お父さんからそういう話を聞かされない？」

「た、多少は……」

四人は真っ赤な顔を見合わせた。

「それでそういうことに興味はないの？　友達同士でこんな話はしないの？」

龍聖に問いつめられて、皆はもう限界というくらいに赤い顔で俯いてしまった。その様子に龍聖は溜息をついた。

「これがたぶんだめなんだと思うんだよね。免疫がなさすぎるし、シーフォンの人達ってこういうことに根本的に興味がないでしょう？　シィンレイ様達と話していてもなんか違和感があるんだよ。シィンレイ様達はさすがに免疫があるっていうか、性交の話をしてもそんなに狼狽えないし、ちゃんと答えてくれるし、知識もある。だけどなんていうか……色気のある話にならないんだよね……医学的な雰囲気の話になっちゃうっていうの？　エッチな話なのにさぁ……猥談なのにさぁ……本来、男はこういう話が大好きじゃないといけないと思うんだよ」

龍聖は腕組みをしながら、自分の話にうんうんと頷いている。四人は赤い顔で、困惑したように互いをちらちらと見合っていた。

「だからね、こういう話で盛り上がりたくて、この部屋を作ったの！　あ、もちろんそれだけじゃないけど……とにかくさ、大広間とかでかしこまった宴の席とか、そういうんじゃなくて、気軽に集まって色々な話が出来る場所を作りたかったんだ。オレは自由なようで、それほど自由な身じゃないからね」

龍聖は肩を竦めながらそう言った。

リィミン達は内心『結構自由だと思うけど』と思ったが、もちろん口には出さなかった。

「みんな自慰はどれくらいの頻度でやってるの？」

「え!?」

四人は飛び上がるほど驚いた。

「え？　自慰って分かるよね？　もちろん知っているよね？　まさか知らない？」

龍聖からしつこく聞かれて、四人は仕方なく頷いた。

「知っています」

「今が一番やりたい盛りだろう？　ちょっとしたことで、すぐちんこが硬くなっちゃうんだからさ……自慰とか毎日やってるだろう？」

「毎日なんてしません！　よね？」

リィミンが思わず言った後、不安そうに他の三人に同意を求めた。三人は困ったような顔で、互いの様子を窺っている。

「オレ……実は以前、毎日やっていた頃があります。今はもう落ち着いたから、そんなにやってないけど……」

思い切った様子でネイジュンが言うと、リィミンはとても驚いて、ネイジュンをみつめた。

「なんで毎日やっていたの？　何か理由が？」

龍聖がさらに尋ねると、ネイジュンは赤い顔でしばらく俯いていたが、やけくそになったのか顔を上げて話しはじめた。

「もう十年くらい前です。父から性交の仕方を教えられて……裸の女性が描かれた絵や、性交をしている様子の絵を見せられて、説明を受けました。それで……その絵が頭からしばらく離れなくて……思い出すと……その……性器がそうなっちゃうから……毎日のように……」

「分かる！　それそれ！　それでその絵をもう一度見たいとか思わなかった？」

「お、思いました……」

真っ赤になったネイジュンに、龍聖はニッと笑って右手を差し出し握手を交わした。

「それはとても良いことだよ！　恥じることなんかない。年頃の男性ならば当たり前、むしろない方がおかしいくらいだ」

「ほ、本当ですか？」

龍聖に言われて、ネイジュンは安堵したように息を吐いた。

「わ、私も実は……」

盛り上がっている龍聖とネイジュンに感化されて、ウーランが思わずそう口走っていた。

「なになに！　ウーランも？」

ウーランは真っ赤になって、両手で顔を覆っていたが、コクリと頷いた。

「毎日やっているの？　ネイジュンと同じ理由？」

「い、今は毎日はやっていませんけど……私は……私も父から教えられた時にもそうでしたが……その後……祭りの時に、婚約者のノンニーとダンスを踊ったんです。その時にちょっと……事故で……ノンニーの胸に触れてしまって……そしたら、父から見せられた女性の裸の絵を思い出してしまって……胸の柔らかい感触と、あの絵と……もう頭から離れなくて、毎日……」

「うんうん、いいね、いいね、そういうのがいいんだよ」

「いいんですか!?」

嬉しそうに頷く龍聖に、ウーランが真っ赤な顔で聞き返したので、龍聖は大きく頷いた。

「もちろんだよ！　男だもん。女性の胸の柔らかさに興奮するのは当然だし、そうやって想像を膨らませて自慰するのもいいよ！　妄想大事！」

　龍聖にそう言われて、ウーランは少しばかり罪悪感が拭われたような気持ちになった。

「リィミンとコーエンは？　そういうのないの？」

　尋ねられて、リィミンとコーエンは赤い顔で俯いた。

　一瞬間をおいて、コーエンが俯いたまま震える声で絞り出すように話しだした。

「僕は……そういうの……いけないことかと思って……その、僕も父から教わったけど、結婚してからすることで……自慰のこととかあまり詳しく聞かなかったから、なんでその……あそこが硬くなってしまうのか分からなくて、その……性交をする時でもないのに、硬くなるのはいけないことじゃないかと思って、いつも治まるまで我慢していました」

「ダメだよ！　そんなの！　体に悪いよ！　やっていいんだよ！　自慰のやり方が分からない？」

　龍聖にさらに尋ねられて、コーエンは恥ずかしそうに頷いた。

「そんなこと誰にも聞けないし……いけないことと思っていたから、父にも聞けなくて……僕だけがおかしいのかと思って……」

「そうだよね！　分かるよ！　その気持ち！　……リィミンは？」

　最後に振られて、リィミンは赤くなって視線を落とし、しばらく何も言わなかった。

「リィミン？」

「私も……コーエンと似たようなものです。何度か……自慰をしたことはありますが……正しいやり方で出来ていたのかも分からないし、そもそもそういう風になるのがおかしなことだと思っていたので、すごく嫌で……罪悪感と言うか、恥ずかしいというか……射精しては落ち込んでいました。もうこんなことはしちゃだめだって……そう思って……」

リィミンが、羞恥に肩を震わせながら語ると、その肩を龍聖がそっと撫でた。

「恥ずかしいことじゃないし、おかしなことでもないよ。生理現象なんだし、男として正常なんだ。むしろそれがちゃんと出来ないと、男として不能なんだから……。オレは性欲があることは良いことだと思うよ。特にシーフォンにとっては大事なことじゃないかな？　ね？　こういう話、今まで誰とどこでしていいか分からなかっただろう？　本当は男同士、友達同士でする話なんだ。もちろんどこでも話していいことじゃない。照れ臭い話ではあるよ。だけど一番興味のある年頃のはずなんだからさ……ここで話そうよ。オレ、みんなの話を聞くからさ！」

龍聖が笑顔で明るい口調で言ったので、四人は顔を見合わせながらも、どこか安堵したような表情をしていた。

「じゃあまずは、コーエンの問題を解決しないとね！　自慰のやり方だけど、まあ一般的にはちんこを……あぁ……性器を直に手で握って……」

「え！　手で握るのですか!?」

リィミンが驚いて思わずそう言ってから、我に返り皆の顔を恥ずかしそうに見回した。

「リィミンはどんなやり方でやっていたの？」

「え……あの……初めて硬くなった時に……こう……ベッドにここを押しつけるようにしていたので……」

「擦りつける派かぁ……」

「流派とかあるのですか!?」

ネイジュンが驚いて尋ねたので、龍聖は声を上げて笑いだした。

「流派というか、まあやり方は人それぞれだからさ、本当は決まりなんてないよ。自分が一番気持ちいいやり方でやるのが良いと思う。リィミンみたいに物に擦りつけるのも結構気持ちいいよ。手で握って擦るのも良い……とにかく要は、性器に刺激を与えればいいんだよ。それで先っぽを弄ったり擦ったりするのも良いし、気持ちいいって思うところを触るんだ。オレも専門家じゃないから、確かなことは言えないけどさ……この性器を擦ったりして刺激を得て射精出来るようになることが大事なんだよ。だからコーエンみたいに我慢するのが一番ダメ！」

龍聖の言葉に、コーエンは青ざめた顔で驚いたように目を見開き、他の三人も目を丸くして龍聖をみつめた。

「なぜダメなんですか？」

四人が一斉に声をそろえて尋ねた。

「性交の仕方は教わっただろう？　性器は女性の中に挿入しないといけない。そして中で射精することで、子供を作るんだ。挿入して……こう……腰を動かして、性器を出し入れすることで、女性の中で擦れて刺激されるから射精する……これが普通の性交だよ。だけどこれがもし……性器を擦って刺激を受けて射精することに慣れていなかったら……それこそコーエンみたいに普段から我慢ばかりしていたら、いざという時に射精出来ないだろう？」

龍聖の言葉に、四人は「あっ！」と言って顔を見合わせた。とても納得したようだ。コーエンだけが真っ青になっている。

「コーエン、大丈夫だよ！　まだ君は若いんだから、これからちゃんと自慰を覚えれば大丈夫だよ！

我慢が快感になっていないよね？」

「なってません！」

「それなら大丈夫だよ！」

龍聖が大笑いしたので、釣られて皆も笑いだした。

その後しばらくは、龍聖の語る自慰の話を、皆が興味津々に聞き入った。最初は恥ずかしがっていたが、年頃の若者達である。まったく興味がないというわけではなかった。

やがて扉が叩かれて、ジアが部屋の中に入ってきた。

「リューセー様、そろそろお時間です」

「え？　もうそんな時間？　そっか、今日は楽しかったよ。また集まって話そうね！　次はもっと人数を増やしたいから、友達に声をかけて連れてきてね」

「ロンワンでなくてもよろしいですか？」

ウーランが尋ねると、龍聖は嬉しそうに大きく頷いた。

「もちろんだよ！」


龍聖は皆に手を振って別れを告げると、ジアとともに王妃の私室へと戻った。

「ずいぶん賑やかでしたね。お話が盛り上がりましたか？」

「うん、すごく楽しかった。誰もいないからさ……あ、警護の兵士がいたっけ……忘れてた。まあいいか……とにかく気兼ねなく話が出来て楽しかったよ」

「そうですか……良かったですね。談話室を作った甲斐（かい）がありましたね」

ジアはテーブルの上に、勉強のための資料本を用意しながら、ニッコリと笑った。龍聖は頬杖をついて何か考えごとをしている。

準備を整えて、お茶の用意まで終えて、ジアが龍聖の向かいに座った。

「今日は国交のある諸国についての勉強です……リューセー様？」

頬杖をついて窓の外をみつめたままの龍聖に、ジアが呼びかけたが、龍聖はまだ外をみつめたままだった。

「リューセー様？　勉強の時間ですよ？　リューセー様？」

「ジア」

「はい？」

「オレ……なんか分かった気がする」

「はい？」

ジアは突然の言葉に、訳が分からず首を傾げた、すると龍聖が頬杖を止めて、満面の笑顔をジアに向けた。

「オレ、何がやりたいのか……いや、何をやるべきか……かな？　とにかくオレがやることが分かった気がする」

「リューセー様、何のお話ですか？　今日のお勉強のことですか？」

ジアは困惑していた。龍聖は笑いながら首を振る。

「違う違うよ……あのね、今まで勉強していて、歴代の龍聖が、この国のために色んなことをしてきたってことが分かった。それがこの国の発展に繋がってきた。龍聖たちは竜王と一緒に国を造ったり、竜王を支えたり、色んな役割を担ってきた。でもオレは何もないなって思ってたんだ。武道とか出来ないし、特技とか、何もないし……大学には行ったけど、そこで学んだことはこの国では使えそうもないし……『龍聖誓紙』があるからね。それでもまあ、オレはオレだし、何も立派な功績を残せなくても、そもそもリューセーの一番大事な役割って、竜王に魂精を与えることと、子供を産むことなんだから、それさえちゃんとやればいいかって思ってて。ジアもそう言ってくれたよね。だから気にしないことにしてた」

龍聖の話を聞きながら、ジアは何度も頷いた。そしてそう話しながらも、やはりまだ気になさっていたのかと、ジアは少し胸が痛くなった。

「まあたまにはオレみたいな龍聖がいても良いよねって……子供はまだだけど」

龍聖はそう言って、エヘへと苦笑してみせた。

「でもね、分かったんだ。オレが出来ること。オレだから出来ること！」

「な、何ですか？　それは」

ジアに聞かれて、龍聖はニーッと笑った。

「恋愛大革命を起こす！」

「恋愛大革命!?」

ジアはとても驚いて思わず声が裏返ってしまった。

「うん、そう恋愛大革命……シーフォンの繁栄のためにとても大事なことなんだ。彼らの子作りについての意識を根本から変える。だから大革命」

龍聖が自信満々な顔で言うので、ジアは目を丸くしたまま口をポカンと開けていた。どう突っ込めばいいのかも分からなかった。

「り、リューセー様……ふざけているわけではないですよね？　私をからかっているわけではないですよね？」

ジアが念のために尋ねると、龍聖は真面目な表情になり頷いた。

「もちろんだよ。今日のことがあって、今までなんかモヤモヤしていたことが、こう……すっきりしたというか、確信に変わったんだ。今日ね、リィミン達と自慰について話したんだよ」

「じい？　じいって……まさか自慰のことですか？」

「じいじいじいって……ジアおかしい！」

龍聖がお腹を抱えて椅子から転げ落ちそうなほどに大爆笑するので、ジアは困ったように眉根を寄せて、少し赤くなった。

「そうだよ！　その自慰だよ！　一人で自分の性器を触って性処理すること」

「なっなっ……なんという話を談話室でなさっているのですか！」

ジアが今にも爆発しそうな勢いで、大きな声を上げたので、龍聖は驚いてからすぐに噴き出して、また大声を上げて笑った。

「ああ……もう……もう、もう、信じられません！」

ジアは赤くなり頭を抱えてしまった。

「ジアのその顔！」

「笑いごとではありませんよ！　リューセー様ともあろうお方が、公衆の面前でそのようなことを口

「公衆の面前なんて大袈裟だよ！　談話室という閉ざされた空間で、リィミン達たった四人と話しただけだよ」

「四人もいれば十分です！　四人のシーフォンの者が、王妃の口からいかがわしい言葉が出るのを聞いたのですよ！」

「あ、ごめん！　警護の兵士達も聞いたかも！」

ジアはその言葉に卒倒しそうになった。

「ジア！　しっかりして！　水！　水を飲む!?」

頭を抱えてその場に崩れ落ちそうになったジアを、龍聖が驚いて立ち上がり、なんとか受け止めた。胸に抱えながら、一生懸命声をかける。

「ああ……なんということ……私はどうしたら……」

「ジア、しっかりして、とにかく落ち着こう！　ほら、水を飲んで！」

龍聖はジアを椅子に座らせ直すと、水差しからコップに水を注いで渡した。ジアはそれを受け取ると、ごくごくと一気に飲み干した。

「ジア……あのね、冷静になって聞いてね。確かにちょっとびっくりさせたかもしれないけど、これはふざけているわけじゃなくて、とても大事なことなんだ。お願いだから最後まで聞いてくれる？」

龍聖はジアを宥めるように、ゆっくりと静かな口調でそう告げた。ジアは額と胸を押さえながら頷いた。

「元々はそんな話をするつもりじゃなかったんだ。最初はみんなの婚約者の話になって……」

龍聖は談話室で、リィミン達と話したことを、かいつまんで聞かせた。

「そういうわけで、これは大変なことだって思ったんだ。彼らが特別なわけじゃなくて、たぶんシーフォンの若い男性はみんなそうじゃないかって……。そしてこうも考えた。今結婚している人達も、年配の人達の中にだって、そんな風に訳も分からないまま、奥さんと性交をしていて、うまくいっていない人もいるんじゃないのかな？　性交の仕方を教わるのは大体が父親からだろう？　もちろん父親達は、自分が昔教わったことと自分の経験とを合わせて教えるんだろうけど、そもそもが間違っていたり、よく理解しないままだったりして、その不確かな情報を息子に伝えていたら……間違った知識がどんどん引き継がれちゃうよね？　これってすごく大問題だと思わない？」

ジアはそこまで聞いて、少し顔色を変えた。

「た……確かに……。ですが……」

「ジアはオレの教育も含めて、色々なことを教わっているから、性交に関しても医術的な意味も含めて、しっかり教わっているでしょう？　だから分かるはずだよ。これが大問題だってこと」

ジアはテーブルの上に視線を落とすと、深刻な表情で考え込んだ。確かに龍聖の話はあまりにも衝撃的だが、言っていることは間違いではない。今の話が本当だとするならば、少なくともリィミン、ウーラン、ネイジュン、コーエンの四人の若者が教わった性交の知識が正しいとは、もしくは彼らに正しく伝わっているとは言いがたいし、やり方や性行為自体に不安を抱いていて、自分に自信を持てないまま、そんな自分をとても恥ずかしいと思っているのだとしたら問題だ。

せめてそれぞれが、性的な事柄について、もっと父親と話をしたり、もしくは誰かに聞いたり出来れば、間違いを正すことも、自信をつけることも出来るのかもしれない。

そして龍聖が話を聞いてやったことで、皆少なからず不安を拭えたように思う。

「自慰なんていけないことじゃないし、むしろやった方がいい。そりゃあ人に知られたくないのも分かるし、恥ずかしいという気持ちも分かる。胸を張って話せることじゃないよ。だけど人として、いや生き物として、そういう生理現象はあって当たり前だし、成人前の男子なんて、体がそういう風になってるんだからさ……溜める方が良くないし、やった方がいいんだよ。だけどシーフォンの人達は性交の仕方は、義務として家訓みたいに引き継いでも、性欲とか心のそういう大事なこととか、自慰のやり方とか教えないいんだよね。それがだめなんだよ。オレ達の世界では『性教育』って、ちゃんとそういう教育分野として認められていて、学校で教えるんだ。間違った知識は、みんなを不幸にするからね」

「そうなのですか!?」

ジアはとても驚いた。学校でそういうことを教えるなんて、本当に驚きだった。

「あ、もちろん自慰のやり方を教えるわけじゃないよ？　ただ男性と女性の体の仕組みとか、性交のこととか色々……ちゃんと習うんだ。だからオレ達は普通に……友達同士でそういう話も出来る。シーフォンに必要なのはそういうことじゃないのかな？　って思った」

龍聖が真面目な顔で話すので、ジアも真面目に聞いていた。

「結婚前の彼らに、そういう話をして、認識を変えてもらえたら、きっと次の世代にも引き継げると思うし、結婚や子供のこと、もっと変えられるんじゃないかな？　と思って……。まずは男達に、性欲や性交渉に対する新しい認識を持ってもらう。そして女性に対する考え方や気持ちも……もっとエッチなことに興味を持ってほしい。エッチに興味があるのは恥ずかしいことじゃないよ！」

「そういう……ものでしょうか……」

ジアはまだ困惑している様子だった。

「昔の龍聖達は、竜王に愛を教えたんでしょう？　オレはシーフォンに恋愛を教えるよ」

龍聖はそう言って、指を二本立ててピースサインをしてみせた。

「また何か企(たくら)んでいるんだって？」

ソファに座るレイワンの膝の上に、龍聖が甘えるように座ってきたので、レイワンは両手で包み込むように抱きしめながら、龍聖の耳元で優しく囁き耳たぶに口づけた。龍聖はくすぐったいというように首を竦めながらも、嬉しそうに笑う。

「君が何かしでかす時には、ジアからちゃんと報告が来るんだよ」

「え～……ジアに秘密って言ったのに、裏切り者～」

龍聖が膨れてみせて、すぐにクスクスと笑いながら、レイワンの肩口に頬を擦り寄せた。

「反対する？」

「反対しないよ。君がやりたいようにやるといい」

「レイワンはいつもそうだ」

「本当にダメだと思ったら止めるよ」

レイワンは龍聖の唇を軽く吸ってそう囁いた。

「ウーランから言われたんだ。『私達とリューセー様達は何か違うのでしょうか』って」

「どういう意味だい？」

「シーフォンの多くは生まれて間もないうちに、将来の結婚相手が家族間で決められるだろう？　彼らは親に決められた相手と大人になったら結婚する。互いのことをあまりよく知らないまま……。オレがね、それはおかしいって言ったんだ。なんで結婚前に婚約者とデートしたりしないの？　結婚前から互いを知り合って恋愛関係になればいいのにって。そうしたら、竜王とリューセーも、互いに生まれた時から決められているけど、結婚まで会わないでしょうって言われて……。竜王とリューセーは愛し合うのだから、自分達もそうなれるはずなのにって……そう言われちゃうと、オレも婚約者と恋愛しろって言えなくなっちゃうだろ？」

　レイワンは龍聖の話を聞いて少し考えるように目を閉じた。その顔を龍聖は間近でみつめながら『綺麗(きれい)だな』と思った。

「竜王とリューセーは結ばれる運命にあるからじゃないのかな？」

「運命？　オレはそんなの嫌だ！」

　むっとした顔で龍聖が答えたので、レイワンは少しばかり驚いたような表情をした。

「なぜだい？」

「元々そういう運命だったなんて言われたら……オレがレイワンを好きなことも、オレの本当の気持ちじゃないみたいだろ？　オレは運命とか誰かの定めたもののせいじゃなく、オレ自身の気持ちでレイワンを好きになったんだ」

　龍聖の思いがけない言葉に、レイワンははっとしたような表情で龍聖をみつめて、すぐに顔を綻(ほころ)ばせ微笑みながら龍聖の唇に口づけた。

「愛しているよ」

「オレも」

ジアは自室で日記を書いていた。書き終わると大きな溜息をつく。

自分が書いた日記を改めて読み返し、読み終わると眉間にしわを寄せながら憂鬱気にまた溜息をついた。

机に置かれたランプを手に立ち上がり、ベッドへ向かった。

ベッド脇の小さなテーブルにランプを置き、ベッドへ入る。しばらく天井をみつめていたが、もう何度目になるのか分からない溜息をつく。

「私は毎日、日記に反省ばかり書いているけれど、反省というものは我が身を振り返り、改めようとするから反省なのではないだろうか？　反省ばかりの私とは一体……。歴代の側近の中でも、私が一番ダメな側近だと思う。……また私はリューセー様の前で、あんなに驚いてしまった。リューセー様のなさることは、並大抵のことではないから、いちいち驚いていては、不敬に当たるというのに……もういい加減驚かなくなったと思っているのに……明日は……明日こそは驚かないようにしよう」

ジアは声に出して、自分に言い聞かせると、納得したように頷いた。

「きっと大丈夫。明日はもう驚かない」

ジアはランプを消し、静かに目を閉じた。

数日後、談話室に若い男性シーフォン達が十四名集まった。皆成人前後の未婚の者ばかりだ。

彼らのうちのほとんどが、こうして近くで龍聖と話をするのは初めてなので、緊張して身を固くしている者が多い。長テーブルが置かれて、七人ずつ向かい合って座っている。真ん中の空いている席が龍聖の席だ。

「お待たせ！」

扉が開いて、龍聖が入ってくると、皆はさらに緊張した。龍聖は気にする様子もなく、真ん中の席に座った。

「あれ？」

座るなり、龍聖は自分の周囲を見回した。

「リィミン達はオレの側に座ったらダメだよ。いつも話しているんだから。今日は初めての人達とも話したいんだから、席替え！」

「しかしジア殿から……」

リィミンが慌てて事情を説明しようとしたが、龍聖は首を振った。リィミン達はジアから龍聖の補佐を頼まれていたのだ。仕方なく、リィミン達は離れた席の者と、場所を交代した。

「さてと……自己紹介は話しながらするとして……今日、みんなに来てもらったのは、オレと同じくらいの年頃の君達と仲良く交流したいと思ったからなんだ。友達みたいに、男同士の話がしたい。オレはみんなに興味があるんだ。シーフォンの若者がどんなことを考えたりしているか知りたい。だから色んなことを聞くから、遠慮なく何でも話してください」

龍聖はいつもと変わらない様子で、皆の顔をゆっくりと見回してそう告げた。

「今日は恋愛について話がしたいです。みんなが恋愛についてどう思っているかとか、婚約者のこととか、色々聞くけど答えてね。……あ〜、ちなみに……別に尋問じゃないから、話したくないことは話さなくて良いし、逆にオレに聞きたいことがあれば、なんでも聞いてね」

龍聖は言い終わると、ニッコリと笑った。正面に座っていた青年と目が合ったが、彼は赤くなって慌てて頭を下げた。

「君、婚約者はいるんだよね？」

その相手に向かって、龍聖は早速声をかけた。

「わ、私ですか？」

「そうそう、君」

彼は赤い顔のままで、狼狽えたように目をうろうろとさせている。

「こ、婚約者はいません」

「え？　なぜ？」

「あ……一応……いるのですが……とても年が離れていて、将来婚姻できるのかどうか、未確定なので、婚約には至っていません」

「そうなんだ」

龍聖はその者が下位のシーフォンであることに気がついた。どうしても女性の方が少ないシーフォンでは、下位の者ほど男性があぶれてしまっていると聞かされていた。それはシーフォンだけにとどまらず起こる事態で、龍聖のいた世界だって似たようなものだと思った。

「さて、みんなは自分の婚約者のことをどれくらい知ってる？　婚約者とは頻繁に会ってる？　婚約者と口づけをしたことはある？」

龍聖が立て続けに質問を並べたので、ざわめきが起きた。どの質問も彼らにとっては、驚くような質問だったからだ。

龍聖は驚いている皆の顔を眺めながら、ジアとの会話を思い出していた。


『ジア、これはオレにしか出来ないことなんだ。だからオレがやるべきことなんだって思った』

『それはなぜですか？』

ジアが不思議そうに尋ねる。

『昔の龍聖達は時代的に少し違っていて……九代目龍聖は、大人だったから理性的で、なによりたぶん恋愛面では真面目だった。十代目は高校生でこっちに来たから経験自体がたぶんなかった。オレは……子供でもないし大人でもないし……遊び人だし……それに誰ももうオレには期待してないと思うし、でも何をやらかすか分からないって思ってるだろう？　そろそろオレにびっくりさせられることに慣れちゃったんじゃない？』

龍聖はニッと笑った。

「びっくりしてもらおう」

「え？」

龍聖の独り言に、隣に座っていた青年が、少し驚いたように聞き返した。龍聖は彼の方を向いてニッコリと笑った。

「君は今の質問に答えられる？」

「あ、あの……婚約者のことは……幼馴染みだし、よく知っているつもりです。頻繁にというほどは会っていません。何か用事がないと会うことは出来ないし……それと……口づけなんて結婚してからすることなので……」

彼は正直に答えてくれた。その答えに龍聖はニヤリと満足そうに笑って頷いた。

「今の彼の答えに、自分も似たようなものだと思う人は手を挙げて！」

龍聖が立ち上がって尋ねると、全員が手を挙げた。それにもまたニッと笑う。

「よし……分かった」

龍聖は座り直すと頷いた。

「婚約者の話はこれで終わり……さて、次は女の子の話をしよう」

「女の子の話？　婚約者の話ではないんですか？」

「婚約者の話は終わりって言っただろう？　女の子の話だよ。誰でもないただの女の子の話……君達は女の子に興味はあるよね？」

皆は「なんの話？」というように不思議そうな顔で、隣や向かいの者達と無言で顔を見合わせている。

「あれ？　女の子に興味ないの？　おっぱいを触りたいとか思わない？」

その龍聖の発言に、全員が驚きすぎて声にならない声を上げた。

「君達はさぁ……真面目すぎるし、初心すぎるよ。なにより異性に対して免疫がなさすぎる。君達くらいの年頃の男子がそろいもそろってこんなのって、オレの世界じゃありえない。そりゃあ初体験済みなんて、高校三年の時クラスの一割くらいしかいなかったけど、それは彼女がいなかったからってだけで、彼女が出来たら、みんな絶対すぐにでもエッチしたかったし、それくらい……みんな女の子に興味があった。友達が買ったエロデータは、すぐみんなで共有してたし……あぁ……つまり女の子の裸の絵とかってこと……毎日のように猥談ばっかりしていたし……。だけど君達はここに十四人もそろっているのに、みんな『おっぱい』って言葉だけで、悲鳴を上げるくらい初心なんだよね」

龍聖はそう言って、首を竦めて溜息をついた。

「それなのに、みんなもうすぐ結婚しちゃうんだ……。そんな状態のまま結婚しちゃうんだから、そりゃあなかなか子供も出来ないよね。だって女性のことも、性交のことも、よく分かんないまま結婚して子供を作るんだからさ……。みんなきっと最初は手探りで、失敗したり、夫婦仲が気まずくなったりしながら、なんとかようやく子供を作るんだろうね」

龍聖の話に、みんな不安そうな表情になってしまった。

「ねえ、本当におっぱいに興味ない？」

龍聖は隣の青年の顔を覗き込むようにして尋ねた。青年は真っ赤になり、目を逸らそうとしたが逸らせず、とても困ったように顔を歪めて、やがて根負けしたように「興味あります」と答えた。

「よし！」

龍聖はぐっと拳(こぶし)を握り締めた。

「それじゃあ、おっぱいの話をするね！」

龍聖は女の子の体の魅力についてや、女の子の仕草(しぐさ)や態度などの魅力について話した。

最初は引き気味だった青年達も、次第に打ち解けて話に興味を示すようになった。

その後全員参加のお茶会は、月に二回のペースで行われた。それぞれ勉強や仕事の関係で、全員がそろうことが頻繁には出来なかったからだ。

回を重ねるごとに、お茶会は賑やかになっていった。みんなも積極的に話すようになり、恋愛についての彼らの意識が、次第に変化していくのが分かった。

半年が経(た)つ頃には、龍聖が思い描いていた年相応の男同士の会話が自然と出来るまでになっていて、そんな賑やかな談話室は、大学時代を思い出させるものだった。

しかし少し意識が変わったというだけでは、何も変わらないことは龍聖にも分かっていた。

彼らが女の子に興味を持つようになったところで、すぐに婚約者と恋愛が出来るようになるわけではない。

「次の段階かな……」

龍聖は腕組みをしてそんなことを考えていた。

数日後、今度は若い女性ばかり十人を談話室に招待した。

皆、とても緊張した面持ちで座っている。

美しく着飾った彼女達を、龍聖はニコニコしながら眺めていた。

『やっぱり女の子は良いよね～、華やかだし、良い匂いだし』

龍聖はコホンと咳ばらいをすると、ゆっくりと皆を見回した。

「今日は来てくれてありがとう。この部屋は、オレがシーフォンのみんなといつでも気軽に会って、お茶会したりするために造った部屋なんだ。顔ぶれを見ても分かる通り、ロンワンだけではなく、すべてのシーフォンに来てもらえるようにしたかったんだ。ここでは上位下位関係ないから、みんなオレの客として、一緒に会話を楽しんでほしい。だからそんなに緊張しないでね」

龍聖が優しくそう語りかけると、女性達は少しばかり戸惑ったように隣同士で顔を見合わせている。

「この間は男性達とこんな風に話したんだ。たぶん君達の婚約者だと思うんだけど、その話は聞いてる？」

龍聖の質問に全員が首を振った。その反応は、もちろん予想済みだったが、龍聖はわざと驚いた素振りをしてみせた。

「え？　なんで聞いていないの？　婚約者でしょ？　そんな話をしないの？」

龍聖がさらに尋ねると、全員が顔を見合わせてこそこそと話しはじめた。

「ねえねえ、オレに言って！　オレと話そうよ。ここはオレ達だけだから、気にしないで話して」

龍聖にそう言われて、一番近くにいた女性が、おずおずとした様子で口を開いた。

「婚約者と言っても、ほとんど会ったこともないので、話などはいたしません」

「え⁉　婚約者なのに会わないの？　でもいずれ結婚するんだよね？　会いたくない？」

さらなる質問に、また全員が顔を見合わせてざわついた。

「結婚して夫婦になって、これからずーっと一緒に暮らさないといけない相手なのに、結婚前にどんな人か知りたいとは思わないの？」

龍聖はテーブルを挟んだ向かいにいる青い髪の女性にそう質問を投げかけた。

「知りたいとは思います……でも会うきっかけがないというか……今まで誰もそんな風にしていないので……」

「会ったらダメってことはないんでしょ？」

その問いには全員が頷いた。

「オレさぁ、この世界に来てまだ日も浅いから、よく分からないことが多いんだけど、最大の謎はそこなんだよねぇ……なんでシーフォンの人達には恋人同士がいないんだろうって思って……別に婚約していたって、恋人になれないわけじゃないし……つまり未婚の男女って、すごく距離を感じるんだよね。みんなは男性に興味はないの？」

この質問には少しざわめいた。それを見て龍聖は楽しそうにニヤニヤする。

「婚約者とか関係なく、年齢も関係なく、男性を見て『あの人素敵だな～』って思う人はいないの？　憧れでも良いけど……君はどう？」

龍聖に突然指名された女性は、赤くなってもじもじしていたが、「陛下はとても素敵だと思います」と答えたので、急にその場が盛り上がった。女性達が全員同意したのだ。

「やっぱりレイワンはかっこいいよね」

龍聖がそれに乗っかって言うと、みんなが頷いた。

「すごく優しいし、頼りになるし」

龍聖が続ける言葉に、皆が何度も頷いて笑顔に変わり、その場の雰囲気がとてもよくなった。龍聖はそれを満足そうに見回す。

「良かった。みんなもオレの世界の女の子と全然変わらないね。かっこいい人はやっぱりかっこいいと思うもんね……ここではそういう話をしたいんだよ」

女性達も笑顔で頷く。

「それでね、オレが普段思っていることを話すね。シーフォンの女性って、みんな物静かでおしとやかだよね。あんまり城の中を歩いていても会わないし、みんな部屋の中にいるの？　出かけたりしないの？　なんか男性ばかりが自由にしているように見える。何しろ竜も持っているしさ……。だけどオレはこんな風に教わったんだ。『シーフォンは女性を大切にし、女性の方が地位が高い』って……。でも全然そんな風に見えないんだよね。みんなはどう思っているの？」

「少しも地位は高くありません」

龍聖の近くに座る女性が、不満そうな顔で呟いた。それをきっかけに、他の女性達も色々と発言を始めた。

「私達には竜がないから、自由に外に出られないんです。城の外など一度も出たことはありません」

「中庭にだって出られないわ。出たら男性達から色々と皮肉を言われるもの」

「女は静かにしていろって父からいつも言われるわ」

みんなよほど溜まっていたのか、次々と不満が吐き出された。

龍聖は真面目な顔でそれらをひとつひとつ聞いては頷く。

「でもそういうのって、これからいくらでも変えられると思うんだ。例えば結婚。今は親がうるさいかもしれないけど、結婚して家を出れば自由になれるはずなんだよ。だけど今のままでは何も変わらない。それはなぜだと思う？　結婚相手の理解が得られないからなんだ」

龍聖の言葉に、皆が静かになった。

「結婚する前に、婚約者のことをよく分かって、相手も君達のことを分かって、愛し合って恋人同士になれれば、きっと結婚してからも君達のことを大事にしてくれるし、尊重してくれるはずなんだ。何より大事なことだから、これだけは君達がしっかりと覚えていてほしい。子供が産める君達は、男性よりもずっと偉い存在なんだ。君達がいないとシーフォンは滅びる。君達はもっといばっていていいんだよ」

皆が驚いた顔をしている。それを見て、龍聖はニッコリと笑った。

「そして君達には男性を選ぶ権利がある。ここが大事だからね！　たとえ婚約者でも、好きになれないと思ったら断っても良いと思うんだ。だけどそれは結婚前の話だよ。結婚した後ではなかなか断れないと思う。だから今のうちに、相手を知ってほしいんだ。自分の好みかどうか、好きになれるかどうか、もっと会って、話をしたりしてほしい」

その言葉に、女性達はとても動揺して、ざわざわとざわめいた。

「でもそんなこと親に言えません！　もしも……もしも嫌いになってしまったらどうしたらいいんですか？」

「その時はオレに相談してよ。オレが解決してあげるから」

一人の女性がそう発言したので、龍聖がきっぱりと答えを返した。その答えにまたざわめきが起きる。

「今ね、こんな感じで、男性達も集めて同じような話をしているんだ。だから近いうちに、みんなの婚約者が勇気を持って、君達に会いたいと言ってくると思う。そしたらぜひ会ってあげてほしい。お茶したり、散歩したり、彼らと話をしてほしい。そして好きになれるかどうか、試してみてほしいんだ。その時にお願いしたいんだけど、君達は少しだけ許す気持ちを持ってほしいんだ。彼らは女性の扱いがとても下手で、レイワンみたいに優しくかっこよくなんて出来ない。君達に会いに来るだけでも、すごく勇気を振り絞っているんだ。だから会ったら、一回で決めないで、何度か会って、相手の良いところを探してあげてほしい。オレは君達に恋をしてほしいんだ」

龍聖は右手で頬杖をついてそう言った。

「女の子はね、恋をするとすっごく綺麗になるんだよ。キラキラして……君達にそうなってほしい。そしたら結婚に対する思いも、子供を産むことに対する気持ちも変わってくると思うんだ」

「恋」の言葉を、女性達は口々に呟いた。それは知っている言葉ではあるはずだが、自分達には無縁のものだと思っていた。彼女達はまだ戸惑いはあったが、龍聖の言葉によって、新しい扉が開かれたような気持ちになった。

女性達の顔つきの変化に、龍聖は気づいていた。嬉しそうに何度も頷いた。

龍聖はテーブルの上に積まれた分厚い書物を、恨めし気にみつめていた。

「ジア……一体オレはいつまで勉強を続けないといけないの？　卒業ってないの？　オレもうすぐこの世界に来て二年になるんだよ？　エルマーン語もペラペラになったし、文字だって上手じゃないけど書けるようになったし、読むのだって大分読めるようになった。この国の歴史も学んだし……もういいんじゃない？」

「ねえ、聞いてる？」

向かいに座るジアは、龍聖の愚痴も聞き慣れた様子で、ただ微笑んでみせた。

龍聖が本も開かずに、やる気のない様子でジアに言うと、ジアは微笑みながら小首を傾げた。

「龍聖様の世界では、何年くらい学校で勉強をなさるのですか？」

「え？　小学校が六年、中学で三年、高校で三年、大学で四年……だから十六年だね。っていうか知ってるだろう？」

「はい、この国で龍聖様が勉強を始めてまだ二年……まだまだですね」

「あ～あ……あれ？　字引がない……あ、昨日、向こうの部屋に持っていってたままだ」

「王の私室の方ですか？　どこに置かれました？」

「たぶん居間のテーブル」

「では私が取ってまいります。すぐ戻りますから、それまでさぼらずにここを読んでおいてください」

ジアがそう言って、部屋を出ていった。龍聖は溜息をつきながら、ジアに言われたところを読みはじめた。

するとコツコツと何かを叩くような音がした。

「え？」

龍聖が不思議に思って窓の外を見ると、きらきらと眩しく光るものが目に入る。

「ええ!?」

龍聖は驚いて勢いよく立ち上がり、窓辺へ駆け寄った。窓の外に見えたのは、金色に光る鱗……近づいてみると、それは竜の尻尾だ。

龍聖は思わず窓を開けてテラスに飛び出した。そこには尻尾の先があったので、そこから辿って上を見上げると、城の屋根の上に巨大な金色の竜が座っていた。

「ウェイフォン！」

龍聖が嬉しそうに名前を呼ぶと、金色の竜は目を細めてググッと喉を鳴らした。それは笑っているように見える。

「もしかして、散歩に行こうってお誘い？」

龍聖が弾む声で尋ねると、ウェイフォンがまたググッと喉を鳴らした。

「リューセー様？　テラスで何をなさっているのですか？」

ジアが戻ってきたようだ。龍聖は部屋の中をちらりと見てから、また上を見上げた。

「行く！　行く！　連れてって！」

龍聖はそう言うと、目の前に垂れ下がっている金色の尻尾に抱きつくようにしがみついた。するとそれがするりと上へ持ち上がり、龍聖を連れ去ってしまった。

「リューセー様!?」

ジアが驚いてテラスに飛び出した。見上げると、屋根の上に座るウェイフォンが、尻尾の先に摑まっている龍聖を、持ち上げて自分の背中に降ろしているところだった。

「リューセー様！」

「ちょっと散歩に行ってくる！」

龍聖がジアに向かってそう叫ぶと、ウェイフォンが大きく翼を広げて、バサバサと羽ばたいた。風が巻き起こり、ジアは風圧でよろめいてその場に座り込んだ。ウェイフォンの体が宙に浮かび、そのまま風に乗って空に舞い上がる。

「リューセー様！」

龍聖はウェイフォンの背に伏せるようにしてしがみついていた。

「ウェイフォン！　サイコー！　わ〜〜！　怖いけど気持ちいい!!　ひゃっほー！」

龍聖は叫びながらげらげらと笑った。

金色の硬い鱗の上は、寝そべるととても気持ち良かった。翼を羽ばたかせるたびに、背中が波打つように少しうねる。強い風が吹きつけてきて、油断すると飛ばされそうだ。だがとても心地いい。

「ウェイフォン、レイワンに叱られるんじゃない？」

龍聖がそう話しかけると、ウェイフォンが首を曲げて後ろを振り返った。グググッと鳴いて、片目を閉じてみせたので、龍聖は頬を少し上気させて目を丸くした。

「気にするな……的なことを言ったの？」

ウェイフォンは再び前を向き、少し高度を上げた。

「ウェイフォン、かっこいい!!」

エルマーンの上空をゆっくりと数回旋回(せんかい)して、城へと戻っていった。

塔にはレイワンが待っていた。

「リューセー！」

ウェイフォンが着地すると、レイワンが駆け寄ってきて、心配そうに何度も名前を呼ぶ。

「レイワン！　すっごく気持ち良かったよ」

ウェイフォンが頭を床に着けると、龍聖は首を伝ってするすると滑り台のように、座ったままで滑り降りてきた。レイワンが駆け寄り、龍聖の体を受け止めると抱いて床へと降ろす。

「心配したではないか、リューセー、なんてことをしたんだ。ジアに聞いたよ！　テラスからウェイフォンの尻尾に摑まって乗り移るなんて！」

レイワンが眉間にしわを寄せながら、心配そうな顔で必死になって叱りつけたので、龍聖は「ごめんなさい」としょんぼりとして何度も謝罪した。

ウェイフォンがグルルッと鳴いた。

レイワンと龍聖が見上げると、ウェイフォンが二人を見下ろしている。

「そんなに叱るなだって？　誰のせいだと思っているんだ！　大体お前は！　私が何度もすぐに城へ戻れと命じたのに無視したな！　なぜ私の言うことを聞かない⁉」

レイワンが見上げて怒鳴りつけたが、ウェイフォンは澄ました顔で、ふいと顔を背けた。その様子を見て、龍聖が思わずぷっと噴き出した。

「リューセー！　笑いごとじゃないよ⁉　何かあったらどうするんだい！」

「ウェイフォンってクールだよね。レイワンの半身なのに、全然性格は似てないし、本当に面白い！」

龍聖がそう言ってげらげらと笑うので、レイワンは眉間にしわを寄せて困惑したように黙ってしまった。

「リューセー様！」

そこへジアが現れて、龍聖の姿をみつけると駆け寄ってきた。

「リューセー様！　大丈夫ですか？　どこもケガはありませんか？」

「大丈夫だよ！　大袈裟だなぁ……ウェイフォンとちょっと散歩に行っただけなのに！　ね、ウェイフォン！」

すると答えるように、ウェイフォンがググッと喉を鳴らした。

レイワンがますます眉間にしわを寄せて、ウェイフォンを見上げて睨（にら）みつけた。

「ジア、リューセーを連れて部屋へ戻っていてくれ」

「はい、かしこまりました。リューセー様、さあ」

ジアに手を引かれて、龍聖は仕方なく部屋へ戻ることにした。

「ウェイフォン、またね！」

大きく手を振って別れを告げる龍聖に、ウェイフォンは高く上げた尻尾を振ってみせた。

「ウェイフォン！」

龍聖が去ると、レイワンは険しい表情で睨みつけた。

「リューセーを勝手に連れ出すなんて……それも、テラスから連れ出しただって？　もしも龍聖が落ちたらどうするつもりだ！」

レイワンが怒鳴ると、ウェイフォンは頭を少し下げてレイワンを正面からみつめ返すと、グルルッと喉を鳴らした。

「そんなヘマはしないって、そんなこと分からないだろう！　龍聖が手を滑らせて落ちたらどうする！」

するとウェイフォンは、溜息をつくようにふんっと鼻から息を吐いた。鼻息がレイワンの髪とマントを煽る。

「以前、リューセーを連れ戻しに行くのに、君に相談もなくカンムウに乗っていったことを、未だに根に持っているんだろう？　あれ以来、ずいぶん私に対して反抗的だ。プライドが傷つけられたと思っているのかい？　あの時は仕方なかった。君は大きくて目立ちすぎるからね……それに急を要していたから、相談する暇もなかった。……いや、確かに君に一言言うべきだった。それは謝るよ……でもそれとこれとは別だ。リューセーを危険にさらすような真似は二度とするな！　私の半身ならば、リューセーのことを一番に思ってほしい」

レイワンは険しい表情のままでそう言うと、ウェイフォンの返事を待たずに、くるりと背を向けて歩きだした。ウェイフォンは何も言わずに、去っていくレイワンをみつめていた。


「レイワン！」

部屋に戻ってきたレイワンに、龍聖が駆け寄ってきて抱きついた。

「ごめんなさい、悪いのはオレだからウェイフォンと喧嘩(けんか)しないでよ」

「リューセー……本当に心配したんだ。二度とこんなことはしないと約束してくれ」

レイワンはそう言って龍聖を強く抱きしめた。

「分かってる。ジアに泣かれたから、もうしないって約束するよ」

「君が色んなことをして、私を驚かすのは構わないが、こういう驚きは勘弁だ。頼む」

「うん、ごめんなさい」

龍聖はぎゅっと強くレイワンに抱きついた。レイワンは龍聖の髪を撫でながら、頭に何度も口づける。

「ウェイフォンはね、オレがストレス溜めて悶々としていると、それに気づいて今回みたいに慰めてくれるんだ。オレとは繋がっていないのに不思議だよね」

レイワンの胸に顔を埋めたままで、龍聖がそう語ると、レイワンは複雑な表情でしばらく考えた。

「そうか……すとれすというのが何か分からないが、悩みがあるのかい？」

レイワンが優しく尋ねると、龍聖が「う～ん」と唸って、レイワンから少し体を離し、顔を上げた。

「実は……レイワンに相談しようかどうしようかっていうことで悩んでた」

「え？」


レイワンと龍聖はソファに向かい合って座った。龍聖はまだ悩んでいるようで、言い出せずに俯いている。

「そんなに言いにくいことなのかい？」

レイワンが心配そうに龍聖をみつめた。龍聖はしばらく考えた後、心を決めたように顔を上げた。

「レイワン、その……すごくまずいことだって分かっているんだ。こんなこと……別にシーフォンじゃなくても、オレの世界でだってこんなことは普通にだめなことだ。だけどずっと考えてて、色々な状況も含めて、どう考えてもこれしか思いつかないから……話を聞いてほしい」

龍聖はとても真剣な表情で言ったので、レイワンも真剣な表情で頷いた。

「オレが談話室で、若いシーフォン達とお茶会をしていることはレイワンも知っているよね？」

「恋愛大革命のことだね？」

「そう……彼らの恋愛とか性交とか、色々な悩みを聞いてあげて、彼らの……シーフォンのそういうことに関する意識を根本から変えるっていう計画……だから大革命なんだけど……一年じっくりやってきて、男の子達にはずいぶん浸透してきたと思うし、女の子達とも話が出来て、かなりいい方向に向いていると思うんだ。だけど……すべてがうまくいっているわけじゃなくて……やっぱりどうしても相性が悪いカップルがいるんだ。たぶん今までだったら、それでも家同士が決めた相手だから、不満もなくこのまま結婚していたのかもしれないけど、オレが意識を変えちゃったせいで、男女ともに色んなことを相手に対して思うようになっちゃって……」

龍聖は一度溜息をついた。レイワンを見て苦笑する。

「それでオレも、何度も話し合って、どうすればいいか色々と考えて……それで……それでね、気がついたんだ。相性の悪いカップルが何組かいるんだから、組み合わせが変わればうまくいくかも……意外とお似合いな相手がいるかもって……だからお見合いさせたらどうだろうって思った。……それでもしも気の合う別の相手が見つかりそうだったら、今の相手と婚約解消して、別の相手と婚約したらいいんじゃないかって……」

「リューセー！　ちょっと待って！　婚約解消って……」

レイワンが驚いて口を挟んだ。

龍聖は苦笑して上目遣いにレイワンをみつめる。

「本人達はよくても、家同士の問題があるよね。まずいよね。分かってる……。だけどオレは家のことよりも、彼らの幸せを優先したいんだ。だから……もしもこの計画がうまくいったら、その時はレイワンに難しい問題の方をなんとかしてもらえないかなって思って……」

「家同士の問題を収めろと？」

龍聖は何度も頷いた。レイワンは腕組みをしてしばらく考え込んだ。とても難しい問題だということは、龍聖も承知している。こんなに難しい顔で考え込んでいるレイワンを見ているだけでも分かる。ずいぶん時間をかけて悩んだ結果、レイワンは溜息をひとつついた。

「分かったよ……その時は力を貸そう」

「やった！」

龍聖は両手を上げて喜んだ。


ジアは自室で日記を書いていた。書き終わり、大きな溜息をつく。

自分が書いた日記を改めて読み返し、読み終わると眉間にしわを寄せて、ハンカチで両目を押さえ、鼻をすすった。日記を読んだら思い出してしまって、涙が出てきたのだ。

机に置かれたランプを手に立ち上がり、ベッドへ向かった。

ベッド脇の小さなテーブルにランプを置き、ベッドに入る。しばらく天井をみつめていたが、もう何度目になるのか分からない溜息をつく。

「リューセー様にはいつも驚かされるけれど、今日のようなことは本当に二度とご免(めん)です。あんな軽業師(かるわざし)のような真似……もしも手が滑って落ちたらと思うと……」

そう呟いて、また思い出して涙が込み上げてきた。掛布で涙を拭うと鼻をすすった。

「リューセー様が無茶ばかりなさるのは、私が悪いのだろうか……でももうしないと約束してくださったから……きっともう大丈夫……明日はもう驚かない」

ジアは声に出して、自分に言い聞かせると、納得したように頷いた。

「きっと大丈夫。明日はもう驚かない」

ジアはランプを消すと、静かに目を閉じた。


相性が悪いと思われるカップルは三組。

「別に嫌いなわけではないんです」

彼らは口をそろえてそう言う。だが皆、それぞれに多少の不満があり、それがどうしても合わないと思っているようだ。

「彼女とは、考え方が合わないというか、価値観が違うように思います」

「彼はとても優秀な人だけど、真面目すぎてちょっとって思うことがあります」

「彼女は大人しすぎて、オレのことをどう思っているのか分かりません」

「彼は明るくていい人だけど、不真面目に感じて嫌に思うことがあります」

それはどれも些細なことだった。だが相性が悪いからこそ、些細なことでも目について、ダメだと思ってしまうのだろう。

龍聖はそれぞれとじっくりと話し合い、お見合いについても何度も説明をして、皆がすべてを納得するまで話し合った。そしてすべてを承知した上で、お見合いをすることとした。

談話室に、三組のカップルが一度に呼ばれた。

その中にはリィミンの姿もあった。

最初は龍聖も交えて、全員が一緒のテーブルで、何気ない会話を楽しんだ。龍聖から一人一人に趣味や好きなこと、嫌いなこと、色々な質問をして、それを自己紹介代わりにした。

やがてみっつのテーブルに分かれて、別々の相手とお見合いを始めた。龍聖は少し離れたテーブルから、みんなの様子を窺う。状況次第で口を出すことにしていた。

しばらくして、龍聖は自分のところにリィミンを呼び寄せた。

「どうだい？　三人の中に気に入った子はいる？」

「三人ですか？　二人の間違いではないんですか？」

「三人だよ。この前説明した通り、他の人達の中に自分に合う人をみつけられなかった場合は、婚約者と今まで通りなんだから……案外こうして改まると、婚約者を見直すことになるかもしれないだろう？」

龍聖に言われて、リィミンは複雑そうな表情をした。

「でも彼女は……」

「君はずいぶんプライドが高いよね。そのプライドの高さが、彼女が嫌だと思った一因かもしれないよ？」

「はあ!?」

リィミンもいらついて、思わず大きな声を上げてしまい、慌てて両手で口を押さえた。

「リューセー様、申し訳ありません。今のは決してリューセー様に対してのものでは……」

リィミンは赤くなって何度も頭を下げた。龍聖は笑って首を振る。

「別に気にしていないから良いよ。リィミン、君は彼女への自分の不満は棚に上げて、彼女も君に不満を抱いていたという事実に腹を立てている。君は彼女が見合いを了承するなんて思っていなかった。彼女が了承したことで、プライドを傷つけられたんだ。だからずっと彼女にいらついているんだろ？だけどそんな態度じゃ、君に合う人なんてみつけられないし、君を選ぶ人もいなくなるよ？」

リィミンは龍聖の言葉に顔色を変えて、眉根を寄せながら項垂（うなだ）れた。

「分かっています……私は真面目すぎて面白みがない男だってことも、プライドが高いってことも……父からも言われましたから……直さないといけないって分かっているんです。私は……陛下とリューセー様のような夫婦に憧れています。周りが呆（あき）れるくらいに仲睦まじい夫婦……互いを尊重し合い、唯一無二（ゆいいつむに）、その相手しか見えないくらい愛し合う……そんな陛下とリューセー様のような夫婦になりたい。私は自分自身を直したいのですが、そう簡単には変われないかもしれない。こんな私でも良いと思ってくれる女性がいれば、その人と良い家庭が作れるように精一杯努力をするつもりです」

リィミンが気落ちした様子で話すと、その肩を龍聖が優しく叩いた。

「ねえ、ユンライの婚約者のマーメイとかどうだい？　ユンライは明るくていい人だけど、大雑把で忘れっぽいところがあって、彼女はそういう彼の注意力が散漫なところが目について合わないと言っていたんだ。彼女は融通が利かないくらい真面目な人がいいって言っていたよ。大人しくて従順な子だから、君とお似合いだと思うけどね」

龍聖がそう言うと、リィミンはちらりとマーメイに視線を送った。彼女はさっきリィミンと話を始めたばかりだった。リィミンが龍聖に呼ばれたので、一人でぽつんと大人しく待っている。リィミンが明るい表情に変わったので、龍聖は背中を押して送り出した。

次に龍聖はユンライを呼び寄せた。

「どうだい？　気の合う子はいた？」

「それが分からないんです。みんないい子だと思うけど……オレ、そもそもマーメイと仲良くやっているつもりでいたから、まさかマーメイがオレと合わないと思っているなんて思わなくて……正直ちょっとショックだったから、自信がなくなったというか……なんかみんなもオレとは合わないと思っているんじゃって……」

ユンライはそう言って、頭をがしがしと乱暴にかいた。それを龍聖は微笑みながらみつめる。

「だけど君もマーメイと合わないと思ったから同意したんじゃないの？　それとも振られたと思ってやけっぱちで同意したの？」

ユンライは頭を抱えてしばらく考えていた。

「実は以前から思い当たる節はあったんです。……一緒にいてたまに彼女の機嫌が悪くなることがあって……彼女は大人しいから何も言ってくれないし、嫌なら嫌ってその時に言ってくれればいいのにって、オレもいらつくことがあって……」

　ユンライは、自信なさそうな口調で言った。それを聞いて龍聖がニッと口の端を上げる。

「女の子って難しいよ？　クールで無口な人が好きって言いながら、何も言ってくれないと分からないって怒るし、明るくて面白い人が好きって言いながら、騒がしくて子供っぽいって怒る……君の場合は後者だね。マーメイは騒がしいのが苦手みたい。それと忘れっぽいところが嫌だと言っていたよ」

「ええ？　それって完全にオレがだめなんじゃないか……」

　ユンライはがっくりと肩を落とした。

「相性は仕方ないよ。リィミンの婚約者のチェンリーはどう？　彼女、リィミンの生真面目で面白みのないところが苦手なんだって。彼女は明るくて楽しい人が良いそうだよ？　世話好きだから君とお似合いじゃないのかな？　一度話してごらんよ。君は君のままで良いと思うよ。そのままの君が好きだって人はいるから」

　龍聖は励ましながらユンライを送り出した。そして大きな溜息をつく。

「残る問題は彼らかぁ……」

　もう一組のカップル、アンジュンとモンファを探した。アンジュンはチェンリーと話している。モンファはユンライと話していたところだったようだ。

　アンジュンは、無口でクールな男だ。モンファは少し男性依存の傾向がある。話を聞くと、二人の相性は決して悪いわけではなかった。ただお互いに誤解があって、こじれてしまっているだけだ。誤解を解くために、何度もそれぞれと話をしたがだめだった。一度こじれてしまうと、疑心暗鬼（ぎしんあんき）になり、どんどん思い込みも強くなってくる。こうなったら二人一緒に話すしかなさそうだ。

龍聖は、アンジュンとモンファを呼び寄せた。

二人は龍聖の前に並んで座ると、少し居心地が悪そうにしている。

「どう？　気が合いそうな人はいた？」

「分かりません」

アンジュンが一言無表情で答えた。

「何が分からないの？　気が合うかどうかが分からないの？　それとも誰を選べばいいかが分からないの？」

龍聖の問いにアンジュンは何も答えなかった。

「言ってくれないと分からないよ？」

龍聖がさらに問うがアンジュンは黙ったままだった。

「前もって話した通り、ここで相性のいい相手を見つけられなかった場合は、元通り婚約者とこれからも関係を続けて結婚することになる。二人はそれでもいいんだね？」

二人は俯いたままで何も言わなかった。龍聖は溜息をついた。

「私は……」

するとモンファが口を開いた。

「私は小さい頃に親がアンジュンとの婚約を決めて、アンジュンは昔からとても優秀で、素敵で、彼が私の婚約者だということがとても嬉しかった。彼はいつも何も言わないけれど、私は彼の側にいるだけで嬉しかった。だけどいつもずっと側にいても、彼は何も言わないどころか、私がいることにも気づいていないんじゃないかということに気づきはじめて……彼にとっては、私はいてもいなくても関係ないのではないかと……嫌われているような気がして……それが悲しくて……」

　モンファはそう言うと、ポロポロと涙を流しはじめた。アンジュンはそれを見て、ぎょっとした顔で固まってしまった。

「オレは別にモンファのことを嫌ってなどいない」

「え？」

　アンジュンの言葉に、モンファは驚いて涙も止まった。龍聖がじっとアンジュンをみつめると、気まずそうに眉根を寄せる。

「オレは彼女と一緒にいるととても心地よかった。彼女はいつも静かにオレの側にいてくれて、オレが何をしていても邪魔をしないし……ずっといつもそうだったから、何も言わなくても気持ちは通じていると思っていた。だけどある頃から彼女が悲しい顔をするようになってきて……オレと一緒にいるのが苦痛なのかと思うようになった」

「そんな……」

　モンファはまた泣きそうな顔をした。

「二人とも……オレは何度も言っているけど、お互い誤解しているだけなんだよ。アンジュンはモンファのことを嫌っていないし、モンファはアンジュンの側にいて嬉しいと思っている。二人はお似合いなんだから、婚約解消するなんて言わないで、ずっと一緒にいてよ」

　龍聖に言われて、アンジュンとモンファは少し恥ずかしそうにみつめ合った。

「だけど今のままではダメだよ。二人ともずっと一緒にいたいのならば、お互いに少しばかり変わる必要がある。アンジュン、君は無口だけど彼女はそれでもいいと言っているから、変える必要はない。でも無口と無関心はまったく違うものだからね。何も言わなくてもいいけど、彼女のことは気にかけてあげないとだめだ。側に彼女がいてくれて、居心地がいいと思っているなら、それを態度で示さないとだめだよ。時々彼女をみつめてあげるとか、君が本を読んでいるなら、彼女にお勧めの本を教えて一緒に読むとか……無口でもそんな風に相手のことを気にしてあげれば、何も問題はないんだよ。別に常に気を遣えと言っているんじゃない。ちょっとのことだよ。ちょっとだけ彼女をみつめてあげて……」

龍聖に言われて、アンジュンは頷いた。

「そしてモンファ、君は彼に依存するだけじゃだめだ。君は別に無口なわけではないだろう？　もっと自分から彼に自分の存在を主張しないと！　ただ横にいるだけじゃだめだよ。彼が言っただろう？君が側にいてくれて心地いいって……彼はちゃんと君の存在を受け入れているんだから、寂しいと思うならば、自分から話しかけたらいい。別に無口な彼に返事を求める必要はないんだろう？　だったら一方的に話しかけるだけでもいいじゃん。彼が迷惑に感じない程度に……時々彼がやっていることについて、何か気がついたことを言うとか、別に今日の天気の話でも良いよ。そして彼が君を見てくれたら微笑みかければいい。ただそれだけでいいんだよ」

モンファは涙を拭いながら頷いた。

「相手のことが好きなら、ちょっとぐらい好きな人のために努力しないとだめだよ。そもそも君達は婚約者なんだから、たまには手を繋いだり、抱きしめ合ったりすればいい。言葉はいらないだろう？それが恥ずかしいのならば、寄り添い合う時、肩を触れ合わせるだけでもいいんだ。体が触れるだけで、相手のことが分かるものだよ」

龍聖は二人の手を取ると、互いの手を握らせた。

「もう大丈夫だね？」

「はい」

二人は照れ臭そうに笑って頷いた。


「というわけでね、お見合いはうまくいったから、あとの難しいことをレイワンに解決してほしいんだけど」

龍聖はベッドで横になっているレイワンの上に、仰向けに乗っかっていたが、くるりとうつ伏せになると、レイワンの顔の前に紙切れをひらつかせてみせた。レイワンはその紙を受け取って、そこに書かれている名前を読んだ。

「これがそのカップルかい？　あれ？　リィミンがいるじゃないか！」

「そうなんだよ……だからシィンレイ様のこと、よろしくね」

「ええ……これはちょっと厄介だなぁ」

レイワンがそう呟いたので、龍聖はレイワンの顔を覗き込んだ。

「何が？　シィンレイ様はレイワンの言うことなら素直に聞くでしょう？」

「いやいや……それがこのリィミンの婚約は、大事な証だからねぇ」

「大事な証？」

龍聖は不思議そうに首を傾げた。

「リィミンの婚約者のチェンリーの父親は財務大臣のナンジュだ。彼はヨウチェン叔父さんの孫にあたる。だから私達にとっては従兄弟の子供なんだけど……ナンジュとシィンレイは年が近いせいか、小さい頃から毎日のように喧嘩ばかりしていてね。ライバルというか……とにかく仲が悪かった。それで私が眠っている間に何があったのか、二人は仲直りをすることになったらしいのだけど、仲が悪いせいでお互いに信用がないらしく、仲直りの証としてお互いの子供を婚約させたんだ。そういうわけだから、この二人が婚約破棄するということは、二人の仲直りも破棄ということになりかねない」

「だけどもういい年のおじさんなんだし、二人とも外務大臣と財務大臣という要職に就いているんだから、喧嘩はしないでしょう?」

「それはどうか分からないが……」

「そもそもなんでそんなに仲が悪かったの? 喧嘩の原因は?」

龍聖はレイワンの顔を覗き込み、鼻の先が付くほど顔を近づけて、面白そうに尋ねた。

「そうだね、なんだろう……最初から仲が悪かったわけじゃないと思うんだよ……」

「レイワンは二人と一緒に遊ばなかったの?」

「いや、最初の頃は遊んだよ。ナンジュも私によく懐いていてかわいかった。あんまり二人が喧嘩をするから、遊ばなくなったけど……」

「それだ!」

龍聖はポンッと手を叩いた。

「それなら万事オーライ! レイワンがナンジュ様を宥めればすんなり収まると思うよ」

龍聖がニコニコと笑って言ったので、レイワンは溜息をついた。

「まあ……竜王の言うことは絶対だから、多少不満があっても納得してくれると思うけどね、そのために私が難しい問題の解決役なんだものね」

龍聖は笑いながら首を振った。

「違う違う！　あ、まあそうなんだけど、ナンジュ様の件はね、たぶんレイワンを巡っての争いだと思うよ。それで大人になって、それぞれ要職に就いて、レイワンが目覚めた時に、力を合わせてレイワンを支えなければならないと自覚したから、仲直りすることにしたんじゃない？　そういうわけでナンジュ様もレイワンが大好きなので、レイワンの言うことならなんでも素直に聞くよって話！　まあ、あくまでもオレの推理だけど」

「そうかなぁ？」

「もう……レイワンのモテ男め！」

龍聖はそう言って、レイワンの右の乳首にカプッと噛みついた。

「うわっ！　リューセー！」

「ねえ、レイワン、落ち着いたらウェイフォンと仲直りしてね」

「え？」

「あれからまだ仲直りしていないんだろう？　二人が仲直りしないとオレも責任を感じちゃうからさ」

レイワンは眉間にしわを寄せた。

「君はしょっちゅうウェイフォンと会っているのかい？」

龍聖は目を丸くして、次にニヤリと笑うと、右手の人差し指で、レイワンの眉間のしわをグイグイと押した。

「何？　その妻の浮気を疑う夫みたいな言い方」

「べ、別に私はそんなこと……」

レイワンは赤くなって弁明をした。

「でも二人は似てないよね。半身なのに」

「そうかい？」

「ウェイフォンは、クールでワイルドって感じだけどさぁ」

「くーる？　わいるど？」

レイワンは眉間にしわをよせたまま首を捻った。

「レイワンは癒やしって感じ……マイナスイオン系だもんね」

「それは……どっちの方が褒められてるんだい？」

龍聖は何も答えず、イヒヒと楽しそうに笑った。


リィミン、チェンリー、ユンライ、マーメイの四人はそれぞれの婚約を破棄し、相手を替えて婚約をした。親達にはレイワンが説得にあたり、なんとか収めることが出来た。

しかしこのエルマーン王国始まって以来の珍事は、シーフォン達に大きな衝撃を与えた。あまりのことに、やはり不満の声も上がり、リューセーの行動に異議を唱(とな)える者もいたが、それも時代の流れに押し流されるように、すぐに収束していった。

何よりも、当事者である若者達が、皆一様に幸せそうにしていることと、彼らが絶対的にリューセーを支持していることが、収束を速めることとなった。

龍聖はその後も談話室での若者達との交流を続けていき、少しずつではあるが、変化をもたらすきっかけとなっていった。

皆がリューセー様は次は何をなさるつもりだろう？　と思い、予測不可能な彼の行動に秘かに期待する者までいた。そして皆の中で、リューセーへの敬愛の念が広がっていった。


「リューセー様、そろそろお出かけになるお時間ですよ」

ジアが外出用の衣装を抱えて、勉強中の龍聖の下へとやってきた。

「ずっと楽しみになさっていましたものね？　良かったですね。無事にこの日を迎えられて……アルピンの小学校の視察……前からずっと行きたいとおっしゃっていらしたから、昨日は眠れなかったのではないですか？　リューセー様？　聞いていらっしゃいますか？」

自分のことのようにジアがはしゃいで話しかけていたが、龍聖が一言も話さないので不思議そうな顔をした。

龍聖はテーブルにいくつかの書物を広げて、手にペンを持ったまま下を向いてじっとしている。

「リューセー様？　まさか居眠りなさっているんじゃないでしょうね？　リューセー様？」

「……ジア」

龍聖がようやく返事をした。ジアはホッとして、ニッコリと笑った。

「さあ、早く着替えないと遅れてしまいますよ？　リューセー様？」

「ジア……熱い……熱があるみたいで……」

龍聖は苦しげにそう呟くと、そのままテーブルに突っ伏してしまった。

「リューセー様！」

ジアは驚いて、衣装を放り出すと、龍聖の下に駆け寄り体を抱き起こした。

「なんて熱い……リューセー様！　しっかりなさってください！　誰か！　誰かいませんか！」

ジアが大きな声を上げると、廊下にいた兵士がすぐに入ってきた。隣室にいた侍女も駆けつける。

「どうかなさいましたか！」

「医師をすぐに呼んでください！　貴女は水と手拭いを持ってきて！」

ジアは兵士と侍女に指示をすると、龍聖を抱きかかえて寝室へと運んだ。ベッドに寝かせて、額に手を当てる。熱はとても高かった。龍聖が薄く目を開けた。

「ジア……」

「いつから熱が？」

「昨日からちょっとだるくて……今朝起きた時、少し熱っぽいって思ったけど……視察に行きたかったから……誰にも言わなかったんだ……」

龍聖は苦し気にそう話した。

「すぐにお医者様がいらっしゃいますから、もう少しのご辛抱(しんぼう)ですよ」

ジアは子供を宥めるように、龍聖の頭を撫でながら優しく言った。

「失礼いたします」

上かけを少しめくると、龍聖の左腕を出した。袖をまくって龍聖の腕を確認した。そこにはリューセーの証である藍色の見事な文様が描かれているはずだ。しかしそれは真っ赤な文様に変わっていた。

「あぁ……やはり……」

ジアは感嘆の声を漏らした。

「リューセー様、おめでとうございます」

「何が？」

「ご懐妊ですよ」

「かいにん？」

「赤ちゃんがお出来になったのです。陛下とリューセー様の」

「赤ちゃん？」

龍聖は熱に浮かされて朦朧（もうろう）としていた。

「リューセー様がお倒れになったのですか？」

そこへ医師が駆けつけた。

「これをご覧ください」

ジアは医師に龍聖の左腕の文様を見せた。懐妊すると出産までの間藍色の文様が赤い色に変化する。

「これは！　ご懐妊ですな！」

医師も喜びの声を上げた。部屋にいた侍女達も喜んだ。

「先生、リューセー様をお願いします。私は陛下にご報告しに行ってまいります」

ジアがそう言って寝室を出ると、ちょうどシュウヤンが居間の扉を開けたところだった。

「リューセー様をお迎えに伺ったのですが……何か騒がしいが、どうかなさいましたか？」

「それが……」

ジアは言いかけた言葉を飲み込んだ。

「最初に陛下にお伝えすべきかと思いますので、申し訳ありませんが、シュウヤン様にはここでは申し上げられません」

「はて？　何のことですか？　リューセー様は？　そろそろ視察に行く時間です」

「そのことですが、本日の視察は中止とさせて頂きます」

「は？　なぜですか？」

「リューセー様は伺えなくなりました。学校の皆様にはお詫びを申し上げてください」

「理由は？」

シュウヤンは狐につままれたような顔をしている。

「では、これから陛下の所へ参りますのでシュウヤン様もご一緒に。そこで中止の理由を申し上げます」

ジアはそう言うと、急ぎ歩きだした。レイワンの執務室へと向かう。シュウヤンは何のことか分からないまま付いていった。

執務室に入ると、突然のジアの来訪に、レイワンは驚きながらも仕事の手を止めて歓迎した。

「ジア、一体何事だい？　シュウヤンも……ああ、そういえば今日は小学校の視察だったね。リューセーはとても楽しみにしていて、昨夜は全然眠れなかったみたいだよ？　これから行くのかい？」

「陛下、本日の視察は中止させて頂きました」

ジアの言葉にレイワンはとても驚いて、シュウヤンを見た。しかしシュウヤンは訳が分からず、首を竦めるばかりだった。

「陛下、どうか落ち着いてお聞きください。リューセー様がご懐妊されました」

ジアの報告に、一瞬その場が静かになった。レイワンは目を見開いて、言葉の意味を考えているようだ。シュウヤンは驚いて、ジアを何度も見ている。

「今……なんて……」

「リューセー様がご懐妊されました。陛下の御子(おこ)を授(さず)かったのです」

「なんだって？　なんだって!?」

レイワンは声にならない叫びを上げて飛び上がると、「リューセー！」と名前を呼びながら、執務室を飛び出そうとした。

「陛下！　リューセー様には安静にして頂かなければなりません！　どうかお静かに！」

ジアに呼び止められて、レイワンは叫ぶのをやめたが、そのまま廊下を走っていってしまった。

「本当か！　ジア！」

「本当にございます」

「やった！　兄上の御子だ！」

シュウヤンはその場で小躍りして喜んだ。それをジアは呆れたようにみつめながら苦笑した。

レイワンは王の私室に駆け込んでくると、逸る気持ちを抑えながら、息を整えて寝室へと向かった。レイワンの登場に、侍女や医師はベッドから離れて道を空けた。レイワンはそのまま龍聖に近づき、ベッドに腰を下ろして、寝ている龍聖の髪を撫でた。

「レイワン」

龍聖が目を開けて、目の前にあるレイワンの顔をみると、嬉しそうに微笑んだ。

「レイワン、やっと赤ちゃんが出来たんだって」

「ああ、聞いたよ。リューセー、ありがとう」

「なかなか出来ないから……オレが妊娠するなんて都市伝説かと思ったよ……あんなに毎日エッチしたのに……全然命中しないんだから……レイワン下手すぎ」

「ああ、すまなかったね」

レイワンは優しく囁いて、何度も額や頬に口づけた。

「こんなに嬉しいことはないよ、リューセー……ありがとう」

レイワンが涙を浮かべて礼を言うと、龍聖は微笑みながら目を閉じた。


それから毎日ジアが付き添って看病をした。龍聖はずっと熱に浮かされ、時折目を覚ましても、すぐにまた眠ってしまった。

レイワンも仕事の合間を縫って、たびたび様子を見に訪れた。そして夜は寄り添って看病をした。

「ジア、あとどれくらいで生まれるんだい？」

ある日見兼ねたレイワンが、ジアに尋ねた。寝室を出て、居間で二人はひそひそと話す。

「大体四、五日で出産ですから、今日か明日でしょうか……」

「毎日、あんなに熱が出て可哀想だ」

レイワンはとても心配していた。

「兄上！」

そこへ外遊に出ていたシィンレイが戻ってきた。慌てた様子で、レイワンの下に駆け寄ってくる。

「兄上！　リューセー様がご懐妊されたそうで！　おめでとうございます！」

「ありがとう……外遊はどうだったかい？」

「無事に……いや、もうそれどころではありませんよ。なぜもっと早く教えてくださらないのです！」

シィンレイが興奮気味に言うので、レイワンは苦笑した。

「別にお前に早く知らせても何が変わるわけでもない。それより外遊に専念してもらった方がいい」

「そんな……で、もう生まれましたか？」

「いや、まだだ」

「しかし……これは大変ですね」

シィンレイが大きな溜息をついた。

「何が？」

レイワンが尋ねると、シィンレイはジアの顔を見た。

「リューセー様は痛いのが大嫌いでしょう？　卵を産む時、また大騒ぎになるんじゃないですか？」

「あ……」

ジアとレイワンは顔を見合わせた。

「どうなさるつもりですか？」

シィンレイが尋ねると、ジアは困ったように眉根を寄せて考え込んだ。

「また眠り薬を使うか？」

レイワンの言葉に、ジアは首を振った。

「いえ、眠ったら出産出来ませんから、眠り薬は使えません」

「じゃあどうする？」

「痛み止めを飲んで頂くしかありませんが、強い薬は体に障るので、軽い痛み止めしか……」

「それだと大騒ぎにならないか？」

「痛がるようなら可哀想だ」

レイワンが心配そうに呟いたので、ジアが宥めるように言った。

「大丈夫です。それほど痛くはないはずです。卵はこれくらいの大きさですから……女性の出産に比べたら、大したことはありません。ちょっとだけ痛いくらいです。リューセー様もきっとそれくらいなら……」

「ジア様！　リューセー様がお呼びです」

寝室から侍女がそう呼んだので、ジアは慌てて寝室へと向かった。

「リューセー様」

ジアが寝室へ入ると、龍聖がベッドの上に正座をして座っていた。

「ジア……もう生まれそう……」

龍聖が顔を歪めて苦しそうに言った。

「医師を呼んでください！　それからお湯の用意を！」

ジアは侍女達に指示して、龍聖の側に駆け寄ると、腰の辺りを擦りながら励ました。

「リューセー様、大丈夫ですか？　もう少しのご辛抱です」

「だ……大丈夫……でも……もう出てきそう……」

龍聖はうーんと唸りながら顔を歪めた。

「リューセー！」

レイワンが心配そうに声をかけた。

「陛下！　シィンレイ様！　どうぞ外へお出になってください！　特にシィンレイ様は、このようなところをご覧になるなど、リューセー様に失礼ですよ！」

二人はジアに叱られて、大人しく寝室を出た。そこへ入れ違いで医師が駆けつけた。

「リューセー様、どんな具合ですか？　痛み止めを飲まれますか？」

医師が声をかけると、龍聖は首を振った。

「もう……産まれるから……」

龍聖はうーんと力んだ。しばらくうんうんと唸っていると、やがてするりと何かが出るのを感じた。

「あっ……う、産まれた……」

龍聖は肩で息を吐きながらそう呟くと、腰を浮かせて股の間を探り、ベッドの上に産み落とした卵を拾い上げた。それは鶏の卵よりも一回りほど大きな薄いピンク色の柔らかな卵だった。

「これが……オレの産んだ卵……」

「はい、ああ……姫君ですね」

ジアが感嘆の声を上げたので、龍聖は頬を上気させて卵をみつめた。

「姫君……女の子なんだ……」

「リューセー様、ちょっとお借りいたしますね」

ジアが卵を受け取り、お湯で綺麗に洗って、柔らかな真新しい布にくるんで、医師に渡した。医師は卵に聴診器を当てたり、大きさを測ったりして、またジアに返した。

「さあ、リューセー様、姫様を抱いてあげてください」

ジアは卵を龍聖に渡すと、そのまま横になるように促（うなが）した。龍聖は卵を胸に抱いたまま横になった。

レイワンは呼ばれて中へと入ってきた。

「リューセー」

レイワンが優しく声をかけて、龍聖が抱いている卵をみつめた。

「ああ……なんて美しい卵だろう。姫だね」

「次は絶対世継ぎを産むから待っててね」

龍聖の言葉に、レイワンは首を振った。

「姫を産んでくれただけで十分だよ」

「何言ってるのさ！　世継ぎは必要だろう！」

龍聖に叱られて、レイワンは苦笑した。

「リューセー、私の今の気持ちは、本当に姫だけでも十分なんだ。それくらい感動しているんだよ。

本当に嬉しい……ああ、リューセー、本当にありがとう」

レイワンは目に涙を溜めて、礼の言葉を繰り返した。

「レイワン、次は五年後か十年後か分かんないけど、絶対また産むからね」

レイワンは微笑みながら、答える代わりに龍聖の頬に口づけた。


ジアは自室で日記を書いていた。書き終わると大きな溜息をつく。

机に置かれたランプを手に立ち上がり、ベッドへ向かった。

ベッド脇の小さなテーブルにランプを置き、ベッドに入る。しばらく天井をみつめていたが、もう何度目になるのか分からない溜息をつく。

「こんなに嬉しい驚きはない」

ジアは満面の笑みを浮かべながら、至福の溜息をまたついた。

「リューセー様……私は幸せです」

ジアはランプを消すと、静かに目を閉じた。

第6章　花に嵐

王城の中、静かな長い廊下を、小走りに急ぐ男性の姿があった。龍聖の側近・ジアだ。彼はここのところ、毎日がとても忙しかった。あまりにも忙しすぎて、本来の役目である龍聖の身の回りの世話が出来なくなっているほどだった。この日もなんとか仕事に折り合いをつけて、龍聖の下へと急いでいたのだ。彼の後ろから若い乳母も同じように小走りについてきていた。

王妃の私室の近くまで来たところで、赤子の泣く声が聞こえてきた。ジアは一瞬足を止めて耳を澄まし、赤子の泣き声だと確認すると、さらに慌てた様子で龍聖が待っている王妃の私室へと急いだ。

扉の前で一度足を止めて大きく深呼吸をする。いくら急いでいるとはいえ、王妃の私室に息せき切って駆け込むのは非礼に当たる。もっともその主である龍聖は、そんなことはまったく気にしない人物なのだが、真面目なジアは、そこはきちんとすべきだと思っていた。

扉をノックしてから開ける。中に入ると、すぐの広間には龍聖の姿はなかった。奥の寝室から泣き声が聞こえてくる。広間を足早に通り抜けて、寝室へと向かう。扉が少しばかり開いていた。

「リューセー様、大丈夫でございますか？」

ジアは中へそう声をかけながら扉を開けた。泣き声のする方へと自然に視線がいく。窓辺に柔らかな敷布を敷いて、そこに赤子が寝かされて大声で泣いていた。もちろん赤子が一人でそこにいるわけではない。その側で困り顔で途方に暮れている人物を見て、ジアは驚きのあまり大声を上げてしまいそうになった。両手で口を塞(ふさ)いで、なんとか大声を出すのを堪えたが、開いた口が塞がらない。

「へ……陛下……なぜ陛下が……こちらに……」

深紅の豊かな長い髪は、誰と見紛うことがないこの国の王レイワンだ。その腕には顔を真っ赤にして泣いている赤子がいる。胡坐をかいて座る膝の上にも、同じように大声で泣く赤子が一人。そしてその目の前の床に敷かれた敷布の上に、これまた同じように泣いている赤子がいた。赤子の三重唱の泣き声には、王でなくても途方に暮れるだろう。

「ああ、ジア……よく来てくれた。助けておくれ」

レイワンは安堵したように苦笑してから、ジアに助けを求めた。その声に唖然と立ち尽くしていたジアも、ハッと我に返って慌てて駆け寄ると、レイワンが抱いている赤子を受け取った。一緒に来ていた乳母も慌てて床の上で泣いている赤子を抱き上げる。

「り、リューセー様はどうされたのですか?」

「それが……」

レイワンは困ったように笑った。

深緑の髪をした美しい青年は、先ほどから目の前でニコニコと笑っている相手のことが気になって、一口お茶を飲んだが誤魔化せず、困ったように微笑み返した。

「リューセー様、お体の方はもうよろしいのですか?」

青年はとりあえずそう尋ねてみた。尋ねるまでもなく、至って元気そうには見えるのだが、ここを訪ねて来た時に「疲れたから気晴らしに話をしようよ」と言っていたので、やはりお疲れなのだろうと思って、疲れの原因と思われることを遠回しに尋ねてみたのだ。

「体？　うん、もう平気……平気だけどさ～～……もう勘弁って感じなんだよね」

龍聖はオーバーに顔を歪めてみせてから、テーブルに突っ伏した。

「だ、大丈夫ですか？」

青年が慌てた様子で声をかけると、龍聖はすぐに顔を上げて、ニコニコと笑ってみせる。

「でもリィミンの綺麗な顔を見たら癒やされたよ。もう大丈夫」

龍聖にそう言われて、リィミンは困ったように笑う。

「また王子様がお生まれになったそうで、本当におめでとうございます」

「うん、それ！　それなんだよね……卵を産むのも慣れちゃったからさ……別に体は平気なんだけどさ……ちょっと出来すぎじゃない？　四人目だよ!?　四人目……シーフォンって子供が出来にくいとか言ってたけど、絶対嘘だよね？」

龍聖が首を竦めながら不満そうに言うので、リィミンはさらに困ったように笑うしかなかった。

「そんなことはありません……もちろん昔に比べたら、今は大分子供も生まれるようになって、少しずつですがシーフォンの人数も増えてまいりましたが、それでも二人も生まれれば良い方です。私も妹が一人いるだけですから」

「まあね～……オレのいた世界でもさ、日本の人口がすごく減っちゃって、子供は大事にされていたから、分かるけどさ……別に産み分けとか避妊とかしているわけではないんでしょ？」

龍聖は頬杖を突きながら目の前のカップを手に取って、中のお茶をゆらゆらと揺らすと、立ち上る湯気から薫るお茶の香りを楽しんだ。

「避妊など滅相もありません。子をどんどん産み育てるようにと、皆が徹底して言われ続けていますから、どこの夫婦もそれが使命のようになっています。むしろ責任のように感じてしまって、思い悩む女性も多いと聞きます……私も早く子を儲けるようにと最近、両親から言われるようになったのですが……」

リィミンはそう言って苦笑した。それを受けて、龍聖がニッと笑う。

「そろそろじゃないの？　新婚さんだからさぁ」

「いえ、それがまだ……でもまあこればかりは焦っても仕方ありませんから……」

少し赤くなって話すリィミンを、龍聖は嬉しそうにみつめた。

「幸せそうで良かったよ」

「はい……これもすべてリューセー様のおかげです。リューセー様にマーメイとの縁を作って頂けなかったらどうなっていたことか……。もちろん、チェンリーとあのまま結婚していても、それなりに幸せな家庭を作っていたかもしれません。でも今のようにはいかなかったでしょう。リューセー様のおかげで、結婚の意味を見い出し、妻との関係を心から理解することが出来ました。それに子供のことも……私も、マーメイも、シーフォンとしての使命だからとか、そういうことではなく、心から子供をたくさん欲しいと思うようになりました。彼女との子供が欲しいと。彼女も産めるなら何人でも産みたいと言っています」

人口減少に長年悩むシーフォン。それを解決するために、まずは彼らの意識を根本から変えようと、龍聖は若いシーフォン達と話をした。彼らが何に悩み、何を考えているのか。恋愛、結婚、そういうものをどう捉えているのか。性交についても、かなり踏み込んだところまで話をした。

そしてその意識のずれを正していき、彼らの悩みを解決した。生まれた時から、親によって決められている婚約者。その関係についても見直して、相性がどうしても合わない者達は、お見合いをさせて自分に合う相手を見つけさせた。ここにいるリィミンもその一人だ。

龍聖が最初に手がけた十二組のカップルは、全員無事に結婚をした。皆、幸せな家庭を築いている。すでに子供が生まれた夫婦もいる。

シーフォンで、結婚して三年以内に子供が出来るなど、めったにない話だ。

シーフォンの女性は、年に二回しか発情期がない。それがシーフォンには子供が出来にくい原因のひとつでもある。

「恋愛大革命」という龍聖の試みは、とても地道な活動かもしれない。しかしこれからのエルマーン王国を支える若い世代が、変わっていっているのは確かだ。

「リューセー様、失礼いたします。ジア様がお迎えにいらしております」

リィミン家の侍女が、二人の側まで来るとそう伝えた。

「げっ」

龍聖は苦虫を嚙み潰したような顔をして変な声を漏らした。

「もうバレちゃったの?」

龍聖は、とほほというように小さく呟いた。

「リューセー様、こちらで何をしておいでなのですか!?」

すぐにジアが現れた。血相を変えた様子で、声音を聞いただけでも怒っているのが分かる。龍聖は振り向けずに身を小さくした。

「リューセー様！　すぐにお戻りください！」

「やだ！」

龍聖が大きな声でそう言ったので、リィミンとジアはとても驚いた。

「やだって……リューセー様、お子様達がお待ちですよ!?」

「もうやだ！　オレ、三人も子守出来ないよ！」

「リューセー様……私も、乳母もいるではありませんか、そんな我儘……そもそも今日はリューセー様の方から子守をするっておっしゃったのではありませんか!?　しばらく一人で大丈夫だから、任せてとおっしゃったのはリューセー様ですよ？　それなのに、陛下に押しつけるなんて」

「あれは罰ゲームなんだからいいの！」

「罰ゲーム!?」

再びリィミンとジアが驚いて声を上げていた。しかしジアは、ハッと我に返り、驚いているリィミンを見て首を振った。

「とにかくここでは話も出来ませんからお戻りになってください」

「やだ！」

「リューセー様！」

椅子にしがみつくような格好で、首を振る龍聖に、ジアは半ば呆れたような顔をしていた。そんな二人の様子に、いたたまれなくなったリィミンが立ち上がり、扉の方へと歩いていくと一礼した。

「私はしばらく席を外しますので、どうぞゆっくりと話をなさってください」

リィミンは二人にそう告げると部屋を出ていった。

ジアはそれを見送ってから、大きく溜息をついた。

「リューセー様……まずはご説明ください。なぜ陛下に子守を押しつけたのですか？」

「言っただろう？　罰ゲームだって」

「……それでは分かりません」

ジアはまた溜息をついてもう一度尋ねた。龍聖は顔を上げてジアの方を向くと、頬を膨らませて口を尖らせてみせた。

「そんな顔をしてもダメですよ」

ジアが困ったように首を振ったので、龍聖は表情を戻した。

「レイワンと約束したんだよ。絶対子供が出来ないようにするって……ほら、三人目が出来た時、お医者さん達にすっごく怒られただろう？　卵の育成中は、子作り禁止って……。本来ならば卵を産んだ後は一年間エッチ禁止なのに、二人目がまだ卵から孵る前に三人目が出来ちゃったから、その時すっごく怒られて、一年といわずに当分の間エッチ禁止って言われちゃったじゃん？　だからさ～、オレもすごく我慢していたんだけどさ……そんなの無理だろ？　いや、これでも一年は我慢したんだよ？　すごくない？　一年もエッチしなかったんだよ？　でもそんなの無理、これ以上は無理、夫婦の危機だよ！　セックスレスなんてさ……でね、レイワンと約束したんだよ。絶対に子供が出来ないようにうまくやるって、もしも出来ちゃったら、罰を受けるって……そしたらさ……また出来ちゃったじゃん……四人目が……だから罰ゲーム」

龍聖の話を聞いて、ジアは開いた口が塞がらないほど驚いた。

「その罰ゲームで、陛下に子守をさせたのですか？　公務を休ませて？」

「三人の赤ちゃんの子守が大変なことを、レイワンにも分からせないとさ！」

「でも普段から陛下はよく手伝ってくださっているではありませんか」

「違う違う！　一人でやらなきゃ罰にならないし、大変さも分からないだろう⁉」

「リューセー様だって、今まで一人で子守なんてしたことないじゃないですか！」

ジアに指摘されて、龍聖は口をへの字に曲げて黙り込んでしまった。それを言われると何も言い返せない。

「だって……乳母不足でジアが大変そうだったから……」

言い訳にはならない苦し紛れの言い訳を龍聖が呟いたが、それがまるっきりの嘘とは言いがたいだけに、ジアは苦笑して溜息をついた。確かに今、大変な乳母不足だった。

現在すでに六人の乳母が、交代で三人の王の御子を世話している。

シーフォンの平均寿命は四百歳と、人間の何倍も長生きする。そのため成長も大変遅く、生まれた赤子が、おむつが取れて歩けるようになるまで十年以上かかる。

養育係に預けられるような幼児になるまで……人間で言えば四、五歳くらいの子供になるまで二十年以上もかかってしまう。

そのため、赤子の世話をする乳母は、通常一人の赤子に三人は用意しなければならなかった。竜王の子に母乳は必要ないため、乳母といっても乳の出る女でなくても良いのだが、子供を産んだことのある侍女の中から、出来るだけ若い女が選ばれ、王の御子を世話するための教育が施されて、初めて乳母となれる。

龍聖がこの世界に来て、しばらく子供が出来なかったが、四年目に最初の子が生まれてからは、年子のように毎年懐妊した。それはとても喜ばしいことなのだが、前代未聞のことでもある。

第一子の姫君が生まれて、国中が喜びに包まれた。その姫君が卵から孵って間もなく、世継ぎである竜王が誕生した。一年も間をおかず、続けての子宝に、誰もが驚いたが、それが世継ぎであったため、喜びは凄まじいものでもあった。

続けて二人も産んだ龍聖は、国を挙げて褒め称えられ、祭りにもなる勢いだった。しかしそれからまた一年もおかずに、三人目を懐妊すると、さすがに状況が変わった。

もちろんめでたいことには変わりない。国民は大いに喜んだ。慌てたのは、医師達と側近のジアだ。

医師達はまず、龍聖の体を案じた。龍聖は、竜王であるレイワンに魂精を与えなければならない。竜王はその生命を維持するために、龍聖から魂精を貰う必要がある。食物では糧を得られない特殊な運命にあった。それは世継ぎである王子も同じで、龍聖は二人の竜王に魂精を与えなければならない。

それればかりではなく、竜王以外の赤子についても、母乳を必要としない代わりに、やはり魂精が必要だった。ある程度育てば、人間の赤子の離乳食のように、ジンシェを潰したものを食べられるようになり、魂精は必要なくなる。

ジンシェとは、エルマーンでしか採れない特殊な木の実で、その栄養価は魂精の代わりのようなものとみられている。竜を持つシーフォン達が、人間と同じ食物だけではその体を維持出来ないため、神より与えられた特別な食べ物だった。

まだ魂精が必要な赤子が三人とレイワン。龍聖が四人に魂精を与えなければならなくなると、体に負担をかけてしまうのではないかと、医師達が慌てたのも当然だった。

医師達はレイワン達に、「当分の子作り禁止」を願った。いやもうそれは願うと言うよりも、決め事に近いものだ。

そしてジアは、「乳母不足」という問題に直面した。二人目の卵が孵るまでの一年間に、大至急で新たな乳母を選定して教育をしたのだが、その後も次々に赤子が生まれたため、用意していた乳母をフル活動させている現状にある。

「リューセー様……そんなに子守はお辛いですか？」

ジアが宥めるように尋ねた。龍聖はテーブルに突っ伏していたが、首を振ってみせた。

「赤ちゃんは好きだよ……かわいいと思うよ……だけど……いつまでも赤ちゃんのままで、全然大きくならないし……赤ちゃんばかりが増えちゃって……三つ子を育ててるみたいなもんだし……そしたら……ちょっと疲れちゃうだろ？」

突っ伏したまま、そう呟くように言った龍聖の言葉を聞いて、ジアは小さく溜息をついてから、そっと頭を撫でた。

「リューセー様、私が至らないばかりに申し訳ありません……出来るだけリューセー様が気晴らしを出来るような時間を作りますから、どうかご辛抱頂けませんか？　私が代わりたくても、リューセー様の代わりは出来ません。私は子守は出来ても、魂精を与えられるのはリューセー様だけなのですから」

「違うよ！　ジアは悪くないし、別にジアがそんなに働く必要もない。オレの代わりになんてならなくても良いよ。乳母達だって、全然休めないし、それが可哀想なだけだよ。彼女達も家には子供がいるんだろ？　人の子供を育ててる場合じゃないのにね。レイワンが悪いんだよ。子供をどんどん作っちゃうもんだからさ」

「陛下とリューセー様は、とても相性がよろしいのでしょう」

ジアは何度も頭を撫でて宥めた。龍聖の我が儘は、ジアや乳母達への思いやりから来ていることは分かっている。とても優しい龍聖に、ジアは心が癒やされるようだった。それは乳母や他の龍聖付きの侍女達も一緒で、自由奔放な龍聖に時々振りまわされつつも、皆、龍聖を心から敬愛していた。だからほとんど家に帰れない乳母達も、誰一人として不満は言わない。

「オレ、今日からオレの部屋で寝るから」

「え?」

ジアが聞き返すと、龍聖はバッと勢いよく顔を上げた。ジアをみつめる顔は、少しばかりベソをかいているようにも見える。

「オレ、もうレイワンとは一緒に寝ないんだ。自分の部屋で寝る。子供達のベッドもオレの部屋の寝室に移してよ」

「え……ですが陛下のお許しは……」

「別に良いよ。レイワンは絶対オレの言うことにダメなんて言わないんだから」

「リューセー様」

「一緒に寝たらエッチしたくなっちゃうし、なのにレイワンったら、すぐにオレにキスしたり抱きしめたりしたがるし……エッチしたらダメだっていうのに……オレがそう言ったら『私はこうしてお前を抱きしめているだけで満足だから』とかじじ臭いこと言ってさ! そんなわけないっつーの! キスしたり、抱きしめられたらエッチしたくなるの! レイワンは良くてもオレはダメなの! 言っても分かんないんだから……あんなバカ王様とはもう別居だよ! 別居!!」

龍聖は癇癪（かんしゃく）を起こすと、そう叫んでいた。

「申し訳ありません」

王の執務室で、深々と頭を垂れるジアの姿があった。龍聖がしばらく寝室を別にするという旨（むね）の報告をしに来ていたのだ。

「ああ、そうなんだ」

大きな机に向かい書簡を書いていたレイワンが、苦笑しながらペンを置いた。

「まあ、リューセーは、一度ヘソを曲げたらどうにもならないから仕方ないよ。ジアのせいじゃない。家出したというわけではないし……でもどれくらいの間別居するつもりなのかな？　まさか性交禁止と言われた十年間というわけじゃないよね？　ああ、でもそれじゃあ、しばらく魂精はくれないのだろうか？」

「そんなことは……ないと……思うのですが……」

ジアは否定しようとしたが、龍聖のことを思うと断言出来なくなり、最後の方は小さな声になってしまった。レイワンはそんなジアの様子に、優しく微笑んで頷いた。

「ジア、大丈夫だよ。リューセーが誰よりも優しいことは、君が一番よく知っているだろう？　どんなに私に腹を立てても、きっとリューセーは私に毎日魂精をくれるよ」

「はあ……」

ジアは穏やかな様子のレイワンを前にして、素直に同意しかねていた。確かにレイワンの言うことはもっともなのだが、龍聖が言っていた「抱きしめられたらエッチしたくなっちゃうから別居」という理由まではレイワンに伝えていなかった。さすがにそんな言葉を、王の前で代弁する勇気は、ジアにはない。でも龍聖の別居の理由を考えると、レイワンに魂精を与えにも来ないのではないかと思ってしまうのだ。

魂精を与える方法は、直接接触に限る。手を握るだけでも可能ではあるが、少しずつしか与えられないため、抱きしめる方がより早い方法となる。口づけや性交などの粘膜接触ならば、確実により多く与えることが可能だ。

そのため竜王夫婦の場合は、子作りも兼ねて、口づけや性交で魂精を与えることが通常とされている。親子の場合は抱きしめたり、頬や額などに口づけたりすることで魂精を与える。

「まありューセーが腹を立てるのも無理はない。私も本当に悪いと思っているのだ」

「陛下……」

「子を産むのはリューセーだ。魂精を与えて育てるのもリューセー……すべて負担をかけてしまっている。あんなに痛いのが大嫌いなリューセーが、四人も卵を産んでくれたというだけでも、感謝してもし切れないくらいだ」

レイワンは嬉しそうに微笑んで語った。レイワンが龍聖の話をする時は、とても幸せそうな表情になる。どれほど龍聖を愛しているのか、聞かなくても分かるほどだ。

ジアはレイワンの話を聞きながら、確かに……と思う。龍聖はとにかく痛いことが大嫌いだった。初めて竜王と結ばれた時、うっかり竜王の間ではなく、王妃の私室だったため、体が『リューセー』へと変化する痛みを経験した。可哀想だが、歴代の龍聖で、その痛みに耐えた人は何人かいる。

しかし龍聖は、「痛い！　死ぬ！」と大騒ぎしたので、眠り薬で眠らせて竜王の間へと運ぶほどだった。

　そんな龍聖なので、卵を産むのは大丈夫なのかと心配していたが、不思議なほど痛みを我慢して無事に出産した。痛いなんて泣き言は一言も言わなかった。それで四度も出産したのだから、レイワンの言うことも頷けるのだ。

　そういえば、今回の騒動にしても、子守に疲れたと愚痴は言っていても、一度も「もう産みたくない」とは言わなかった。

「リューセーはね、初めて自分が私の子を産まなければならないのだと、北の城で知らされた時、絶対に無理だって言ったんだ」

「え？」

　ジアは初耳だったので驚いた。視線が合うとレイワンはククッと楽しそうに笑っている。

「絶対無理！　痛いのは嫌いだから産めない！　意味分かんない！　って、そりゃあ駄々こねて大騒ぎだったんだよ」

　レイワンは龍聖の口ぶりを真似て言ったので、ジアは思わず微笑んだ。

「そうだったんですか……」

「そんなリューセーが、私のために四人も産んでくれたんだ……だから私はリューセーの我が儘は、どんなことでも聞くつもりだよ。たとえ皆が反対するようなことがあったとしてもね」

「陛下」

　レイワンは宙をみつめるように視線を外して、しばらく何かを思い出している様子だった。ジアは黙って見守っていた。やがてレイワンは小さく溜息をついた。

「私の両親は、本当に仲が良くて、父は母をとても愛していたし、母も父をとても愛していた。子供なんて目に入っていないんじゃないかっていうくらい、いつも二人で仲睦まじくしていて……。そんな母は、なかなか子供が出来ないことに長いこと悩んでいたようなんだ。私は男ばかり三人兄弟だろう？　本当は姫も含めて五、六人は産まないといけないって思っていたみたいなんだ。父、シィンワン王は八人兄弟だったからね。絶滅の危機から竜族を救ったフェイワン王とリューセーの話を聞いて、自分もリューセーとしての使命を果たさなければと思ったみたいだ。婚姻後間もなく私が生まれて、十年後にシィンレイが生まれて、二人の王子に恵まれて、母も安堵したものの次がなかなか出来なかった。三人目のシュウヤンが生まれたのは五十年後。その後は続かなかった。だから母が父にベッタリだったのも仕方がないのかもしれない。子供に恵まれないのは、父への献身が足りないのだと母は思っていたようだ。そんな母を見ていたから、私のリューセーには、子供のことで悩ませたくないと思っていたんだ。だから最初に産みたくないと言われた時、それならそれで仕方ないとも思った。だけどリューセーは産んでくれたんだ」

懐かしそうな表情で両親のことを語り、幸せそうな顔で龍聖のことを語るレイワンをみつめながら、愛情深い王にジアは敬服した。

「きっとリューセー様のことですから、すぐに気が変わられると思いますが……今は何卒そっと見守っていてください」

「ああ、分かった。ありがとう」

ジアは深々と礼をしてから執務室を後にした。

ジアは卵の部屋に立ち寄った。そこには龍聖がいるはずだからだ。厳重に警備されている入口から中へと入る。

卵の部屋は狭くて、大人が五人もいれば窮屈に感じそうなほどだ。中には椅子に座り、両手で卵を包み込むように抱く龍聖の姿があった。その向かいに見守るように護衛責任者のウーランが立っている。ウーランはレイワンの弟シュウヤンの息子だ。重要な役目は王に近しい血族の者が任ぜられる。

入ってきたジアに、ウーランが一礼した。ジアも礼をする。

「リューセー様、お疲れではありませんか？」

「ん？　平気だよ……だけどさ、何度産んでも不思議だよね。これ、オレが産んだなんてさ……オレのお腹の中で卵が出来るなんて、本当に不思議だよね。そしてこの卵から赤ちゃんが生まれるなんて、本当に不思議だ。こういうのを見ると、やっぱりシーフォンって元は竜だったんだな～って思うよね」

龍聖は話しながら、手の中の卵を両方の親指でそっと撫でている。その表情はとても穏やかで、母親の顔をしているとジアは思った。慈愛に満ちた表情だ。

「名前を決めなきゃね」

龍聖は顔を上げてジアを見ると、笑顔でそう言ったので、ジアも微笑んで頷いた。

「じゃあそろそろ行くね。また明日来るよ」

龍聖は卵にそっと口づけると、立ち上がって大きな卵型の器の中に、慎重に卵を戻した。

「ウーラン、あとはよろしくお願いします」

「かしこまりました」

龍聖にお願いされて、ウーランは恭しく礼をして応じた。

卵の部屋を出た二人は、一緒に王妃の私室へと戻った。そこには乳母とともに三人の赤子が待っている。三人とも静かに寝ているようなので、龍聖はホッと一息ついてソファに腰を下ろした。ジアがお茶の用意をしているのを、ぼんやりと眺めている。

「レイワンは何か言ってた？」

「え？」

「レイワンのところに行ってたんだろ？　オレが別居することを伝えに」

「あ、ええ……まあ……」

お茶を注いだカップを運んで、龍聖の側まで歩いてくると、ジアは困ったように微笑んだ。

「それで？」

さらに尋ねるので、ジアは返答に困りながら、テーブルの上にカップを置いた。

「分かったと……おっしゃっておいででした」

「そう」

龍聖は特にそれ以上の反応もなく、頷いてカップを手に取りお茶を一口飲んだ。

「ご飯もここで食べるからね」

「はい、かしこまりました」

「オレもちょっと昼寝する」

龍聖はお茶を半分ほど飲むと、そのままソファにごろんと横になった。ジアは慣れた様子で、上にかける物を取ってくると、横になっている龍聖にそっとかけた。すでに龍聖は眠ってしまっているようだった。ジアは龍聖の寝顔をみつめながら、小さく溜息をつく。

今日のことは、ずいぶん驚かされたが、龍聖の気持ちを思うと、やはり叱ることは出来なかった。

今、王子達の世話は、六人の乳母が三人ずつ交代で行っている。当番の間は城に泊まり込んで一日中ずっと赤子につきっきりで世話をしているが、赤子の世話は、神経も体力もとても使う。特に大事な王子や姫君の世話ともなると、普通の何倍も消耗(しょうもう)してしまう。

だから三日ごとに交代させているのだが、本当はもう少し短い期間で交代出来るぐらいの人員が欲しかった。

アルピンという種族は、人間の中でもそれほど丈夫な体をしていない。しかしとても真面目で従順なため、根(こん)を詰めすぎてしまう。

乳母達は、世話をしている三日の間、ほとんど不眠不休で働いていた。赤子が昼寝をしている時は、侍女が代わりに見ているから休むように言っても聞かず、夜間も、赤子が夜泣きしないか気になるようで、あまり睡眠をとっていないようだ。そんな状態で、二十年もの長きに渡り勤め上げることは難しい。

最初の姫君のために用意していた乳母三人のうち二人は二年で辞めさせた。体を壊したからだ。残った一人も、もう四年勤めていることになる。そろそろ辞めさせなければならない。

補充要員として三人、乳母の教育をしている最中なのだが、このたび四人目の子が誕生するため、さらに増員しなければならなくなった。しかしその採用のための選定も、乳母の教育も、本来はジアに任されているのだが、手が回らずに人に任せ切りになっている。

　これが龍聖の言っていた『乳母不足』だ。龍聖はそんなジアを気遣って、時間を作ってくれようとしたのだろう。

「午前中くらいなら、オレ一人で子守出来るからさ、用があるなら済ましてくると良いよ。大丈夫、大丈夫」

　今朝、龍聖がそう言ってくれた時、正直なところ助かると思った。ほんの二、三時間だけでも、本当にありがたいと、龍聖の言葉を鵜呑みにして、ジアは乳母達を連れて、乳母見習いの様子を見に行っていたのだ。乳母達には、見習いの者達がどこまで覚えたか、仕事の確認や引き継ぎなどをさせて、ジア自身は新しい乳母を採用するため、候補の侍女達の面接をしていた。

　早々に切り上げて急いで戻ったが、あのとんでもない状況にあってしまったというわけだ。

　しかしレイワンもきっと、それらをすべて分かっていたのだろうと思う。だから『罰ゲームだ』と言われても、笑って済ませているのだ。

　ジアは龍聖の寝顔をみつめて微笑み、気を取り直したように仕事に戻った。侍女を呼ぶと、王子達のベッドを王妃の寝室に用意するように指示を出した。


　その夜、王子達を寝かしつけた龍聖は、うーんと大きく伸びをしてから、嬉しそうにベッドに飛び乗り、ゴロゴロと左右に転がった。

「何をなさっておいでですか？」

様子を見に来たジアが、少し呆れた様子で声をかけた。龍聖は転がるのを止めると、顔を上げて嬉しそうに笑う。

「だってさ、一人でゆっくり眠るなんて久しぶりだからさ」

「このままラオワン様達が朝まで寝てくださればいいですね」

ジアは奥に並んでいるベビーベッドをみつめながらそう呟いた。

「ションシアが泣かなければ大丈夫なんだけどね。彼が泣くと、連鎖反応でみんな泣き出しちゃうからさ……ラオワンは寝つきも早いし、そんなに手がかからないんだ。メイリンは最近抱き癖がついちゃったよね」

三人の子供達の性格をすっかり把握している龍聖に、ジアは嬉しそうに微笑んだ。

「それでは私は隣の部屋にいますから、ゆっくりお休みください」

「えー、ジアもここで一緒に寝ようよ」

「そういうわけにはまいりません」

「ジア、オレが眠るまでここにいてよ。何か話をしよう。ジアは忙しいから、最近ゆっくり話をしてない気がするし……」

「そうですか？　毎日お側にいるではありませんか」

ジアは龍聖が意外な言葉を口にしたので、不思議そうに首を傾げてみせた。龍聖は寝転がったままジアを見上げながら首を振る。

「のんびりお茶を飲みながら、どうでもいい雑談をする時間なんて、もうずいぶんないじゃないか」

「そうでしたか？」

ジアは困ったように苦笑してみせる。

「ね？　椅子をここに持ってきてさ、座って話をしよう」

龍聖に促されて、ジアは根負けしたように、近くにあった椅子をベッドの脇まで持ってきて座った。

一人で眠るのが寂しいのならば、王の下へ戻ればいいのにと思うのだが、それを言えばまたへそを曲げそうなので、ジアは言わずにいた。

「ジアは兄弟がいるって言っていたよね」

「はい、姉と弟が二人と妹がいます」

「ふふ、大家族だ。たまに家には帰っているの？」

「いいえ、リューセー様の側近になった時から、私の住むところは城の中と決まっていますし、実家には戻れませんので……あ、でも妹は城の機織り工房に勤めていますから、たまに……偶然ですが城の中で会うこともあります」

ジアの話に龍聖の表情が曇ったので、慌てて妹の話を付け加えた。

「オレは別に実家に帰っても良いと思うんだけど」

「いいんですよ。私の家族も、私がリューセー様の側近になったということを、一族の誉れと思っていますし、私が元気に勤めていることは分かっていますから……何よりの親孝行になっています」

ジアが笑顔で言うと、龍聖も少し安心したようだ。

「あ、だけど結婚はしてもいいんでしょう？　別に側近は結婚してはいけないって決まりはないよね？　ジア、結婚するつもりはないの？」

「そうですね。私は特に考えていません。第一、私と結婚しようなんて物好きな者はおりませんよ」

ジアが苦笑して言ったので、龍聖は首を振った。

「そんなことないよ。ジアは結構ハンサムだし、優しいし、なんでも出来るし、意外と男らしいだろ？　ほら、昔、オレを庇ってシュウヤン様を怒鳴りつけたことがあっただろ？　あの時すごくかっこよかった！」

龍聖の話に、ジアは少し驚いたが懐かしそうに笑って頷いた。

「そういえばそんなこともありましたね……。私は別に結婚しなくても、リューセー様のお側にいれば、自分では出来ないようなことをたくさん体験出来るので、少しも不自由はいたしません。リューセー様にはいつも驚かされてばかりで……もう驚き慣れて、何があっても大丈夫と思っているのに、またさらに驚かされて……本当に楽しい毎日です。私はリューセー様の側近になれて、本当に幸せです」

ジアが心からそう言って微笑むと、龍聖も嬉しそうに笑った。

「さあ、もうお休みになってください。眠そうな目をなさっているじゃないですか」

「そんなことない！　もっとジアと話がしたいんだ」

龍聖はそう言って、目を擦った。龍聖がこうしてジアと話をするのは、ジアを少しでも休ませたいと思っているからだと、ジアには分かっていた。龍聖が眠れば、昼間出来なかった仕事を、深夜までするつもりだった。それをすべて龍聖に見抜かれている。

そういう不器用な優しさを、ジアはとても嬉しく感じていた。

「また明日お話ししましょう。きっと明日はゆっくり出来ますよ」

ジアは龍聖を宥めて眠らせた。

翌朝、朝食をとった後、龍聖が王の私室へ行くと言うのでジアは少し驚いた。龍聖はジアを連れて、王の私室へ行くと、レイワンはちょうど身支度を整えているところだった。突然の龍聖の来訪に、レイワンは少し驚いたようだが、すぐに笑顔になる。

「リューセー、戻ってきてくれたのかい？」

「別に……オレは戻らないよ。ただ魂精がいるだろうと思って……」

龍聖はぷうっとふくれっ面で、そっぽを向いたまま、ぶっきらぼうに言うと、両手をレイワンの方へと差し出してみせた。それにはレイワンもジアもとても驚いた。レイワンはすぐに満面の笑顔で、龍聖の下へ駆け寄る。

「ああ、リューセー……私のために、わざわざ来てくれたんだね。なんて君は優しいんだ」

レイワンが両手を広げて抱きしめようとしたので、龍聖は慌てて後ろに飛び退いた。

「バカ！　抱きつくのは禁止って言っただろう！　手だよ！　手！　手を握るだけだよ！」

龍聖が少し赤くなって言ったので、レイワンは笑って頷いた。

「ああ、そうだったね、すまない。じゃあ、そこのソファに座ろうか」

レイワンは龍聖を宥めるように言うと、ソファに向かい合うように座って、両手を繋いだ。レイワンはニコニコと笑いながら、とても嬉しそうに龍聖をみつめている。龍聖はそんなレイワンの顔を見るのが気まずくて、ちょっと赤くなりながらそっぽを向いていた。

なんのかんのといって仲の良さそうな二人にジアは胸を撫で下ろした。

「リューセー様、私は王妃の私室へ戻っておりますね」

「あ！　ダメ！　二人っきりになったら、レイワンが何するか分かんないから、ジアはそこにいて！」

「リューセー……それは心外だな。私は君が嫌がることは絶対にしないよ」

「約束破って身籠らせたくせに」

「それは申し訳ないと思っている。でも君も子供が出来るのは嬉しいって」

レイワンが顔を曇らせてそう尋ねたので、龍聖はうっと声を詰まらせた。

「そ、そりゃあ嬉しいよ。子供は好きだし……かわいいし……だけど四年で四人は多すぎだろ！　限度ってものがあるんだよ！　毎日育児でクタクタで、レイワンとゆっくりいちゃいちゃする暇もないじゃないか！　夜だって……今だって十分大変なのに、四人もいたら絶対誰かが夜泣きしちゃうし、そしたら全員泣き出して大変だし、そしたらエッチも出来なくなるんだよ!?　そもそもすぐに出来すぎちゃうから、エッチ禁止とか言われてるのに、レイワン反省しろよ！」

龍聖はむきになって文句を並べたてたが、レイワンがニコニコと笑いながら何も言わずにみつめてくるので、一瞬ポカンと口を開けて何も言えずにレイワンをみつめ返した。やがて我に返った龍聖は、繋いでいた両手を離してペチンとレイワンの手の甲を叩いた。レイワンはさすがに驚いたようで、目を丸くして叩かれた両手を宙に浮かべたまま、目の前で頬を膨らませて睨みつけてくる龍聖をみつめ返した。

「リューセー？」

「ほら！　全然反省してないだろう!!　なにニコニコ笑ってんだよ！」

「あ、いや……リューセーが、私とゆっくりいちゃいちゃしたいと、思っていてくれたのかと知ったら嬉しくてね」

レイワンが微笑みながらのんきな口調で言うので、龍聖はみるみる耳まで赤くなり、眉間にしわを寄せて、勢いよく立ち上がった。

「もういい！　帰る！」

「待って……リューセー、待ってくれ……すまなかった。ちゃんと話をしよう」

慌ててレイワンが龍聖の右手を摑んで引き止めた。龍聖はそれを振り払いはしなかったが、怒った様子でレイワンを見ない。

「リューセー、さあ、もう一度ここに座っておくれ……私への文句はいくらでも聞くから……さあ」

レイワンは一生懸命宥めながら、龍聖をもう一度ソファに座らせた。レイワンは摑んでいた龍聖の右手を両手で包むように優しく握って、ゆっくりと擦った。

「すまない、リューセー。私もまさかこんなにすぐに出来るとは思ってなかったんだ。なかなか出来ないものだと思っていたし……本当にすまないと思っているよ」

謝罪の言葉を述べるも、龍聖は顔を背けたままだ。

「私はもちろん子供が出来るのは嬉しいが、決してそれが目的で君を抱いているわけではないんだよ？　私が君のことをどれほど愛しているか知っているだろう？　君がかわいくて、愛しくてたまらないのだ。いつだって抱きしめて、片時も離れることなくずっと側にいてほしいくらいだ。君を抱きしめると、それだけではすまなくなってしまう。君の魅力の虜(とりこ)になってしまうのだ。君の体のことを思えば、いくらでも我慢したいと思うけれど、君をこの腕に抱いてしまえば、それ以上のことがしたくなってしまう。私だって性交禁止はとても辛い。子作りとは関係なく、私が君に欲情してしまうのが悪いのだ……本当にすまない」

優しく手を撫でながら、愛の言葉を連ねるレイワンの低い艶のある声は、とても心地好く響く。龍聖は頬を膨らませながらも、うっとりと聞き入っていた。こんなに愛されて、優しくされて、甘やかされて、嫌な気分になどなるはずがない。

とっくに機嫌は直っていたのだが、もっと愛の言葉が聞きたくて、龍聖はずっと怒ったふりを続けた。

「リューセー、愛しているよ。君のためなら何でもするつもりだ。昨日みたいに、子守だっていくらでもするよ？　君が辛いと思うならば、私が代わりに卵を抱いたって構わない」

「……レイワンは卵に魂精をあげられないだろう？」

「あげられるよ。私が君から貰った魂精を与えることは出来るのだよ」

「でもそれって……レイワンは魂精を作り出すことが出来ないから、自分の身を削るようなもんだろう？　献血みたいなもんじゃないか」

「ケンケツ？　まあでも、出来ないことではないし、私は別に構わないよ」

「ダメだよ！　ダメ！」

バッと龍聖がレイワンの方へ向き直り、眉根を寄せながら大きく首を振って叫んだ。

「そんなことしちゃダメだよ！　レイワンは王様なんだから！　大事な体なんだから！　そんなことしちゃダメだ！　そしたら……オレの存在する意味がなくなるじゃん……」

「リューセー……」

龍聖は自分の右手を包むように握っているレイワンの手の上に、左手を添えた。レイワンの大きな手をそっと撫でる。龍聖よりも一回りほど大きな手。指がとても長くて綺麗だといつも思う。龍聖は少し俯き加減に、手をみつめていた。

「オレが来るのが遅くなった何年もの間、レイワンはずーっと何も食べていないのと一緒だったんだよね……辛いよね……フラフラになっちゃうよね。だけどレイワンは今まで一度だって、そのことを怒ったこともないし、愚痴すら言ったこともない……他の誰に聞いても、みんな、レイワンはオレへの恨み言なんて言ったことがないって言ってた……オレ、丸一日ご飯を食べられないだけでも弱音を吐きそうなのにさ……ごめんね。だからオレ、どんなことがあっても、もう絶対……レイワンに魂精不足で苦しい思いなんてさせないから……そう誓ったから……」

「リューセー」

レイワンがギュッと強く手を握ったので、龍聖は顔を上げて見た。レイワンはとても優しく笑っている。

「リューセー、ダメだよ。そんなことを言ったら、私は我慢が出来なくなるじゃないか。今すぐ抱きしめて、口づけしたくなってしまう。今、それを我慢しているのが一番辛いよ」

苦笑しながらそう言うレイワンを、龍聖はしばらくジッとみつめてから、満面の笑顔になった。

「オレも」

笑顔でそう答えた龍聖の体を、レイワンは強く抱きしめた。龍聖は両手を背中に回して抱きしめ返す。

二人は深く口づけを交わした。

ジアはそんな様子を半ば呆れたようにみつめていた。こんなところで邪魔をするつもりはないのだが、身の置き所に困る。そもそも二人の痴話喧嘩などいつものことで（龍聖が一方的に怒るのだが）ジアも本気になどしていなかったが、今回は別居などと言い出したので少し心配をしていた。それも結局余計な世話だったか……。

ふと部屋の隅で、同じように身の置き所に困って立っている二人の侍女へと視線を移した。二人は少し赤くなって、困り顔をジアへと向けている。

ジアは小さく溜息をついた。

「陛下」

とりあえず声をかけてみたが、二人とも夢中で口づけをしていて、それどころではないようだ。ジアは肩を落としてまた大きく溜息をついた。

「陛下！」

深く息を吸って、大きな声を出してみる。するとさすがに驚いたように、レイワンと龍聖が口づけを止めて、ゆっくりとジアの方へと顔を向けた。

「陛下、リューセー様……ご存知のことと思いますが……性交は禁止ですよ」

ジアは眉根を寄せて苦しげにそう告げていた。

「あぁぁぁぁ――!!　もうっ!!　ヤダ――!!」

龍聖はベッドの上に大の字になり、手足をバタバタとさせながら、ヒステリックに叫んでいた。

ジアは居間にいた乳母達に子供達を連れて、王の私室へ退避するように指示すると、閉じられた寝室の扉を何度かノックする。

そっと扉を開けて中を覗くと、ベッドの上で暴れている龍聖の姿があったので、驚いて慌てて駆け寄った。

「もうヤダ――!!　オレ欲求不満で死んじゃう!!　ああああ――んっ！」

数日ぶりにレイワンと盛り上がって、とても気持ち良く口づけしているところをジアに咎められたので、龍聖は「もうヤダ――！」と叫びながら、王の私室を飛び出して、そのまま王妃の私室の寝室に逃げてきたのだ。

後を追おうとしたレイワンを制して、何度も頭を下げてから、ジアが後を追った。

ジアはベッドの側に立ち、バタバタと暴れる龍聖をしばらくみつめてから、その場にひざまずくと、床に額をつけるように深々と平伏した。

「申し訳ございません……リューセー様……どうぞ私を処罰してくださいませ」

ジアが大きな声でそう言うと、ピタリと龍聖の叫びが止まった。龍聖は身を起こし、辺りを見回した後、すぐ側の床にジアが平伏しているのをみつけて、驚いて飛び上がった。

「ジ、ジア！　何してんの!?」

「リューセー様、どうぞ私を処罰してくださいませ」

「なんで！　ちょっと……やめてよ、ジア、顔を上げてよ」

龍聖は慌ててベッドから降りると、ジアの肩を摑んで体を起こさせようとした。しかしジアは強い力で土下座している。

「ジア！」

「私は側近失格です。リューセー様のお苦しみを少しも癒やして差し上げられない……役立たずなのです。どうか処罰してください」

「やめてよ！　ジア、ごめん！　ごめん！　もうヤダとか死んじゃうとか言わないから……ね？　ごめんなさい。顔を上げて」

龍聖がジアに縋りついて必死で言うので、ようやくジアは少しだけ顔を上げた。龍聖はその顔を覗き込んで、何度もごめんなさいと言う。泣きそうな顔で謝る龍聖に、ジアは困ったように眉根を寄せて体を起こした。

「リューセー様」

「ジアは全然悪くないよ、本当だよ、オレはジアのことを全然怒っていないんだから、処罰なんてしないよ。ねえ、お願い、だからそんなこと言わないで……ジア……大好きだよ」

ジアは床に座り込んで、困惑している。そんなジアの手を取って、龍聖は膝をついて懸命に説得しようとしていた。

「オレがヒステリーを起こしていたからびっくりしちゃったんだよね？　ごめんね。ちょっと欲求不満が爆発しただけだから、本当にもうなんともないから、ね？　ほら、オレがいつも叫んだりして憂さ晴らしして、あとはケロッとしているのなんて、ジアも見慣れているだろう？　今のはそれの拡大版みたいなもので、本当に死ぬつもりで暴れたわけじゃないからさ……オレ、正気だから！　ね？」

龍聖はジアの手を取って立ち上がった。ジアものろのろと立ち上がる。

「リューセー様……本当に大丈夫ですか？」

すっかり冷静さを取り戻した龍聖を見て、ジアは心配そうに尋ねる。龍聖は笑顔を作ってみせて、そのままジアの手を引いて居間へと移動した。ソファに座ると、ジアにも向かいに座るように促す。

「あのね、正直に言うと、性交禁止が本当に辛いんだよ。オレ……別にセックス依存症のつもりはないし、そこまで淫乱なつもりはないんだけど……あ、その、つまり性交しないと死んじゃうってくらい性交狂いってわけじゃないんだよ？」

「もちろんです。それは分かっております」

ジアは慌てて頷いた。そんなジアの反応に、龍聖は思わず笑ってから話を続ける。

「オレ……レイワンと性交をしないと不安になっちゃうんだ。もちろんレイワンがものすごくオレのことを愛してくれているのは知っているし、それを疑うわけじゃないんだ。だけどほら、ずっと子供が出来なかっただろう？　四年間。レイワンやジアや皆は、それが当たり前だって言ってくれて……シーフォンはなかなか子供が出来ないからって……オレ達の世界でだって、子供が出来なくて悩んでいる人はいっぱいいたし、まあそんなものだよねってオレも思った。だからがんばって毎日性交して……レイワンは、別にこれは子供を作るための行為じゃないよ、リューセーを愛しているから抱きたくなるんだって言ってくれるし、毎日性交しているのは、子供を作るためにがんばっているのか、ただお互いのことが好きすぎてやっちゃってるのか、それが分からないまま四年が過ぎて……それでやっと子供を授かった」

龍聖は幸せそうに笑った。

「子供も好きだし……三人とも本当にかわいいと思ってる。大好きだよ。愛してる。自分でもびっくりするくらい母性っていうのが湧いてくる。だけど……オレ、不器用だろ？　子供の世話したら、もうそれでいっぱいいっぱいになっちゃうし、根性ないからすぐ嫌になってバテちゃうし……。そしたらさ、レイワンと過ごす時間が減ってしまって……なんかいつもイライラして、またレイワンに当たって……オレ……レイワンに意地悪なことしか言えなくなっちゃって……本当ならそこで抱きしめてもらって、エッチしたら仲直り出来そうなのに、それも出来なくて……そしたらもっとイライラしちゃって……オレ、どんどん嫌なやつになってるみたいで、すごく辛い……レイワンに優しく出来なくて辛いんだ……」

龍聖は今にも泣きそうな顔でそう言うと、グッと唇を噛んで涙を堪えた。両方の膝の上に置かれた拳も硬く握られている。

「リューセー様」

「別居なんてしたくないんだよ？　一人で寝てもつまらないし、寂しいし……レイワンのことばかり考えちゃうし……だけど一緒にいると、エッチしたくなっちゃうから……それが辛くて、レイワンに当たって、ひどいこと言っちゃうし……。子供がたくさん出来たのはレイワンのせいなんて思ってないよ……むしろ出来にくいのに、こんなに出来たのはオレとレイワンの相性がいいからかもって、本当に嬉しくて……身籠るたびに、ヤッターって喜んでるんだよ？　またレイワンが喜んでくれるって……。でもオレ、今は憎まれ口しか言えなくなっちゃって……レイワンは何を言っても笑って許してくれるし、優しいし……もうこれ以上、レイワンにひどいことを言いたくなくて……辛くて……」

「リューセー様っ！」

ジアはたまらず立ち上がると、龍聖の側へ歩み寄り抱きしめる。ぎゅっとジアに抱きしめられた瞬間、龍聖はワァッと声を上げて泣きだしていた。胸につかえていたものを吐き出したら、涙が溢れて止まらない。母親に縋って泣きじゃくる子供のように、龍聖はしばらくの間ずっと泣き続けた。

ジアは龍聖の背中を優しく撫でながら、深刻な表情で考え込んでいた。

今の龍聖の話したことや、彼の抱える悩みなどは、普通の人間、普通の夫婦からすれば、ただのノロケで済まされてしまうことかもしれない。しかしそうはならないから、こうして悩んでしまっているのだ。

今まで龍聖が「エッチしたい」とか「欲求不満」とか愚痴や駄々をこねるように言っていたすべての言葉や態度が、これほどに深刻なものだとは分かってあげられなかった。そんな自分を改めて悔やむ。

龍聖はレイワンに愛されることだけが、確かな救いなのだ。たった一人異世界へ来て、レイワンだけが彼のすべてなのだ。

体を重ねて交わることで、龍聖がその愛情を実感出来るのだというのならば、いくらでも好きなようにさせてやりたい。そもそも国王と王妃の仲が良すぎて悪いことなど、何もないはずなのだ。公務に支障を来(きた)すならばともかく、二人の夜の営(いとな)みを邪魔する理由は、本来ならばまったくない。

それを禁止しなければならないなんて……。

過去の竜王と龍聖にも、仲が良すぎて性交を禁止したという話はいくつもある。しかしそれも抑制するための建前で、完全なる禁止とした例はない。

「ほどほどになさいませ」という注意勧告程度の意味合いしかなかった。

しかしレイワンと龍聖は、「完全禁止」とされている。未だかつて、龍聖が毎年懐妊するなんてことはなかった。よほど二人の相性がいいのか、龍聖の体が身籠りやすいのか……さすがに四人となると、医師も口を出さずにはいられない。

「一回くらいならいいですよ」と言いたくても、その一回でまた懐妊してしまう恐れがあるから、不用意に言えない。

「ジア……」

龍聖が小さな声で名を呼んだので、ジアは我に返り、ゆっくり龍聖の体を離して、泣き腫らしている両目を服の袖で拭ってやった。

「大丈夫ですか？」

優しく問うと、龍聖はコクリと頷いて鼻をすする。

「お顔を拭きましょうね」

ジアはそう言って立ち上がり、手拭いと水を取りに行った。すぐに手にして戻ってくると、水に濡らした布を固く絞って、龍聖の顔を優しく拭いた。鼻もかんであげて綺麗にすると、ようやく龍聖も微笑んだ。

「お母さんみたい」

笑ってそう言う龍聖に、ジアは優しく微笑み返した。


両手に持ったカップのお茶を、一口飲んではハアと息を吐いている。ようやく落ち着いた様子の龍聖を、ジアは向かいに座り黙って見守っていた。やがて飲み干したのか、カップをテーブルに置いたので、ジアは新しいお茶を注ぎ入れる。

「恥ずかしいな」

ぽつりと龍聖が呟いた。

「何が恥ずかしいのですか？」

「いい年して、あんなに泣くなんて……」

「別に恥ずかしいことではありませんよ。私だって同じ立場なら泣いていたと思います」

ジアが微笑みながら言うと、龍聖はニッコリと笑う。鼻の頭がまだ少し赤い。両目も少し腫れていた。

「もう平気……大丈夫だから、レイワンにはこのこと言わないでね」

龍聖は照れ笑いをした。ジアは何も答えず微笑み返したが、少し胸が痛んだ。またそうやって一人で我慢をするつもりなのだ。少し考えてから、ジアは口を開いた。

「リューセー様……陛下はきっとすべてお分かりですよ。昨日、私が陛下に別居の話をしに行った時、陛下はおっしゃっていました。『リューセーは優しいから、きっと魂精をくれるために来てくれる』と……だからリューセー様がどんなに陛下に意地悪なことを言ったとしても、それがリューセー様の本心ではないことは、すべてお分かりなのですよ」

龍聖はその言葉に驚いたような顔で、ジアをみつめた。しばらく固まっていたが、やがて驚きの顔はゆっくりと笑顔に変わり、幸せそうに頷いた。

「そうならいいけど」

小さな声で呟く。

「ですが……やはりどうにかならないか考えなければなりませんね」

「え？」

ジアが腕組みをして深刻な様子で言ったので、龍聖は首を傾げた。

「まだ何も解決はしていません……私はリューセー様にいつでも幸せでいて頂きたい。こんな別居を続けるわけにはいきませんし……性交しても子供が出来ないようにすることが出来れば……本来ならば、そんなこと絶対考えないのですけどね。でも少なくとも、今の陛下とリューセー様には、あと十年ほどは子供が出来ない方が良いと思うのです。リューセー様のお体のことを考えれば……」

「十年も禁止……」

龍聖がガクリと項垂れて呟いたので、ジアは眉根を寄せた。実を言うと今の「十年」というのは、龍聖の気持ちを思って少なく言った。本当は三十年くらいは、次の子供は産まない方が良いと思っている。

「他国には避妊の方法が進んでいるところもあると聞きました。何か調べれば分かるかもしれませんね」

「避妊って……この世界にもコンドームはあるの？」

「コンドーム……ですか？」

ジアは初めて聞く言葉に首を傾げた。

「うん、避妊具だよ。ゴムで出来てて、ちんこに装着するんだ。そしたら射精しても精子が外に漏れないんだけど……あ、そういえばこの世界にもゴムに似た素材があったよね！　そうだ。確かお土産に珍しいからってゴムボールを貰ったことがある」

龍聖はそう言って立ち上がると、チェストを探って片手に乗るほどの黒い玉を持って戻ってきた。

「ほら、こうやると跳ねるんだ。弾力があるゴムの性質に似てる。オレのいた世界では、これを使って避妊具を作っていたんだよ。薄く伸ばして袋状にするんだ」

要領を得ない様子のジアに、龍聖は紙に絵を描いて説明した。

「なるほど……確かにそうすれば、子が出来る心配はありませんね……。ただ陛下にそのような物を付けて頂くようにお願いしていいかもわかりませんし……作れるかも分かりませんから……一度医師と相談してもよろしいですか？」

「うん、いいよ。コンドームがあればそりゃありがたいけど……そうだね……レイワンは王様なのに、そんなもの付けろだなんて言えないよね……それにこの世界には、この世界の文化があるもんね……」

龍聖はすっかり諦めているような口ぶりで、図解してみせた紙をくしゃくしゃと丸めてしまった。

「あ、それは私に頂けますか？」

「え？　これ？　いいよ……ジア、別にいいんだよ。この話は忘れて」

龍聖は笑って立ち上がると、部屋の隅にある屑入れにそれをポイッと放り込んだ。

「さてと……卵を抱きに行こうかな……ジアも一緒に行く？」

「あ……はい、あの、乳母とお子様達を呼び戻してまいります」

「ああ、そうだったね……じゃあそっちをよろしくね」

龍聖はジアに手を振りながら部屋を出ていった。ジアはそれを見送って、溜息をつくと視線を屑入れへと向けた。

それから数日、何事もない平穏な日々が過ぎていった。

龍聖は丸々と健(すこ)やかに育つラオワンを胸に抱いていた。父に似た赤い髪が、ふわふわと生えている。大きな目でじっと龍聖をみつめては、時々嬉しそうに笑う。

「ラオワン、ご機嫌だね」

龍聖も嬉しそうに笑いながら、ラオワンの柔らかな頬を指でつついた。

「早く大きくなってくれるといいのにね。赤ちゃんの君はかわいいけど、出来れば君とおしゃべりしたり、駆けっこしたり、遊びたいな……普通の人間なら三年もしたら遊べるようになるんだよ？　だけど君は十年以上かかっちゃうんだからね……遠いなぁ」

龍聖はそう言いながら、側で乳母があやしている他の子にも視線を向けて溜息をついた。

その時、テラスからコツコツと石を叩くような音がした。龍聖が視線をテラスに向けると、キラリと何かが光って見えた。これには覚えがあるぞ？　と龍聖は思う。

ラオワンを抱いたまま立ち上がると、窓辺へと近づいた。テラスの向こうに金色の尻尾が見える。だがすぐに見えなくなってしまった。

窓を開けてテラスに出ると、テラスにはたくさんの花が散らばっていた。

「わ！　これ……」

思わず上を見上げたが、城の上にはウェイフォンの姿はなかった。

「まあ……たくさんのお花……どうなさったのですか？」

龍聖の後を追って二人の乳母も窓辺まで来ていた。テラスを覗き込んで驚いている。

「うん、貰ったんだ……花瓶に飾らないとね」

龍聖はそう言って部屋の中へ戻ると、侍女を呼んでお願いした。

そして何か閃(ひらめ)いたような顔をして、ジアを探した。ジアは近くのテーブルで、いくつかの本を広げて、熱心に調べものをしているようだった。

龍聖はラオワンを抱いたまま、ジアの下へと歩み寄った。

「何を調べているの？」

「あ、リューセー様……この前話をしていた避妊具について調べていました。他国ではいくつかあるようで……それでこの前リューセー様が絵に描かれていたものに、似た避妊具を見つけたのです。ただ材料が様々で……動物の腸を使った物や、革を薄くなめした物、布で作った物や紙で作った物など……」

「動物の腸⁉　わ〜……なんか怖い……紙だとすぐ破れちゃうんじゃない？」

「そうですね……でもなんとなく仕組みは分かりました」

ジアが真面目な顔で言うので、龍聖はクスクスと笑った。

「真剣に何を調べているのかと思ったら……もうそのことは良いって言っただろう？　それよりさぁ、ラオワンを連れて散歩に行ってもいい？」

「散歩ってどちらに行かれるのですか？」

「すぐ近くだよ。ウェイフォンのところ。そういえばまだウェイフォンに世継ぎを会わせていなかったなって思って」

龍聖がニッと笑ってそう言うと、ジアは頷いて少し考えた。

「そうですね……竜王のところまでぐらいでしたら……兵を集めますので、しばらくお待ちくださ い」


龍聖はウェイフォンのいる塔の上まで来ていた。

広い部屋の真ん中に、巨大な金色の竜が座っていた。龍聖の姿を見ると、ウェイフォンはその長い首を曲げ、翼の根元の肩を少し上げるように動かして、頭を下げてとても優雅な仕草で一礼をした。

龍聖はそれを見て笑顔で一礼を返す。

「ウェイフォン、お久しぶり。元気そうだね！　今のは何？　なんかすっごいかっこいい！　紳士みたい！」

龍聖が頬を少し上気させながら、上を見上げてそう言った。

ウェイフォンは背筋を伸ばすように、首をまっすぐ上げて、龍聖を見下ろしながら、少し目を細めてグッと小さく喉を鳴らした。

「あ、ほら、レイワンの世継ぎだよ。去年卵から孵ったんだ。君に金の卵を預けたから知っているよね？　ごめんね、連れてくるのが遅くなって……君に見せておかなきゃって思ったんだ。ラオワンっていうんだよ。よろしくね」

龍聖は抱いていたラオワンを掲げるようにした。ウェイフォンはゆっくりと、龍聖の目の前まで頭を下げると、大きな金色の瞳でじっとみつめた。

「ラオワン、ほら、お父様の半身だよ。ウェイフォンだ。よろしくお願いしますって」

龍聖はラオワンを、ウェイフォンの鼻先に近づけた。するとググルッとウェイフォンが、出来る限り小さな声で鳴いた。赤子を脅かさないようにと気遣ったのだろう。龍聖はそれに気づいてクスッと笑う。

「今は赤ちゃんが三人もいて……もうすぐ四人になるけど……まあそれで毎日すごく忙しくてさ、全然ウェイフォンと散歩に行けなくて残念なんだけど、そのうちまたオレの相手をしてね」

龍聖に応えるように、ウェイフォンはゆっくりと瞬きをしてググッと喉を鳴らした。

「ふふ……ありがとう。またレイワンが怒るかもしれないけど、喧嘩はだめだよ？」

ウェイフォンは首を上げて何も答えなかった。澄ました顔で龍聖を見下ろしている。

「さっきはお花をありがとう。あれ、ウェイフォンが摘んだの？　結構器用なんだね！　どうやってテラスに置いてくれたの？」

龍聖が尋ねると、ウェイフォンは尻尾を上げ、先をくるりと丸めてみせた。

「尻尾で？　尻尾もすごく器用なんだね！　象の鼻みたい！」

龍聖が楽しそうに笑うと、抱いていたラオワンも釣られてキャッキャッと声を上げて笑った。

「気障だな～！　そういうところ、レイワンの優しさとはまた違うよね」

ウェイフォンは目を細める。

「ありがとう。ウェイフォン！　また来るね」

龍聖は手を振り帰っていった。

ウェイフォンから貰った花を部屋に飾り、龍聖は落ち込み気味だった自分を反省した。子供のことで落ち込んだり、ジアに愚痴を言ったり、レイワンに当たり散らしたり、すべてがマイナスに向いてしまっていると思った。ウェイフォンにまで気遣われて……。

「こんなのオレらしくないじゃん！」

花の前でそう呟き、龍聖はぱんっと両手で自分の頬を叩いた。

「新しいことをするのがオレ！　なんか考えなきゃ！」

龍聖はテラスに出た。手すりに凭れかかり、頬杖をついて景色を眺める。

雲ひとつない青い空には竜が数頭飛んでいるのが見える。視線を下に落とすと城下町が広がっていた。点のようだが、人々が動いているのが見える。視線を動かすと、城下町の外には、畑が広がっている。豊かな森や緑の丘、ここからは少ししか見えないが、丘の向こうには湖もある。周囲は赤い岩山が連なっている。

自然豊かな美しい国だ。いつまで眺めていても飽きることはない。

「さてと……今抱えている問題は何だっけ？」

独り言を呟いた。

「セックス禁止……これはちょっと簡単に解決出来ることじゃないから置いておこう」

龍聖はそう言って溜息をついたが、溜息に気がついてふるふると首を振った。

「溜息禁止！　で……他の問題は……やっぱり乳母不足問題だよね。今六人でしょ？　三人が三日交代で来てくれてて、でも三日間働いている間は朝から晩までずっとでしょう？　それも王子様やお姫様の世話だから、ものすごく気を遣うよね。食事の時間とかちゃんととってるのかな？　見たところお昼とか交代でとってるみたいだけど……休憩時間もないよね？　……これブラック企業だよ。そして来年卵が孵ったら四人。どうすんの!?　っていうかそのために、乳母を増員しようとジアががんばってくれているんだよね。ジアとかちゃんと寝てるのかな？　オレがこの前、午前中だけならオレ一人で子守するよって言った時、すごく喜んでいたもんね。それくらい時間も人手も欲しいんだよね……」

龍聖はう～んと唸りながら、ぼんやりと景色を眺める。

「毎日、一、二時間でいいから空き時間を作ってあげたいな……乳母達には休憩してほしいし、ジアも休憩してほしいけど、ジアの場合は新しい乳母を教育したり、面接したりする時間がいるんだよね……。とりあえず、とりあえず……これから十年は余裕をもってみんなが幸せに子育てが出来る環境を整えるために、人員を確保するための時間を作る……ブラック企業じゃないんだから、人員を増やしたいんだよ……給料も払うよ……う～ん……バイトとか……ボランティアとか……ちょい手伝ってくれる人とか……ん？」

龍聖ははっとした。

「それだ！」

龍聖はポンッと手を叩いた。そして満面の笑顔で何度も頷く。考えれば考えるほど名案だと思った。

急いで部屋の中に入った。

「ジア！」

ジアはラオワンをあやしていた。

「ジア！　ちょっと相談したいことがあるんだけど！」

　龍聖がきらきらと瞳を輝かせながらそう言うと、ジアは少しだけ困ったような顔をした。なぜなら龍聖がこんな顔をして「相談したい」という時は、大抵とんでもないことを考えている時だからだ。少なくとも、シーフォンや、ロンワンではやったことのないようなことを提案する時だ。覚悟を持って聞く必要がある。

　ジアは万が一（ものすごく驚いてしまった場合）を考えて、そっとラオワンを床に敷かれた柔らかな厚手の敷布の上に寝かせた。

「なんでしょうか？」

　ちょんと正面に正座する龍聖に向かって、落ち着いた様子で尋ね返した。

「オレ、すごく良いこと考えたんだ！」

「いいこと……」

「あのさ今……最近は忙しくて月に一回くらいしか出来てないんだけど、オレのお茶会に来てもらっている女の子は十人くらいいるんだよね」

「はい」

「それとお茶会第一回卒業生が十二人いるんだよね」

「卒業生……？　はい」

「彼女達と、彼女達のお母さんのペアで、子守体験会を開いたらどうだろうと思って！」

「子守体験会？」

　ジアは聞き慣れない言葉に、眉根を寄せて思いっ切り首を傾げた。

「うん、毎日一、二時間程度。ここに来て……あ、ここはダメか。王妃の私室に来てもらって、うちの子達の子守をしてもらうんだよ」

「ええ!?」

ジアはとても驚いて声を上げてしまった。

「御子達の子守を……ですか？」

「そうそう、お茶会で女の子達に、赤ちゃんってかわいいよ、産んだ方が良いよって教えているんだけど、話だけだとうまく伝わらないな～って、前から思っていたんだ。だからね、実際に赤ちゃんの世話をしてもらって、母性に目覚めたらいいんじゃないかと思ったんだよ」

ジアは思いもよらないことを耳にして、ぱちぱちと目を何度も瞬かせた。

「それで彼女達のお母さんも一緒だとさ、お母さんは子育て経験者だし、娘にそういうことを教えるのは、やっぱりオレからより母親からの方がいいじゃない？　母と娘の関係も良くなるし……その上、その空いた時間に、乳母達が休憩出来るし、ジアも乳母教育とか面接とか出来るし、一石二鳥(いっせきにちょう)どころか四鳥、五鳥だよ、すごいと思わない？」

龍聖はそう言うと、どや顔をしてみせる。ジアは驚いて、ぽかんと口を開けて聞いていたが、やがて嬉しさに頬を緩めた。

「リューセー様……私達のために考えてくださったのですね」

「ま、まあそれもあるけど……みんなのため、みんなのためだよ！　ね？　どう？　オレと母親と娘の三人なら任せても大丈夫でしょ？　もちろん侍女とか見張りの兵士とかもいるわけだし、一、二時間くらいなら……ね？　二十組くらいになるから、毎日別の人達が代わる代わる来たとして……

ね？」

ジアは微笑みながら頷いた。

「リューセー様も、毎日違うお客様に会えば、気晴らしにもなりますね」

「うん、そうそう！」

「とてもよい考えだと思います。レイワン様のお許しを頂けたら、早速試してみてもよろしいのではないですか？」

「やったー！」


レイワンの許可はもちろんあっさりと取れて、三日後には最初の子守体験会が開かれた。

最初の母娘は、シィンレイの妻インシャンと娘のアイラだった。

「リューセー様、とても素敵な会を開いてくださりありがとうございます。御子のお世話を出来るというだけでも光栄ですし……娘もよい経験が出来ると思います。私は赤子の世話など、ずいぶん久しぶりですが、昔を思い出して胸がときめきますわ」

インシャンがとても嬉しそうに言ったので、龍聖も嬉しくなった。

「そんな風に喜んでもらえて、オレもすごく嬉しいです」

「シュウヤン様の奥方から、とても羨ましがられたんですよ？　あそこは男ばかり三人ですから」

龍聖は笑いながら、二人に子供達を紹介した。

「この子が一番上の姫でメイリン、それから世継ぎのラオワン、次男のションシア……インシャン様には生まれた時に一度会って頂いていますよね」

「ええ、まあでもなんて愛らしい……ずいぶん健やかにお育ちになって……」

「メイリンは最近抱き癖がついちゃって、抱いていないとすぐ甘えてぐずります。ラオワンは最近すごくよく笑います。あんまり泣かないかな。ションシアは泣き虫で、いつも甘えて泣いてます。三人三様ですね」

龍聖にメイリンを渡されて、アイラが怖々とした様子で抱いたが、すぐに泣きだしてしまった。それに釣られてションシアが泣きだす。インシャンが、アイラに抱き方や、あやし方を教えた。それを龍聖はニコニコとみつめている。

御子達の世話をしながら、龍聖はインシャンやアイラと色々な話もした。そうすると二時間など、あっという間に過ぎてしまった。ジアが乳母達と戻ってきたので、今日はもう終了とされた。

「リューセー様、今日はとても貴重な体験をさせて頂きありがとうございました。また明日も来たいくらいです」

アイラが満面の笑顔でそう言うと、母親のインシャンも頷きながら龍聖に礼を言った。

「またぜひお願いします。オレもとても楽しかったです」

龍聖は二人に別れを告げた。

「リューセー様、楽しく過ごされたようですね」

「うん、すごく楽しかったよ。メイリンとションシアが、最初泣きだしたけど、インシャン様がいてくださったから、オレも慌てなくて済んだし……これならうまくやれそうだよ」

ジアも嬉しそうに頷きながら聞いていた。

インシャンが触れまわってくれたのか、「子守体験会」は大変な評判となり、ぜひ参加したいという申し出が、ジアを経由して殺到した。

年頃の娘のいる母娘だけではなく、まだ娘が小さい者や、娘はいないけれどという母親まで、申し出は五十件を超えていた。

「とりあえずは、年頃の娘と母親が最優先ね、次がそれ以外の母娘、娘のいないお母さんはその次かな……こういうことで揉めごとにしたくないから、出来るだけ申し出は断らないようにしたいけど……」

龍聖は申し出の書状を、一枚一枚読みながら苦笑した。

「ジア！　これでしばらくは余裕が出来そうだね！　オレもなんだか子守が楽しくなったよ」

「それは良かったですね……リューセー様にはいつも驚かされてばかりで……今回ももう驚かないようにと心の準備をしていたのですが、やっぱり驚きました。でも……嬉しい驚きです」

ジアにそう言われて、龍聖は照れくさそうに笑った。

龍聖はソファに座り、向かい合ってレイワンと両手を繋いでいた。
毎朝恒例の魂精をレイワンに与える儀式だ。一時は別居だと騒いだりしたが、今は眠る時だけ王妃

の私室に行き、普段は元通り王の私室の方で過ごしていた。

朝起きて王の私室に戻り、レイワンと一緒に朝食を食べながら話をして、その後こうして手を繋ぐ。

『儀式』と言い出したのは龍聖だ。

「だってそんな風に思わないと、なんだか変だろう？」

龍聖にそう言われて、レイワンは苦笑する。

「今日はいつもよりも長いんだね」

ずっと黙って目を閉じたまま手を繋いでいる龍聖に、レイワンが話しかけた。

『魂精を与える儀式』と龍聖が名付けて以来、龍聖はわざと儀式ぶって、作法っぽく手を握り、目を閉じて黙とうするかのようにじっとしている。レイワンはそれに付き合って、いつも黙って龍聖を眺めている。

だが今日はいつもよりも長い時間そのまま続けているので、レイワンは不思議に思って話しかけた。

龍聖は無視するように、目を閉じたままだ。レイワンは、それ以上何も聞かずに龍聖に付き合った。

しばらくして、龍聖は左手と右手を順番に離すと、無言のままで深く一礼をした。これも龍聖が作法っぽくいつもやることだ。『儀式』という遊びを楽しんでいるようにも見える。

『リューセーは、本当に面白いな』と、レイワンは心の中で思った。

「昨日まで外遊で四日もいなかっただろう？　だから」

けろっとした顔で、龍聖が突然そう答えたので、レイワンは「え？」と聞き返した。

「だから長くした理由」

龍聖はそう言ってニッと笑った。

「リューセー……」

レイワンは顔を綻ばせた。『かわいい』そう思って、龍聖を抱きしめたくなる。もうどれくらい龍聖をこの腕に抱きしめていないのだろう？

「性交完全禁止」を医師達から言い渡されて、龍聖が別居すると言って、寝室を別にして、レイワンは龍聖を抱きしめることも拒否されてしまった。

理由は「抱きしめられたらエッチしたくなるだろう」という龍聖の言い分で、確かにそれはレイワンも同じだなと同意したので受け入れた。だが辛い。

龍聖が怒って別居すると出ていった時の方が、まだましだったような気もする。今は龍聖も戻ってきて、朝食を食べながらそれに付き合ってお茶を飲むレイワンと何気ない会話をし、魂精を与える『儀式』をして、「いってらっしゃい」と送り出してくれる。

夜、政務を終わらせて戻ってくると、ちゃんと龍聖が待っていてくれて「おかえり」と言ってくれて、その日あったことを、お茶を飲みながら話し、「おやすみなさい」と言って、彼の部屋へと行ってしまう。

眠る時以外、今までと変わらない日々。かわいい、愛しい龍聖の姿を目の前で見続けることは出来る。ころころと変わる表情、明るい笑い声、時折甘えるような仕草……ただ違うのは、二人の間に一定の距離がおかれて、抱きしめることが出来ないということだ。

レイワンにとっては、どんな罰よりも辛い苦行のように思える。

以前ジアに性交完全禁止はどれくらいで解かれるだろう？　と聞いた時、「出来れば三十年は」と言われて、一瞬絶望した。

性交ぐらい別に出来なくても構わないと思っていたが、現実には抱きしめることさえ出来ないのだから辛い。

しかしジアから、龍聖もそのことでとても苦しんでいると聞かされて、この屈託のない笑顔は、レイワンのために無理をしてくれているのだと分かり、抱きしめられなくて辛いという本心は、口にしないと心に誓った。

そしてその永遠に続くかのように思われた絶望の日々ももうすぐ……。

「レイワン？」

龍聖が不思議そうな顔で首を傾げた。

「あ、いや……そういえばシュウヤンが、彼の奥方が子守体験会に参加する時に、自分も一緒に行ってはだめか？　と言っていたぞ」

「だめだよって言っておいて」

龍聖が即答したので、レイワンは思わず噴き出した。そのまま立ち上がると、マントを羽織る。

「それじゃあ仕事をしてくるよ」

「いってらっしゃい」

「そうだ……リューセー、今夜見せたいものがあるんだ。楽しみにしていてくれ」

「なに？　プレゼント？」

龍聖が嬉しそうに尋ねたので、レイワンは少し考えるように目を閉じた。

「そうだな……プレゼントになるのかな？」

「楽しみにしてる」

龍聖はそう言って笑顔で手を振った。


その夜、食事の後、いつものようにソファで寛ぎながら、一日の出来事などを話して楽しんだ。

「リューセーの姉君には、ぜひ一度会ってみたいものだね」

「ダメダメ！　レイワンは、姉さんの好みのタイプだから、絶対ダメだよ」

「だが私には女の兄弟がいないから、羨ましいのだよ」

「え～～～」

龍聖が楽しそうに笑うのを、レイワンは目を細めて嬉しそうにみつめる。

「陛下、リューセー様、そろそろ私は失礼させて頂きます」

ジアが二人にそう告げたので、龍聖は驚いて時計を見た。

「え？　もう？　寝る時間にはまだ早いよ。オレ、もうちょっとレイワンと話をしていたい」

龍聖が困ったような顔で言ったので、ジアは微笑んで首を振った。

「リューセー様、私がお休みさせて頂くだけです。どうぞリューセー様はまだ陛下とお過ごしください」

「え？　だけど向こうの部屋に行く時……まあ……兵士がいるからいいけど……」

いつも眠るために部屋を移動するまで、ジアが同行してくれていた。それなのに、今日はいつもより早い時間に、ジアが下がると言うので驚いたのだ。

「お疲れ様」

レイワンがそう言ったので、龍聖は戸惑いつつもジアに「お疲れ様」と声をかけた。

ジアは一礼して、部屋を出ていった。

「リューセー、今朝言っていたことを覚えている？」

ジアの去った扉を、いつまでもじっとみつめている龍聖に、レイワンがそう話しかけた。

「え？　あ……そうだ。見せたいものがあるって言っていたよね！」

「そう、それ」

レイワンは立ち上がると壁際まで歩き、チェストの上に置かれていた木製の小箱を取って戻ってきた。龍聖の隣に座り直すと、手の上の小箱を龍聖に見せた。

「今日……それもついさっき届いたんだ」

レイワンがそう言いながら、小箱の蓋を開けた。中に何か入っているが、それが何か龍聖にはすぐには分からなかった。龍聖がレイワンの顔をみつめると、レイワンはクスリと笑って、小箱の中の物をそっとつまむように取り出した。それは黒くて柔らかな素材で出来た細長い物だ。

「それ……え!?」

龍聖は手渡されて、ようやくそれが何か分かったようだ。驚きのあまり一瞬言葉が出なかった。

「コ……コンドーム!?」

「ジアから聞いてね……君が絵に描いたものや、他国の避妊具などを資料にして、すぐに医師と相談して作らせたんだよ……強度とか色々と試行錯誤したようで、ようやくこれだけが完成したんだ」

「すごい……ゴム製みたいだ……」

龍聖はレイワンから渡された物をまじまじとみつめる。それは龍聖の知っているコンドームよりは、ゴム風船の方が近いような感じがした。厚みがゴム風船を思わせるくらいあり、筒形で長細く、このままアレにかぶせるのだなと想像がつきやすい外観をしている。

引っ張ってみると、弾力があり少しばかり伸びる。

「実際に使ってみないと分からないけれど……中で外れたり、破れたりしなければ大丈夫だと医師は言っていた」

「レイワン……だけど……王様がこんなのを付けるなんて……」

「私はね、このまま何年も君を抱けないくらいならば、どんなことだって試したいんだ。君を抱くことを我慢する方が苦痛なんだよ」

レイワンはそう言いながら、龍聖の髪を撫でた。

「レイワン……」

二人は甘い口づけを交わした。何度か深く吸って、舌を絡め合い、ゆっくりと唇が離れると、鼻の先が付くほどの距離で、互いの瞳をみつめ合った。

龍聖はうっとりとした表情で、目の前にある美しい金色の瞳をみつめる。それは綺麗なだけではない。何よりも優しい色を浮かべて、いつもみつめてくれる瞳だ。龍聖の大好きな瞳。

「愛しているよ……君のいない世界など考えられない……君のためならなんでもするつもりだよ……我が愛しのリューセー」

レイワンの低い声が甘い言葉を紡ぐ。耳の奥を犯されているようで、ぞくりと痺れて身を震わせる。

思わず龍聖は両手で顔を覆ってしまった。その行動に、レイワンは驚いて少しばかり顔を離した。

「リューセー……どうしたんだい？」

心配そうに尋ねると、龍聖は顔を覆ったまま首を振った。

「なんでもない……なんでもないけど……なんかすごく恥ずかしい」

「恥ずかしい？　どうして？」

「だって……」

龍聖はそっと少しだけ手をずらして、両の目だけを出した。

「だって久しぶりだろ……エッチするの……。卵を産む前だから……最後にエッチしたのは、ひと月くらい前だ。その前だって、ションシアを抱卵中だったから一年我慢していて……本当にここ何年かは数えるくらいしかしてなかったんだよ？　……だからなんだかすごく恥ずかしいよ」

耳まで赤くなって言う龍聖をみつめながら、レイワンは目を細めて微笑んだ。

「それは、別に嫌がっているわけではないのだね？」

「あ、当たり前だろ……嫌なわけないよ……だけど……」

「だけどなんだい？」

レイワンに聞き返されて、龍聖は困ったように口をつぐんだ。触れ合う体から、レイワンの男根が硬く怒張しているのを感じる。その雄の猛々しさに、恍惚となり身震いして失禁してしまいそうだ。めちゃめちゃに犯されたくなるような……絶対服従の快楽……そんな倒錯的なことを考えてしまうくらいに、全身でレイワンを感じていた。

「もう……いいから……はやくして……なんかオレ、すぐにでもいっちゃいそう……」

龍聖は消え入るような声で呟いた。レイワンは満足そうな笑みを浮かべると、龍聖の体を軽々と抱き上げ、そのまま寝室へと運んだ。

ベッドにそっと龍聖を横たえると、乱暴に服を脱ぎ去り、龍聖の上に覆いかぶさった。顔を覆っている手を外させると、やんわりと唇を重ねて愛撫するように舌を絡める。龍聖が求めるように舌を絡ませてくるので、息をするのも忘れるくらいにむさぼるような口づけをした。

レイワンが龍聖の服を脱がすのを、待ち切れないというように、龍聖自らも服を脱ぐ。すぐに龍聖の白い肢体が現れて、その柔らかな肌を愛しげに何度も、レイワンの大きな両の手のひらが撫でまわした。右手が脇から腰までのラインを何度も撫で、左手は胸を弄る。龍聖の体が敏感に反応して、びくりびくりと震える。口づけの合間に、龍聖が苦しげに息を吐き、「ああ」と甘い喘ぎを漏らした。それらすべてが、レイワンを興奮させる。

我慢出来ないというように、レイワンの右手が龍聖の下半身へと伸びて、荒々しく小さな窪みを指で弄る。

「あっああっ……レイワン……そこ……もっと弄って……」

龍聖がぶるっと身震いをしながら、足を開いて腰を浮かせた。レイワンの指が、孔(あな)の入口を愛撫するように撫でてから、ゆっくりと入ってくると、それだけでその先にある快楽を想像したのか、ビュルッと龍聖の性器から透明な汁が吐き出された。

「ああっ……んっ……もっと中を弄って……気持ちいい……」

龍聖がじれったいというように腰を動かすので、レイワンは指を中まで深く差し入れた。それに合わせて龍聖も腰を浮かせて、もっとと誘う。龍聖のあられもない姿に、レイワンの興奮も高まる。指を二本に増やして、指の腹で内壁を擦るように愛撫する。何度も重ねた情事で、龍聖がどこをどうすれば喜ぶのか、気持ちよさそうに喘ぐのかは分かっている。龍聖が『前立腺』だと教えてくれた部分を愛撫した。

「あっあぁっあっ！　んっんんっ……ああっ」

龍聖が激しく乱れて、体を震わせながら喘ぎ続ける。本当に気持ちいいのだと分かると、レイワンはそれだけで満足感を得られた。右手で龍聖の中を弄りながら、左手は自らの昂りを握り込んだ。今にも爆発しそうなほどに勃起した男根を上下に擦り上げる。すでに鈴口からはだらだらと汁が溢れ出していた。

ここまで大きく膨張してしまっては、先ほどの避妊具を装着するのは大変そうだ。一度抜いてしまうことにした。

全身を朱に染めて、かわいらしい声で喘ぐ龍聖の姿をみつめながら、左手の動きを速める。とてもいやらしい行為だと、自身で思って苦笑した。今やっていることは、本来の目的の性交とは違う。子作りを最初から前提としない性交だ。それはすなわち、快楽だけを求めるという娯楽……今までシーフォンにはなかった行為だ。

人間達の世界には、それが存在することは知っていた。売春宿というものがあるのも知っている。そこには春を売る女性達がいて、男達は快楽だけを目的とした性交のために訪れるのだ。『春』というのが、そういうことなのだと知ったのは、外交で色々な国を廻るようになってからだ。

それなりの年頃になった時に、父より性交についての知識を学んだ。最初はとても驚いて、それがいけないことのようにも感じた。性器を相手の陰部に挿入する行為なのだ。それも勃起させてからなど、普通であれば決して他人にさらすことはない、恥ずかしい姿だと思ったからだ。

シーフォンにとって子孫を残すことは、何よりも一番大切なこととされている。ましてや竜王は、シーフォンのためにも次期竜王を残さねばならない。

世継ぎを残すという重大な意味を含めて、どうやって卵が出来るのかという仕組みなど、『性交』を学術的な知識として学んだ後に、父が「性交の本当の意味はそういうことではないんだよ」と優しく語ったのを忘れない。

子孫を残すことだけを目的として交わるのならば、それは獣の交尾となんら変わらない。だがそこに愛を見出すのが、獣ではない人の性交だと……。

「愛していると思ったら、交わりたいと思ってしまう。身体は自然と求めてしまう。それは理屈ではないし、そこには子作りなんて大義名分はないんだよ」

微笑みながらそう語った父に、レイワンは不思議そうに首を傾げた。

「でも性交は子作りのために行うことなのでしょう?」

「お前が、お前のリューセーに出会った時、きっと分かるよ」

父は笑ってそう言った。

確かに……と、レイワンは思って、クッと喉を鳴らして笑った。龍聖を抱きたいと思うあまりに、避妊具まで作ってしまったのだから、我ながら呆れる。しかし誰から何と言われようとも構わない。性欲に溺れた王と後世で謗られてもいい。

側にいるだけでいいなんて、高尚なことを言うつもりはない。愛する龍聖を、抱きしめて、口づけて、交わりたい。体中をむさぼり、愛撫したい。かわいい喘ぎ声を聞きたい。

「リューセー……リューセー……」

レイワンは何度も名前を呼びながら、最初の精を吐き出した。勢いよく飛んだ白い精液が、龍聖の腹や足に掛かる。溜まっていた精液は、数度にわたって大量に放たれた。

「ああっ……すごい……いっぱい出たね……それにすごく濃いね」

龍聖が息を乱しながら、薄く目を開いて呟いた。

「溜まっていたからね……一度出しておかないと……」

レイワンが苦笑しながら言うと、龍聖も笑って頷いた。

「元々人間よりも精液の量が多いんだからさ……コンドームから溢れちゃうよ」

「そうかな……とりあえず試してみないと分からないな」

レイワンはそう言って、龍聖を弄っていた指を抜くと、持ってきた小箱から避妊具を取り出した。まだ勃起しているが、先ほどよりは少し勢いの収まっている自身の性器にそれを装着する。出した精液で濡れているため、割とスムーズにかぶせることが出来た。

「どう？　入る？」

龍聖が少し身を起こして、心配そうに尋ねた。

「少し締めつけられるようなきつさはあるが……なんとか入りそうだよ」

レイワンはそう言って、避妊具を装着し終わると、箱に入っていた小瓶の精油を手に取って、避妊具の表面に薄く塗り込んだ。

「すっごいいやらしい……」

「ん？」

龍聖がぽつりと呟いたので、レイワンが視線を龍聖に移すと、龍聖が高揚した顔で笑っていた。

「今のレイワンの姿がすっごいいやらしいと思った……エロいよ」

「えろい？　それは……褒めているのかい？　悪口かい？」

「褒めてるに決まってるだろう？　ねえ、もういいだろう？　早く入れてよ」

龍聖が足を開いて誘うように言う。レイワンはそれだけでもそそられて、爆発してしまいそうだと大きく深呼吸をした。

「そんなに私を煽るな」

レイワンは薄く笑うと、龍聖の両足を掴んだ。抱えるように持つと、先ほどまで弄っていた孔に、昂りを押し当てる。ゆっくりと中に挿入した。

「ああっあっああっあっ……レイワン……レイワン……ああっ」

龍聖は肉を割って入ってくる塊(かたまり)の感覚に、体を震わせて喘いだ。内壁が擦られて、入口がめいっぱい広がって、腹の中にその熱と質量を感じて、内腿を痙攣(けいれん)させて嬌声(きょうせい)を上げる。

「大きい……レイワンの……大きいよ……」

「苦しいか？」

龍聖は首を振った。

「気持ちいい……すっごい気持ちいい……もっと動いて、中を擦ってよ……奥まで深く突いて……」

龍聖に煽られて、レイワンは腰をゆさゆさと揺するように動かした。

「あっあんっあっ」

動くたびに龍聖が甘い声を漏らす。龍聖の細い腰を掴んで、ぐいぐいと深く差し入れた。

「ああっあ――――っ!!　そこっ……あっああっ！」

突き上げると龍聖が大きな声で喘いだ。亀頭が奥まで届いて、龍聖の気持ちのいい部分を刺激するのか、入口が収縮して締めつけてくる。レイワンは少し苦しげに眉根を寄せながらも、腰を動かし続けた。避妊具のせいでいつもと少しばかり感覚が違うが、久しぶりの性交に、それすらもどうでもよくなるほど、気持ちが高ぶり興奮する。

「リューセー……リューセー……愛してる。愛してる。愛してる」

突き上げながら何度も繰り返し囁く。愛してる。誰よりも愛してる。狂おしいほどに、めちゃくちゃにしてしまいたいほどに……愛してる。

「レイワン……ああっ……レイワン……いく……いく……んんっんっ……ああっ」

龍聖が背を反らせて、びくびくと体を震わせながら射精した。精子のない透明な精液を、勢いよく吐き出す。ぎゅうぎゅうとレイワンの男根を締めつけるように、中が収縮している。

レイワンは腰の動きを速めて、龍聖に続くように射精した。大量の精液は、性器が出し入れされるたびに避妊具から溢れ出し、男根の付け根から垂れて龍聖の内腿を濡らした。

荒く息を吐きながら、ゆるゆると腰を揺さぶり続けて、射精の余韻を楽しむ。やがてゆっくりと龍聖の中から引き抜いた。

しばらくの間、二人とも何もしゃべれずに、ただはあはあと荒い息をしていた。龍聖は薄く目を開けて、ぼんやりと天蓋(てんがい)をみつめる。気持ち良すぎて意識が飛びかけた。のろのろと体を起こして、膝立ちの格好のレイワンに微笑みかけた。

「どう？　避妊具は大丈夫だった？」

「私は大丈夫だが……外に溢れ出してしまったな」

レイワンがそう言いながら、萎(な)えた状態の性器から避妊具を外す。性器は精液まみれになっていた。

溢れ出した精液が、レイワンの陰毛や陰嚢を濡らしている。

「でも……中には出てないと思うよ」

龍聖が自分の孔に指を入れて確かめながら言った。

「成功したんじゃない？」

ニッと笑って龍聖が言ったので、レイワンは苦笑した。

「そうだな……とりあえず子を作らずに、交わることは出来そうだ」

「やった！」

龍聖は大喜びで飛び上がると、レイワンに抱きついて、唇を重ねた。龍聖の勢いに、レイワンはバランスを崩してひっくり返ってしまった。それでも龍聖は構わずに、覆いかぶさって口づけを続けた。くちゅりと音を立てながら、深く口づけた。龍聖の体をレイワンがそっと抱きしめる。

ゆっくりと唇を離してみつめ合った。

「ごめんね」

龍聖が一言言った。

「なんだい？　急に」

「オレの我が儘で、レイワンにこんなことさせて……避妊具を付けてまでセックスさせるなんて……王様なのに……子供を作らない目的でエッチなことさせて……」

レイワンは答える代わりに、ちゅうっと龍聖の唇を吸った。

「私が我慢出来ないんだ。君を抱きたくて仕方がなかった……君のせいじゃないよ」

二人は微笑み合って口づけを交わした。

「でも嬉しい……オレ、すごく嬉しい……」

「リューセー」

「オレ、すっごく欲求不満になったけど、久しぶりにこうしてセックスして分かったんだ……セックス出来なくて溜まっていたから欲求不満だったんじゃないんだって……。レイワンとこうして抱き合いたかったんだ。口づけして、抱きしめてもらって、思う存分触れ合いたかった……レイワン……オレ……好きだよ。レイワンが好き……大好き……愛してる」

「リューセー」

レイワンは龍聖を強く抱きしめて唇を重ねた。互いに求め合う激しい口づけをした。長い口づけの後、ようやく唇が離れると、ほうっと龍聖が息を吐く。

「もう、レイワン、またこんなに大きくしちゃって……」

龍聖が笑いながら、レイワンの性器を握ると、レイワンは苦笑した。

「君が魅力的だからだよ」

「ねえ、今度はオレがコンドームを付けてあげるね」

龍聖はそう言って起き上がると、小箱を探した。

「リューセー……しかしその避妊具は、まだそこにあるだけしか作られていないんだ」

広いベッドの端に転がっていた小箱をみつけた龍聖に、レイワンがそう説明すると、龍聖は箱を開いて「えーっ」と言った。

「あとふたつしか入ってないよ？」

「そういうことだ」

「え――！　早く量産してよ」

龍聖が文句を言いながら、手に取った避妊具を裏返すように丸めて、レイワンのそそり立つ性器にかぶせた。

「こうすると付けやすいんだよ」

くるくると丸めた部分を伸ばすようにして、性器にかぶせ終わると、レイワンを見てニッと笑う。

「なるほど」

「この先端に、こう……余分な袋状の突起をつけて、精液溜まりにするといいかもね」

「精液溜まり？」

「うん、出した精液がここに溜まれば、外に溢れ出ないでしょ？」

「なるほど……リューセーは頭がいいな」

「え、あ、いや、オレの世界のコンドームがそういう作りになっているからさ……」

龍聖はちょっと恥ずかしそうに説明しながら、同じ箱に入っていた小瓶を取り出した。

「この油を塗った方が良いんだよね」

「ああ、医師からそう言われた。リューセーの中を傷つけないようにするためだと」

「潤滑油みたいなもんだよね」

龍聖は頷きながら、油を手のひらに取ると、レイワンの性器を扱くように、油を塗り広げた。

「リューセー……もういい……あまり触られると、それだけでいってしまいそうだ」

「ふふ……レイワンはあんまりオレに、触らせてくれないからさ……こうしてじっくりレイワンのを眺めたり触ったりするのは初めてじゃないかな？」

「リューセー……からかうな」

「本当に大きいよね……惚れ惚れしちゃう……太くて長くて、形もすごくエロいし、立ち上がりの角度もすごいし……男としては自慢になるよね」

「リューセー！」

「へへへ、ごめんごめん……ねえ、このまま入れても良い？」

「ん？　何を……こら！　リューセー！　待て！」

龍聖がレイワンの上に跨がって、そそり立つ性器の上にそっと腰を落としたので、レイワンはとても慌てた。

龍聖は手を添えて、先端が孔に当たるように導くと、はあ……と息を吐きながら、力を抜いてゆっくりと腰を下ろす。ググッと少し抵抗があって、入口がいっぱいに広がるのを感じた。

「あっあぁあぁっんっあぁぁぁっ！　あっ……あっ……レイワンっ……やっぱダメ！　あっあっ……深いっっ！　ぃぃあっっっ！」

半分まで入ったところで、気持ち良さに足の力が抜けた。するとガクリと腰が落ちて、レイワンの性器が一気に深く入ってきて、龍聖はたまらず声を上げていた。しかしもう遅く、レイワンの上に尻がついてしまった。ビュッと龍聖の性器から精液が放たれる。

「リューセー……辛いか？」

レイワンがはあはあと息を乱しながら声をかけた。初めての騎乗位に、レイワンは戸惑いつつも、ひどく興奮して息を乱す。龍聖にぎゅうぎゅうと締めつけられ、気を抜くとすぐに射精してしまいそうなほど気持ち良かった。

「あっああっ……気持ちいい……気持ちいいよ……レイワン……動いて……」

レイワンの上で乱れる龍聖の姿は、ひどく淫猥だった。レイワンはたまらず腰を突き上げるように動かした。

「あっあっああんっあっ」

龍聖も喘ぎながら、ゆるゆると前後に腰を動かしている。自身の性器をレイワンの腹で擦っているようだ。レイワンは龍聖の手を握った。左右の手をそれぞれ繋ぐと、龍聖はギュッとレイワンの手を握り、腰を動かしては顔を反らして喘いでいる。

「ああっあっ……すごい……レイワンのが……ああっ……当たってて……擦れてて……ああっ……死んじゃいそう……気持ちよすぎて……死んじゃいそう……」

「リューセー……ああっ」

身悶える龍聖がかわいすぎて、レイワンはどうにかなりそうだと思った。すぐにでも射精してしまいそうなのを必死で我慢する。龍聖が腰を動かすたびに、肉の交わるいやらしい音がした。

「あっあっ……んんっん――っ……あんっあんっぁふっんっっ」

龍聖が喘ぎながら身を反らす。後ろに倒れそうになるのを、握った手をレイワンが引っ張って、なんとか留める。レイワンはゆさゆさと腰を動かしながら、龍聖の性器からまた精が吐き出されるのを見た。痙攣しながら何度も透明の汁が放たれて、龍聖は恍惚とした表情で身を震わせた。ぐったりとする龍聖の体を引き寄せると、抱きしめて、仰向けに横たわったままガクガクと腰を動かす。レイワンも我慢が出来ずに射精した。

「おはよう」

龍聖が目を覚ますと、すぐ目の前にレイワンがいた。龍聖の横に並んで寝そべり、頬杖をついて微笑んでいる。

「ん……レイワン……おはよう」

「体は大丈夫かい？」

レイワンが龍聖の髪を撫でながら尋ねた。龍聖は大きく伸びをしてから、はあと息を吐いた。そういえば少し気怠い。それはとても心地いい気怠さだ。

「昨夜、二回エッチしただけで、疲れて寝ちゃったもんね……なんかすっごく燃えちゃったし……久しぶりだったから」

龍聖は呟きながら、色々なことを思い出したのか、少し赤くなってレイワンを改めて見た。

「レイワンは？　大丈夫？　避妊具付けて大丈夫だった？　あそこが痛くならなかった？」

「大丈夫だよ、とても気持ち良かった」

レイワンは微笑みながらそう言って、龍聖に軽く口づけた。じっと何も言わずにみつめる龍聖に、レイワンは不思議そうに首を傾げた。

「どうかしたのかい？」

すると龍聖は満面の笑みを浮かべてから、両手を広げてレイワンに抱きついた。

「リューセー？」

驚いたレイワンは、反射的に龍聖の体を抱きしめていたが、何が起きたのか分からない。龍聖はレイワンの逞しい胸に頬ずりをしていた。

「ああ……レイワンだ……嬉しい」

「ん？」

まだ戸惑っているレイワンをよそに、龍聖は嬉しそうにクスクスと笑っている。ギュッと抱きつく力を緩めないので、レイワンも龍聖の体を強く抱きしめ返した。

「朝起きて、レイワンがいるのが嬉しいんだ……こうしてレイワンに抱きつけるのが嬉しい……昨夜もいっぱいエッチしたし……なんかすごく幸せなんだ」

「リューセー……」

「レイワン、オレのこと愛してる？」

龍聖が顔を上げて尋ねてきたので、レイワンは思わず顔を綻ばせた。

「もちろん愛しているよ」

「どれくらい？」

「誰よりも……世界中で一番愛しているよ」

龍聖はうっとりとした表情になった。

「もっと言って……オレ、レイワンの声が好き……低くて、優しくて……レイワンに愛してるって言われると、気持ちいいんだ」

「愛しているよ」

レイワンが囁いた。龍聖はクスクスと幸せそうに笑う。

「愛してる」

「もっと言って」

「愛してる……リューセー、愛してる」

レイワンは囁きながら、龍聖の頬に口づけた。その唇を追うように、龍聖が唇を重ねる。深く吸って舌を絡ませ、ほうと息をしながらまた「愛している」と囁く。

口づけを交わしながら、龍聖は手探りでレイワンの性器を握ると、それはすでに硬くなって腹に付くほど立ち上がっていた。

「こら、リューセー」

「ふふっ……レイワンの体はすごく正直だよね」

「すまない……君が相手では、我慢が出来ないんだ」

「昨夜のだけではまだ足りなかったの？」

「足りる足りないの問題じゃない……私はいつだって君に欲情しているんだ……君を抱きしめて口づけするだけでは済まない」

「ずるいな……そういうところだけ、情熱的なんだから……」

龍聖はレイワンの怒張した性器を両手で擦りながら、興奮して息が荒くなっていた。頬を紅潮させてはあはあと息を乱す。レイワンも龍聖の性器をそっと握った。

「あっああっ……やだ……レイワン」

「先に握ったのは君だろう？」

「違う……入れてほしくなるじゃん……ねえ、これを入れてよ」

「リューセー……避妊具はあとひとつしかないんだよ？」

「いいよ、今夜は我慢するから！　でも今は我慢出来ない！　早く入れて！」

龍聖にねだられて、断ることなど出来るはずがない。レイワンは身を起こすと、小箱を探して最後の避妊具を取り出した。

「あっあっ……レイワン……はやく……」

龍聖が足を広げて、自分で孔に指を入れて弄っている。レイワンはそれを見て、ドクンと下半身が熱くなった。限界まで膨らんだ性器に、もたつきながらもなんとか避妊具を装着させると、食らいつくように龍聖の腰を抱いた。


「すまない……ジア……その……」

「陛下……どうか頭を上げてください」

寝室の扉の前で、深々と頭を下げるレイワンを前にして、ジアはとても困った様子になっていた。

「陛下……私に謝罪されましても……私も困りますので……」

何度も言われて、ようやくレイワンは頭を上げた。目の前に立つジアは、困惑した表情で、少し伏し目がちでいる。

「ジア……あの……」

「陛下、リューセー様もお幸せそうなので、別に何も申し上げませんが……ただあまりご無理はなさらないでください」

「本当に申し訳ない」

レイワンは再び頭を下げた。

龍聖の誘惑に負けて朝からもう一度だけと性交をしたが、少し無理をしすぎてしまった。龍聖は失神して、そのまま起き上がれずにいる。

ジアは小さく溜息をついた。

「ご病気ではありませんから、しばらく休養なされば、またすぐに元気になられます。体は丈夫な方ですから」

「ジア……」

頭を上げたレイワンに、ジアは微笑んでみせた。

「それで……例の避妊具はうまく役立ったのですか？」

「あ、ああ……まだ色々と改善の余地はあるが、少なくとも龍聖の中に精液を出さずに済んだから、子が出来る心配はないと思う」

「そうですか……それは良かった」

ジアはホッとしたような顔で微笑む。

「ジア、本当にありがとう……その……避妊具のことでも、医師達を説得してくれて」

「私は何も……ただ私はリューセー様に笑っていてほしいのです。リューセー様の我が儘は、リューセー様が嬉しいと思うことのために使ってほしい……。リューセー様ご自身が辛くなるような我が儘は言ってほしくないのです。ただそれだけです」

「そうだね」

ジアの言葉に、レイワンはしみじみと噛みしめるように頷いた。

「すべては私が未熟なせいだ……リューセーに負担ばかりをかけていた」

反省している様子のレイワンを、ジアは仕方がない方だというような表情で微笑みながらみつめた。

「陛下……失礼ながら、お二人は夫婦になられてまだ十年も経っていないのです。色々とすれ違うことはあって当然です。時には喧嘩をしたりしながら、分かり合っていけばいいのではありませんか？」

レイワンはジアの言葉を噛みしめるように、しばらくの間無言で立ち尽くしていた。ジアはレイワンが何も言わないので、失礼があったかと少し戸惑ってしまった。

「陛下……？」

「ジア、君はリューセーの保護者なんだね」

「え？」

「君がリューセーの側近で本当に良かったと思うよ」

「陛下、身に余るお言葉……ありがとうございます」

ジアは深々と一礼をした。


その日の昼には、龍聖は元気に起き上がっていた。昼食をとったら、すっかり元通りになり、上機嫌で子供達に会いに行く。いつものように子供達と過ごし、卵を抱いて、普段通りの日常を過ごした。

「おかえり！」

レイワンが仕事を終えて部屋に戻ると、龍聖が嬉しそうに出迎えた。ぴょんと抱きついて口づけをする。レイワンはとても驚いていた。

「どうしたの？　そんなに驚いた顔をして」

「いや、すっかり元気になったのはいいけれど、出迎えにこうして抱きついて、口づけしてくれるなんて久しぶりだったから……」

「あはは……だってもう我慢しなくてもよくなっただろう？　性交禁止って言われていたから、抱きついたり、キスしたりも出来なかったんだよ。だってそんなことしたら、エッチしたくなっちゃうだろう？　でも昨夜はあんなに燃え上がったし……もうすっかり満足したからさ」

「じゃあもう今日からは完全に別居は止めたってことで良いのかい？」

「うん、今夜から一緒に寝るよ」

龍聖は嬉しそうに言った。

「あ、だけどそういえば、もう避妊具は使ってしまってないんだよ」

「あ～……それは残念だけど、また作ってくれるんでしょ？　しばらくならエッチしなくても我慢出来るよ！」

龍聖はそう言って、ソファに座りレイワンを手招きした。レイワンはやれやれというような表情で微笑みながら上着を脱ぐと、ジアが受け取ってくれたので、そのままソファに向かい龍聖の隣に座った。

ジアがお茶の用意をしてくれて、出し終わると「私はそろそろ失礼します」と言って去っていった。

「なんかさぁ、ずっとエッチ我慢していただろう？　それで昨夜久しぶりにいっぱい出来て満足したらすっきりしちゃって、今日ずっと考えていたんだ。昨夜エッチの後にも言ったけど、オレが辛かったのは、エッチが出来ないことじゃなくて、レイワンといちゃいちゃ出来ないことなんだ。『エッチは絶対だめ！』とか言われちゃうと、身構えるだろう？　エッチは絶対出来ないんだから、そんな気持ちになってしまう行為はやらないようにしないといけないって……。キスもだめ、抱きしめるのもだめ、一緒に寝るのもだめ……それが本当に一番辛かった。このひと月のことを思ったら、しばらくエッチしないのなんて我慢出来るよ。もうすぐまた出来るようになるっていう余裕が、すごく大事なんだなって思う」

「リューセー、すごいね」

レイワンはそう囁いて、龍聖の頰に口づけた。

「実は私も同じことを思っていたんだ」

「ほんと？」

レイワンは頷いた。

「避妊具はまた改良してもらっているから、少しばかり待っていておくれ」

「待つ！　待つ！」

龍聖はそう言って、ご機嫌な様子でレイワンの腕にぎゅうっと抱きつきながら、すりすりと頰を擦り寄せた。そして大きなあくびをひとつする。

「でもなんかさすがに疲れて眠いや……レイワン、もう寝よう。さっきまで子供達を寝かしつけていたから、オレまで眠くなっちゃった」

龍聖はそう言って立ち上がり、レイワンの手を取った。そのまま寝室へと向かうと、服を脱いで薄い長衣一枚になり、さっさとベッドに横になるので、レイワンは困ったように立ち尽くした。

「レイワンはまだ眠くない？　だったらオレが寝るまで添い寝して話をしてよ」

甘えるように言われて、レイワンは苦笑して溜息をついた。レイワンも同じように服を脱いで薄い長衣一枚になり、龍聖の隣に横になる。

「リューセー、抱きしめてもいいかい？」

「うん、いいよ」

レイワンは龍聖の体をそっと抱きしめると、頬に口づけた。龍聖が嬉しそうに笑う。もう一度頬に口づけると、また龍聖がクスクスと笑った。レイワンは少しだけ不思議そうな顔をする。

「なんだい？　リューセー、何がおかしい？」

「別におかしくはないよ」

そう答えた龍聖は、満面の笑顔だ。レイワンをまっすぐにみつめながらも、ニコニコとしている。しばらくみつめ合ったが、龍聖が笑って先に目を逸らした。

「なんだい？　笑っているじゃないか？」

「ふふふ……これは……おかしくて笑っているんじゃないよ……嬉しいんだよ」

「嬉しい？」

「レイワンとまたこうして寝ることが出来て嬉しいじゃん」

何気なく言う龍聖の言葉に、レイワンは目を丸くした。

「なんかさ……当たり前のことなのに、嬉しくてニヤニヤしちゃうんだよ。レイワンがこうやって抱きしめてくれて……すっごく優しくて……嬉しい」

レイワンは目を丸くして聞きながら、ふとジアの話を思い出していた。龍聖が泣きながら、レイワンに八つ当たりをしたくない、本当は別居なんかしたくないと言っていたという話だ。別にジアの話を信じていないわけではない。龍聖が優しいことは知っているし、レイワンに対してどんな悪態をついても、それが本心だとは思っていなかった。それでも自由奔放で、魅力的で、誰からも愛される龍聖が、自分と同じように愛してくれているかどうかなんて、自信は持てていなかった。

『存外愛されているのかもしれない』

改めて、ふとそんな風に思った。

「私はいつだって君に優しいだろう?」

思わずそんなことを聞いてみる。すると龍聖は驚いたように目を大きく見開いて、レイワンをじっとみつめた。

「そうだよ」

「え?」

「レイワンは優しいよ、すごく……。でも誰にでも優しいだろ? だからなんかそれが当たり前みたいになっていたと思うんだ、オレにとって……。だけどさ、本当に……本当にレイワンは、オレにだけ特別に優しいんだってことが、今回改めて分かったんだよ。レイワンはオレのことを愛しすぎてて、優しすぎる。だけどそれは本当に幸せなことなんだなって……実感したら思わず嬉しくてニヤニヤしちゃうじゃん」

龍聖はそう言って照れくさそうに笑う。

「幸せかい?」

「うん！」

「たくさん子供が出来てしまっても？」

龍聖はその言葉に一瞬驚いたように目を大きく開いた後、すぐに眉根を寄せて表情を曇らせた。

「レイワンはオレが子供嫌いだと思ってるの？」

「まさか！　そんなことは思っていないよ。すまない。私の言い方が悪くて気分を害してしまったのなら申し訳ない。そういう意味で言ったのではないんだ。つまりたくさん子供が出来て、その世話で大変だろう？　どんなに子供を愛していても、肉体的な疲労や、世話の大変さは別の話だ。私もこの前一人で三人の子守をしてつくづく分かったんだよ。あれが毎日だと思うと、さすがの私も逃げ出したくなる。それを君に負担させているんだ。君がどんなに前向きな性格だって、子供が好きだって、とても無理な話だ。君がもう嫌だと叫んでしまうのは当然のことだ。だからそれでも幸せと思ってくれるのかと……ちょっと言ってみただけだ。深い意味はない。許しておくれ」

龍聖は目を伏せたまま黙って聞いている。まだ怒っているようにも見えた。

「それに君は痛いことが嫌いだろう？　もちろん痛いことが好きな人はいないと思うが……卵を産むのは大変なことだ。身籠って出産するまでの間も、熱が出てひどく苦しそうだし、産み落とすのだって痛くて大変だと思う。……そういうのが何もなくて、目が覚めたらもう卵が生まれているというのならば良いかもしれないが……それは私の方だからね。君は大変なだけだ」

「違うよ」

ポツリと龍聖が呟いた。

「え？」

「違うよ」

龍聖はもう一度そう言って顔を上げた。じっとレイワンをみつめる。

「卵を産むのは嫌いじゃないよ。そりゃあ……お腹にいる時はずっと熱が出てしんどいし、眠いし、怠いし、産む時もすごく苦しくてちょっと痛いし……。でもね、それを嫌だって思ったことはないんだ。……だってそうでもしないとオレ、お母さんになれないと思うんだ。レイワンみたいに愛情を注げる自信がない。大変な思いをして産んだからこそ、オレの子だって思えるんだ。卵が生まれた時の感動って、オレにしか分からないと思う。オレ、人間だし男なのに、卵を産むんだよ？　オレが命を産むんだ。大変な思いをして……。だから本当にかわいい……オレが産んだ子だもん。すごくかわいい……。これで早く大きくなってくれるんだったら、オレ、何人でも産んでいいって思ってるんだよ。十人でも二十人でも……新記録を出しても良いよ。シーフォンが増えるんなら、いくらでも産むよ」

龍聖はとても真面目な顔でそう言った。

「オレさ、なんにも出来ないから……。昔の龍聖みたいに、国造りのために働くことも出来ないし、新しい仕事とか、政治のことは全然分からないし……。でもだからって腐ったりはしないんだ。だって無理なことは無理だろ？　オレと今までの龍聖とは違う。それは仕方ないことだもん。だけどオレに出来ることが子供を産むことなら……それもすぐに孕んじゃうのが、前代未聞のすごいことっていうなら、それがいいじゃん！　オレにしか出来ないことでしょ？　いっぱい子供を産むんだ。……レイワンもすごく喜んでくれるんなら、一石二鳥……それにエッチして、気持ちいいことだけして、それで子供産んで褒められるんだから、一石三鳥だよね。もうどんどんエッチして、どんどん子供産んで……家族が増えて……オレとレイワンと、たくさんの子供達で暮らすって、すっごい幸せじゃん」

龍聖はそう言って幸せそうに笑った。

「まあでも毎年続けてだと、周りが大変だから少し間を空けて……だね」

明るく言ってのけた龍聖を、レイワンはたまらず強く抱きしめた。

「君って人は……」

「レイワン？」

レイワンはしばらくの間言葉もなく、ただ強く龍聖を抱きしめ続けた。龍聖は最初は驚いたが、抱きしめられて嬉しくて、レイワンの胸に埋めた顔を綻ばせる。やがて少し腕の力が緩んだので、龍聖は顔を上げてレイワンとみつめ合った。

「リューセー……私の幸せは、君がいるということだ」

「なんだよそれ」

龍聖は恥ずかしそうに、くしゃっと顔を歪めて笑った。レイワンの胸に額を擦り寄せると、顔を埋めてレイワンの匂いを嗅いだ。

「うん」

龍聖は小さな声で答えるようにそれだけ言った。

第7章　嵐の後には凪がくる？

何気ない日常、何気ない事件、穏やかな日々は、穏やかな時間の流れとともに過ぎていく。

四つめの卵が孵ったとか、長女のメイリンがはいはい出来るようになったとか、立てるようになったとか、ラオワンもはいはい出来るようになったとか、小さな歯が生えてきたとか、ションシアははいはいが遅いとか……本当にそれはとても小さな、何気ない日々の出来事。

ゆっくりゆっくりな子供達の成長は、レイワンと龍聖に、小さな発見をいくつももたらし、小さな喜びを日々くれて、とても遠い未来と思っていたのに、気がつけばもう三十年が経っていた。

紅一点のメイリンは、父親似のおっとりと優しい子、皇太子のラオワンは母親似の明るく朗(ほが)らかな子、第二王子のションシアは引っ込み思案の甘えん坊、第三王子のヨウレンはやんちゃな暴れん坊……年の近い四つ子のような子供達は、四者四様の個性を持って仲良くすくすくと成長した。

王城の最上階、国王の家族が暮らすその広い階層は、空き部屋ばかりの静かな場所であるはずなのに、いつも元気な笑い声の絶えない場所だった。

「兄上！　いくよ～！」

ヨウレンが大きな声でそう言って、手に持っていた毬(まり)を思いっ切り投げた。

「わ！　あっぶない！　窓に当たるところだったよ！」

ラオワンがソファに飛び乗りそこからジャンプして、変な角度で飛んでいった毬を手で受け止めた。

そのままの勢いで床に転がり落ちると、わははと大声で笑う。

「兄上！　今のなに？　すごい！」

ヨウレンが床に転がって笑っているラオワンの下に駆け寄り、頬を上気させて興奮気味に聞いている。

「ラオワン、ションシアも仲間に入れてあげて」

メイリンが転がっているラオワンを覗き込みながら言うと、メイリンの服をぎゅっと握って、後ろに隠れるように親指をくわえたションシアがいた。

「いいよ～！　ションシアも遊ぼう！」

ラオワンは、ひょいっと起き上がると、毬をションシアに差し出した。ションシアはメイリンの後ろに隠れてもじもじとしている。

「兄上！　それより今の教えて！」

ヨウレンがソファにぴょんと飛び乗って言った。

「え？　こうやって、こう！」

「こう！」

ラオワンがソファに飛び乗り、そこからジャンプして床に転がり落ちると、ヨウレンも真似してジャンプした。二人で床に転がってげらげらと笑っている。

「もう一回！　もう一回！」

ヨウレンがせがんで、また二人はソファに飛び乗った。

「こうやってこう！」

「こうやってこう！」

「あ、いてっ！」

一緒に転がって、ラオワンとヨウレンは、頭をぶつけ合った。痛いと頭を押さえながら二人はげらげらと笑う。

メイリンは溜息をついた。

「ションシア、向こうで私と毬で遊びましょう」

メイリンがションシアの手を引いて、部屋の奥へと歩いていった。ラオワン達はまだ飽きることなくジャンプを繰り返している。

「ラオワン様！　ヨウレン様！　ソファに飛び乗ったらだめだと申し上げたでしょう！」

そこへ外から入ってきたジアが、雷を落とした。

ラオワン達は悲鳴を上げながら逃げまわる。ジアは呆れたように、両手を腰に当てて二人をしばらく眺めていた。

「リューセー様！」

窓際のテーブルで、書き物をしている龍聖の姿に気づき、ジアが歩み寄った。

「リューセー様！　リューセー様！」

ジアが近くで何度か大声で呼ぶと、ようやく気づいた龍聖が「え？」と言って振り返った。

「ジア、何か言った？」

両耳に入れていた耳栓を外しながら、龍聖がのんきに聞き返すので、ジアは溜息をついた。その背後では、ラオワンとヨウレンが、「きゃあ～！」と悲鳴を上げながら走りまわっている。すでにジアに怒られて逃げていたのも忘れて、別の遊びに変わっているようだ。

「子供達を見ていてくださるというから、私は出かけていたんですよ？」

ジアが眉根を寄せて言った。龍聖はニッコリと笑って頷く。

「うん、まだ窓は割れていないし、花瓶も割れていないし、大丈夫だよ」

「大丈夫じゃありませんよ！　またラオワン様達がソファに飛び乗って暴れていたんですよ？」

「そう？　でもソファぐらいの高さからなら落ちても怪我しないし大丈夫だよ」

「この前ソファがひとつ壊れたんです！　大丈夫じゃありません！」

「あらら」

龍聖が目を丸くしたので、ジアはまた大きな溜息をついた。

「何をなさっていたのですか？」

「ん？　この前オレ宛に頂いた贈り物のお礼状を書いていたんだよ。ほら、ちゃんと王妃の仕事をしているんだ。偉いでしょ？」

「そうですね……リューセー様、ここの綴り間違えていますよ」

書簡を覗き込んだジアが指摘したので、龍聖はムッと眉根を寄せた。

「ところで子供達の養育係の件はどうなりそう？」

「はい、皆様のご意見を伺いながら、何人か候補を絞り込むことが出来ました。今後はその中から決めていくことになりますが、適性試験や面接を何度か行うことになると思います」

「忙しいところにごめんね……全部ジアにお任せで」

「とんでもない。これも私の仕事ですから……でも……難しいですね」

ジアがまた大きな溜息をついた。

「どうしたの？　何か問題が？」

「……今回、養育係の選定に当たり、通常の条件にもうひとつ足す必要があるかと思いまして……」

「足す？　何？　何の条件？」

「……鉄の心臓です」

「鉄の心臓!?」

「ラオワン様とヨウレン様を教育するには、鉄の心臓が必要かと……」

「あ～……そうだね……」

龍聖が苦笑していると、パリーンという盛大な破壊音が響き渡った。

ジアが振り返り顔面蒼白になる。

「あらら～」

龍聖も振り返り苦笑した。

花瓶が割れたのだ。侍女達が慌てて駆け寄り、片付けを始めた。

「ラオワン様！　ヨウレン様！　危ないですから離れてください！」

ジアが二人の手を引いて、龍聖のところまで連れてきた。二人は龍聖を見て苦笑いをしている。龍聖は腕組みをして溜息をついた。

「暴れてもいいけど、物は壊しちゃいけないって、何度も言っただろう？」

「わざとじゃないよ、靴がすっぽ抜けたんだ」

ヨウレンが唇を尖らせながら言い訳をした。

「母上、ごめんなさい！　わざとじゃないんです」

ラオワンが頭を下げて、ヨウレンの頭も下げさせた。

「別にいいよ、オレは怒らないから」

龍聖がそう言うと、二人はヤッターという表情で顔を上げた。

「リューセー様！」

ジアが眉間にしわを寄せて、龍聖を咎めようとした。

「オレは怒らないけど、今回はレイワンに言って怒ってもらうからね？　怖いよ〜、知らないよ〜」

龍聖の言葉に、二人は震え上がった。

「母上！　ごめんなさい！　もうしないから父上に言わないで！」

二人は慌てた様子で、龍聖に縋りついた。

「三回目はないよって、前回言ったよね？　じゃあ、そういうわけで、オレは仕事があるから」

龍聖はそう言うと、椅子に座り直して書簡を書きはじめた。

「母上〜！」

「母上ごめんなさい〜！」

「うわ〜ん！」

二人は必死で許しを請うた。その様子を見ながらジアは苦笑した。


「子供達は眠ったかい？」

ベッドに座って本を読んでいたレイワンが、寝室に入ってきた龍聖にそう尋ねた。

「うん、三人とも泣きつかれて眠った」

龍聖はそう言って、ベッドに腰かけた。

「え？　三人？」

「号泣するラオワンとヨウレンに、ションシアが釣られ泣き」

龍聖がそう言って、思い出したように噴き出したので、レイワンも笑い出した。

「それにしても、子供達が怖がる怒り方を、すっかり習得したね！　オレが見てもすっごい怖かった！　マジギレに見えたよ」

龍聖は楽しそうに言いながら、服を脱いで、薄い長衣一枚になるとベッドに上がった。

「ふふ……うまくなっただろう？」

二人は軽く口づけを交わした。

「ジアが彼らの養育係は、鉄の心臓が必要だって言ってた」

「まあ……ラオワンとヨウレンは足したら君になるからね」

「足して割らないの？」

「割らない。足すだけ」

二人は額をくっつけ合って笑った。

「子供達も大分育ったよね。もう三十年だ」

「早いものだ……君もがんばったものね」

レイワンはそう言って龍聖の髪を撫でた。

「三十年でシーフォンの出生率はだいぶん上がったよ」

「ああ、それも君のおかげだ」

レイワンはまた髪を撫でた。

「褒めて！」

「リューセーは本当に偉いね。尊敬するよ。私のリューセーは、本当にすごい」

龍聖は嬉しそうに、レイワンの膝の上に頭を載せて寝転がった。

「ねえ、レイワン……お願いがあるんだけど」

「なんだい？　私に出来ることなら」

「出来る、出来る」

「びっくりする？」

「しない、しない」

龍聖はニコニコと笑っている。レイワンは少しばかり考えて大きく深呼吸をした。

「何しているの？」

「心の準備」

「びっくりしないって言っただろう？」

「君がびっくりしないって言ったことで、びっくりしなかったことはないから」

「ひどいなぁ」

龍聖は膨れてみせたが、自分でもおかしいのか噴き出した。

「で？　なんだい？」

「あ……あのね、外遊に行きたいんだ。オレを外遊に連れていって！」

「外遊!?」

レイワンは驚いて思わず大きな声を出していた。龍聖はむくりと起き上がると、両手を合わせる。

「他国を見てみたいんだ！　この世界の大陸の他の国の様子が知りたい！　お願い！　お願い！」

レイワンは困惑した様子で言葉を探していた。だめだと言うのは簡単だが、龍聖を納得させられる理由が見つからない。何を言っても龍聖に言い負かされてしまいそうだ。

それにレイワンの中に、龍聖に世界を見せてやりたいという気持ちも少なからずある。

「ね！　レイワン！　一度だけで良いからさ！　異世界に来たのに、この世界のどこも見ないまま、エルマーンしか知らないなんて嫌だよ。九代目も、十代目も、行ったことあるんだろう？　いいじゃん！　ね？」

「……分かった」

レイワンは考えに考えた末、了承した。

「本当？　やった！　レイワン、ありがとう！　愛してる！」

龍聖は大喜びで、レイワンに抱きついた。

「ただ少し時間をくれ、みんなを説得しないといけない」

「うん！　本当に行けるんなら待つよ！」

レイワンは大きな溜息をついた。

「やっぱり驚かされるんじゃないか……」

レイワンはそう言って苦笑した。

レイワンは龍聖を外遊に連れていくことについて、会議の場で皆の説得に当たった。結果としては、過去に九代目、十代目の龍聖が外遊に行ったことがあるという前例が、承諾の後押しとなった。

「御子様方はまだお小さいですが、リューセー様がいらっしゃらなくて大丈夫ですか？」

当然のように心配の声が上がる。

「ジアや医師達に聞いたところ、ラオワンへの魂精については、子供の場合は十日ぐらいは与えなくても何も問題はないそうだ。精神面では皆、寂しがりはするだろうが、四人いることで互いに支え合えるので心配はないだろうということだ」

レイワンは、言われるだろうと予想されることについては、事前に根回しをしてあった。

「訪問国については、近場で治安も良く我が国との友好関係が比較的長い国などの条件を考えると、アフダル王国とテリオス王国がよろしいかと思われます。この二国であれば、四日で回れます」

シィンレイが訪問国について提案した。

「護衛にはオレと、剣技に長けた優秀な部下を八名連れていく」

シュウヤンもぬかりなく護衛について提案した。

承諾するしかない雰囲気になり、龍聖の外遊は決定した。

「ありがとう、お前達の協力のおかげだ」

レイワンは会議の後、シィンレイとシュウヤンに礼を述べた。

「まあ……いずれ言い出すんじゃないかと、オレは予想していたけどね」

シュウヤンが苦笑しながら言うと、シィンレイも大きく頷いた。

「私も……。だから訪問国については、前から当たりはつけていたんだ。両国とも最良の国とは言えないが、近場で考えると治安は良い。それに文化水準が高くて、国が綺麗だ」

レイワンは二人の話に何度も頷いた。

「テリオス王国は、何年か前に王が退位して、代替わりをしていたね」

レイワンが思い出したように言うと、シィンレイが苦笑した。

「バカ息子にね」

「バカ息子……少し派手好きだったか？」

シィンレイは頷いた。

「王としては無能だが、我らには関係ない。宴好きの遊び人だ。きっとリューセー様を盛大に歓迎し、もてなしてくれるだろう」

「では準備に取りかかろう。すぐに私から書簡を送る」

「はい」

シィンレイとシュウヤンは、一礼して自分の執務室へ戻っていった。


巨大な金色の竜を中心にして、十頭の竜が円陣を組むように空を舞う。

金色の竜の背には、深紅の髪の竜王とその腕に抱かれた漆黒の髪の龍聖がいた。龍聖はずっと辺りをきょろきょろと忙しく眺めている。頬を上気させ、嬉々(きき)とした表情で初めての旅を満喫していた。

「ああ、すごい……北の方は山が多いんだね……海は？　もちろん海はあるよね？」

遠く地平線の彼方をみつめながら、龍聖が興味津々の様子で尋ねた。

「ああ、海はあるよ……世界地図を見ただろう？」

「うん、それはそうなんだけど……」

「あの世界地図は、我らが何年もかけて上空から調査した情報を元に作った物なんだ。東の大陸と西の大陸については、存在する国々の情報を得ていないので、大陸の形のみだが、元々この世界で流布されていた地図に比べれば、何倍も正確な地図なんだよ」

「へえ～」

「そしてあれは、諸外国には渡していないんだ。たとえ我が国と国交のある国であってもね」

「え？　なんで？　高く売れそうなのに」

龍聖の発想に、レイワンはくすりと笑った。

「別に商売する気はないよ。これはその地図を作った頃に、皆で話し合ったことなんだけど……。世界地図というものは、やはりどの国も欲しがるものなんだ。自分の国の位置、他国の位置、世界の中で自分の国がどれほどの面積なのか、他国は？　そういうことがとても重要で、一番知りたい情報だ。だからどの国も、独自に調査したり、他国が作った地図を入手したりして、より精密な地図を作ろうとしている。そういう情報は政治的に最も必要なものだからね」

レイワンの丁寧な説明を、龍聖は真剣に聞いていた。

「この世界で、一番多い戦争の理由は何だと思う？」

「う～ん……やっぱり領土問題じゃない？　侵略戦争以外ならば、隣国同士の争いが一番多いだろう？　そうなると国境の位置とかで揉めるんじゃないかな？」

「そうだ。その通り……リューセーは賢いね」

「別に……それほどでも……オレのいた世界だってそうだったからさ」

龍聖が少し照れながら答えた。レイワンは真面目な顔で頷く。

「そうなんだ……人間達は自分の国の領土を広げたいと考える。もちろんそれだけの国力があればの話だけど……。広げようと思った場所に、隣国などの他国があれば、その境界線で争う。でももしも、この大陸の……もっと言えば世界中の地理を、より正確に知ることが出来るならば、領土を広げる方法も変わってくるだろう……今、この世界に流布している地図の精度が、この世界の国々の技術力の基準だと、我々は考えているんだ。我々のように空を飛ぶことが出来ないから、地図の精度にも限界がある。彼らの持っている技術力以上の物を渡さないことが、世界の均衡を保つことでもある。我々はそう考えているんだ」

龍聖はレイワンの話を聞いて、はっとした。九代目龍聖が残した『龍聖誓紙』を思い出したからだ。

今レイワンが言った『彼らの持っている技術力以上の物を渡さないことが、世界の均衡を保つことでもある』という言葉が、九代目龍聖が『龍聖誓紙』に託した思いと重なる。

「昔……すごくすごく昔、シーフォンがまだ竜だった頃の世界は、とても文明が進んでいたんだよね？　人間達は空を飛ぶ技術を持っていて、竜を殺すことも出来た。だけど竜との戦争で、人間のほとんどが死んで、国も機械も破壊されて、文明が消失した。だから今、この世界で暮らす人間達は、一からやり直しているんだよね。そうしたらまたいつか、文明が進んで、空を飛んだり、強力な武器を作ったりするのかな？」

レイワンは考えているのか、まっすぐ前をみつめたまま何も答えなかった。龍聖は答えを催促はせず、同じように前をみつめた。やがてレイワンは静かに語りはじめた。

「人間達の中には、遙か昔の竜と人間の戦争を、歌にして残し伝承し続けている民族が一握りだがいる。しかしそれはお伽噺(とぎばなし)のように捉えられ、歌詞の本当の意味を知る者は、今ではもういない。二代目竜王ルイワンの時に起こった悲劇的な戦争についても、吟遊詩人達によって今でも歌い継がれているが、これもまた古いお伽噺と思っている人間がほとんどだ。我々のことも、まだ世界の多くの国々が、幻の存在だと思っているままだ。そして人間達は、自分達の意識していない心の遙か奥の部分で、文明の進歩を恐れている。空を飛び、強力な武器を手にすることが、世界の終わりに繋がるのだと、無意識に信じている。だから今の人間達の文明の進歩は、とても遅れていると思うんだ。私はそれで良いと思っている。だから世界地図は渡さない」

龍聖は黙って目の前に広がる美しい景色をみつめながら考えていた。龍聖のいた世界も、大きな災害などで人類が極端に減って、戦争も起きて、すごく痛い目に遭(あ)って、人々は進んだ文明を捨てて懐古主義に走った。便利な機械や道具より、使うのにも手間が掛かるような昔のものが歓迎された。龍聖が生まれた時には、すでに世間がそうなっていたから、科学技術の進んだ便利な機械に囲まれていた時代は、映画の中でぐらいしか知らない。世界は違っても、人間のやることなんて同じなのだ。そんな風に思った。

「リューセー、ほら！　アフダル王国が見えてきたよ！」

レイワンが指さす先には、周囲を高い塀で囲んだ城塞都市が見えた。

アフダル王国は、約八百年の歴史を持つ王政国家だった。現国王は十九代目ナジャーフ二世。エルマーン王国とは五百年前に国交を結んでいる。

人口五万人のこの国は、規模としては小国ながら、安定した政治と山から取れる岩塩と銅という恵まれた鉱山資源と、発展した商業によって、国は豊かで治安も良かった。

龍聖達は城に招かれ、大変な歓迎を受けた。

「お初にお目にかかります。王妃様……ああ、噂通りなんとお美しい……我が国をご訪問頂き、まことに光栄です」

「ナジャーフ陛下、とても綺麗な国で感激しました。訪れることが出来て本当に嬉しいです」

龍聖は国王と王妃に挨拶をした。

その後レイワンと龍聖は、鉱山を見学させてもらい、王妃自慢の美しい庭園を案内された。夜には豪華な宴が催され、盛大なもてなしを受けた。

その宴で、龍聖は国王の二人の寵姫と子供達を紹介された。

「リューセー様、この国は一見平和のように見えますが、実はかなりドロドロとしているんですよ」

食事をしながら、踊り子達の舞を楽しんでいると、隣に座るシィンレイがそっと耳打ちをした。

「え？　ドロドロ？」

「さっき、国王の寵姫を紹介されたでしょう？　側室です。あの二人が今戦っている最中なんですよ」

龍聖はそう言われて、驚いたように向かいの席に座る美しい二人の女性に視線を送った。

「国王と王妃には子供がいません。二人の側室には、それぞれ男子がいて、それも同じ年なんです」

「え!?　それじゃあ相続争い？」

龍聖が目を丸くしてシィンレイの方を向いて言った。シィンレイが神妙な顔で頷く。

「国王も、何も側室を二人持たずともいいだろうに……」

シィンレイの隣に座るシュウヤンが溜息交じりにそう言って酒を飲んだ。

「王妃との間に子が出来なかったから、自分が不能なのかと不安になったんだろう」

シィンレイがシュウヤンにそう言った。

「まだどっちに王位を譲るとか決めてないの？」

龍聖がシィンレイに尋ねると、シィンレイは頷いた。

「今、この国はふたつの派閥に分かれて、大変なんですよ」

「シィンレイ、シュウヤン、他国の事情だ。余計な詮索は無用だ」

「申し訳ありません」

レイワンに叱られて、シィンレイとシュウヤンはしゅんとした。それを見て龍聖はクスリと笑う。

「この国の王は、代々誠実な国政を行う良き王達だった。国民にも慕われている。八百年続いたこの国が、醜い争いで滅びることがないように願うばかりだよ」

宴の後、用意された豪奢な貴賓室に通されて、レイワンと龍聖は大きなベッドに横になり寛いでいた。

レイワンがそんな風に語ったので、龍聖は少ししんみりとした顔をする。

「レイワンはもっと前からこの国のことを知っているんだよね？」

「眠りにつく前に、父とともに訪れたことがある。その時の王は三代前の王だったが、今と変わらず豊かな国だった。逆に言えば三代変わっても国が変わっていないのは、今の国王も含めて良い統治を行っているからだ。ナジャーフ王も王妃もとても良い人物だ。リューセーも今日話をしてそう思っただろう？」

「うん、二人ともとても穏やかで優しい人だと思った。町も綺麗だし、鉱山で働いている人達も楽しそうだった。良い国だと思うよ。それなのに側室が争うなんて気の毒だね。王子達もなんか可哀想。腹違いでも兄弟なんだから仲良くしたいよね」

「今のままだと、どちらが即位しても、出来てしまった亀裂は修復出来ないだろう。家臣が二分してしまうのは、国にとっては大きな損失だ」

龍聖は、う～と言いながらごろごろとベッドの上を転がった。

「その点、エルマーン王国はそういうのには無縁で良いよね。国王は竜王唯一人と決まっているし、国王が絶対側室をとらないっていうのもだけど、兄弟がすっごく仲良しだもんね。レイワン達兄弟もさ！」

「ラオワン達もとても仲が良い」

「うん、オレは一度も仲良くしなさいって言ったことないのに、不思議だよね」

龍聖はそう言ってから、何か思い出してクスクスと一人で笑いだした。

「なんだい？」

「え？　あ、昨日さ、いつものように子供達が遊んでいたんだけど、窓を開けていたら蜂が一匹部屋の中に入り込んできたんだよね。結構大きい蜂。メイリンが気づいて、きゃあ！　って悲鳴上げて大混乱になったんだけど……そしたらさ、息子達が三人、メイリンを守るようにしてさ……メイリンを真ん中にして三人が輪になって……あのションシアもだよ？　オレ、びっくりしちゃった。ちゃんと生意気に姫を守るナイトに育ってたなんてさ」

「へえ！　それは見たかったな」

二人は嬉しそうに笑い合った。

「でもまあ、やっぱり来てよかったよ。外の世界が分かるのってすごくいい。レイワンとも普段は話さないようなことを話せるし」

「そうだね」

レイワンは龍聖を抱き寄せると、額に口づけた。


翌日、レイワン達はもてなしを受けながら、昼過ぎまでゆっくりと滞在し、次の国へと旅立った。

「次のテリオス王国は遠いの？」

「いや、ここからだと一刻ぐらいで到着するよ。馬なら半日かかるけど……せっかくだから少し遠回りをしよう」

レイワンがそう言うと、ウェイフォンがオオオオォォォッと咆哮を上げて、ふわりと上昇を始めた。周りを飛んでいた竜達が慌てて追いかける。

ウェイフォンはどんどん上昇して雲の上まで上がった。そして方向を変えて少し南寄りに向かう。

「ここまで高度を上げれば、少し行くと遠くに海が見えてくるよ」

「え？　本当？」

龍聖は嬉しそうにはしゃいで、辺りを見回した。

「兄上ー！　どちらに行かれるのですかー！　テリオスとは逆方向ですよー！」

シィンレイが大きな声で呼びかけてきた。

「すまない！　リューセーに海を見せたいから、少しだけ遠回りをする。付き合ってくれ！」

レイワンが大きな声で返事した。龍聖は首を竦めて笑った。

しばらくして、ウェイフォンが首を曲げて後ろを振り返り、龍聖をみつめながらググッと鳴いた。

「え？　なに？」

「海が見えてきたと言っている」

「え？　どこ!?　どこ？」

龍聖はきょろきょろと辺りを見回した。

「ほら、前方だよ！」

レイワンが指さす先を、目を凝らしてみつめた。地平線の向こうに、ぼんやりと青い海が見えた。

「海だ！」

龍聖が嬉しそうに叫んで、両手を上げた。

「海だ！」

また大きな声で嬉々として叫んだので、ウェイフォンもオオオオォォォッとまた咆哮を上げた。

「あはははは」と龍聖が大声で笑いだし、レイワンもそんな龍聖を見て嬉しそうに笑った。するとウェイフォンが低く鳴り響く歌を歌いだした。

「ウェイフォンが歌ってる！」

するとそれに呼応するように、周りの竜も歌を歌いだす。龍聖は大喜びで笑いながら飛び跳ねた。

「リューセー！　そんなに飛び跳ねたら落ちるよ」

レイワンが微笑みながら龍聖をしっかりと抱きしめて、ウェイフォンの向きをゆっくりと変えさせた。

「さあ、テリオス王国に向かうよ」

「うん、海を見せてくれてありがとう！　レイワン！」

「今度はゆっくり海に行こう」

「本当？　約束だよ」

龍聖はレイワンの体に背を預けながら、竜達の歌を聞いていた。地上の人々は、この不思議な音色を何だと思っているだろう？　そんなことを考えながら……。


テリオス王国は、約六百年の歴史を持つ王政国家だった。現国王は十四代目ランシール三世。エルマーン王国とは四百年前に国交を結んでいる。

人口十万人のこの国は、アフダル王国の三倍の面積を持ち、肥沃(ひよく)な国土に恵まれているため産業は農耕を主体とし、様々な農作物を他国へ輸出して財を築いていた。国を守るための強い騎士団を有しているため治安は良い。

レイワン達が到着すると、国の入口に正装した騎士団が整列して、一行を出迎えてくれた。レイワンと龍聖は用意された豪奢な馬車に乗せられ、城下町をパレードするかのごとく、騎士団に守られて城まで案内された。町の人々も花びらを撒(ま)いてレイワン達を歓迎した。

「なんかすごいね」

「この国の現国王ランシール陛下は、特に我々のことが大好きなんだよ」

レイワンがそう言って苦笑したので、龍聖はその言い方に含みがあるのを感じて、不思議そうに首を傾げた。

城に到着し、王の待つ謁見(えっけん)の間へ向かうと、若き国王ランシール三世が、謁見の間の入口まで来て、レイワンを抱擁(ほうよう)する勢いで大歓迎してくれた。

「レイワン様！　私がこの国の王になって、初めて来訪して頂けて、本当に本当に感激しています！それも王妃様までご一緒だなんて!!　さあ！　どうぞゆっくりお寛ぎください！」

「ランシール陛下、改めてご即位おめでとうございます。王妃にぜひ貴国の豊かな農作物を見せてやってください」

「ランシール陛下、とても素晴らしいお出迎えを頂きありがとうございます。こちらでは珍しい作物がたくさん見られると伺い、とても楽しみにしてまいりました」

「もちろんです！　もちろんです！」

ランシールは大喜びで、龍聖に国の中を見せてまわった。

夕方には、盛大な宴が開かれた。たくさんの楽師が賑やかに音楽を奏で、踊り子が舞い、珍しい曲芸師まで現れて、とても華やかな宴だった。テーブルには、珍しい作物をふんだんに使った見たことのない料理が溢れんばかりに置かれていた。

護衛のためについてきているシーフォンの若者達のところには、たくさんの美しい貴婦人達が群がり、酒を注いだり、食事をよそったりと、まるでハーレム状態だった。

「あれはなに？」

龍聖がぽかんとしながら、そっとレイワンに尋ねた。

「まあ……さっき言ったように、陛下は我々が大好きなんだよ」

「へ？」

龍聖は意味が分からずに、ますますぽかんとしている。

「我々の竜に興味があるということですよ。ですから我が国の者と婚姻を結び、今以上の親密な関係を持てないかと考えているのです」

隣に座るシィンレイが、そっと龍聖に告げた。

「あっ！」

龍聖はようやく意味を理解して、今度はとても驚いた。

「今回は特に、いつもの何倍もの人数の若いシーフォンを連れてきているから、これ幸いと必死になっているんでしょう」

シィンレイが溜息をつきながら、気の毒そうな顔で言った。

「下手をすると寝所にまで忍び込んでくるんですよ。実を言うと今回、彼らはこの国に来るのをとても嫌がっていて、夜も眠れないと怯えているほどです」

シュウヤンが眉間にしわを寄せながら、部下達をみつめて言った。

龍聖はそれを聞いて、ますます驚いた。今回来てくれた若者達のことは、龍聖ももちろんよく知っている。ほとんどがお茶会のメンバーだ。彼らには婚約者がいる。みんな龍聖のおかげで、婚約者との関係を、少しずつ良くしているところだ。だがこの中で二人だけ、婚約者のいない者がいた。下位のシーフォンである彼らには、相手となる女性がいない。

龍聖は彼らを「幼妻(おさなづま)もかわいくていいよ」と、これから生まれる女の子の中から、結婚相手が見つかればと、望みを託していつも励ましていた。

彼らがこの国の女豹(めひょう)達の餌食(えじき)にならないかと心配になる。

「他所の国の人とは結婚出来ないんでしょ？」

「ああ、我々の秘密を他国の者に知られるわけにはいかないからね」

「レイワンから、なんとかうまく断れないの？」

「いや、今までもずっと断り続けてはいるんだけどね……先王の頃まではもちろんこんなことはなかったんだ。この国は、以前は騎士達が最も地位が高く、尊敬されていて、騎士道を重んじる実直な国だったんだ。だが現王になってから、派手好きの王に貴族達が貢ぎ物をして取り入り、いつしか貴族が重用(ちょうよう)され、騎士達は軽んじられるようになってしまった。ランシールは皇太子の頃から竜に憧れていて、自分の妃にエルマーンの姫をと、いつも言っていたくらいだ。もちろん先王からそれはだめだと叱られていたけどね。今は自分が国王だから、どうにでも出来ると思っているんだろう」

「なにそれ」

龍聖は眉間にしわを寄せながら、困惑しているシーフォンの若者達をみつめた。視線を動かすと、末席に姿勢を正して毅然とした様子で座っている騎士団長がいることに気がついた。本来ならば、あんな隅っこの席に座るような人物ではないはずだ。

周りで騒いでいる貴族達を無視して、食事にも酒にも手を付けず、凜とした眼差しで周囲に目を配っている。不審者がいないか、常に監視しているようだ。

『かっこいい』と龍聖はちょっと思った。

「レイワン様、いかがですか？　我が国のもてなしは」

レイワンの隣にいたランシール王が、少し離してあった椅子を、ゴトゴトと引きながらレイワンにぴったりと近づいてきてそう言った。酔っぱらっているようだ。

「はい、素晴らしい料理の数々に、おもてなしの楽師や曲芸師、王妃もとても喜んでいます」

レイワンは穏やかにそう答えた。

「それは良かった。今日は若い家臣の方々もたくさんお連れくださって、本当に嬉しいです。我が国の貴婦人達の中で、もしも気に入られた者がいれば、いつでもお連れになってください」

「陛下、お気持ちはありがたいのですが、あの者達は国に婚約者がおります。それに以前にもお話ししました通り、我が国の掟で、他国の者との婚姻は認められておりません。残念ですが、どうかご容赦ください」

レイワンはやんわりと断りを入れた。

「まあまあ、まあまあまあ……その辺の話はまたゆっくり……まずはどうぞお酒を召し上がれ」

ランシールはそう言って誤魔化すように酒を勧めた。

「なんか嫌な感じ」

龍聖は眉根を寄せてぽつりと呟いた。

「ねえ、ちょっとオレに協力してよ」

龍聖はシィンレイの方に体を寄せて、小声でそう言った。

「は？　何ですか？」

「オレがあの女豹……ご婦人達を追い払うからさ……ちょっと協力してよ、シュウヤン様も」

「は？　リューセー様、また何か企(たくら)んでおいでですか？」

「彼らが可哀想だろう？　追い払いたくないの？」

龍聖がむっとした顔で、二人を睨みつけるように言うと、二人は困ったように、ちらりとレイワンを見た。

「しかし……他国での騒動はまずいですよ」

「大丈夫だから！　ちょっと懲(こ)らしめるだけだから！」

「懲らしめるって……」

シィンレイとシュウヤンは顔を見合わせると、「まずいよな？」と目配せをし合った。

「リューセー様、やはり……」

「シィンレイ様は、しばらくの間レイワンがオレのことに気が回らないように誤魔化していて！　ちょうどランシール王が絡んでるからさ、そのまま時間を稼いでください。シュウヤン様はオレと一緒に来て」

龍聖はレイワンに気づかれないように、そっと席を離れた。シュウヤンも慌てて後についていく。

龍聖は人混みをかき分けて、ハーレム状態の若いシーフォン達の側に、身を屈めながらそっと近づいた。そしてシーフォンの若者にベタベタとくっついている貴婦人の一人に、そっと声をかけた。

「すみません」

「はい、え？　あら？　エルマーンの王妃様？」

龍聖はニッコリと微笑むと手招きをした。彼女は不思議そうにしながらも、相手が王妃なので、仕方なく席を離れた。

席から少し離れたところで、龍聖はその場に屈むと、耳打ちするような仕草をしたので、女性も釣られてその場に屈んだ。すると龍聖がぎゅっと手を握ったので、彼女は驚いた。

「ずっと貴女のことが気になって、向こう側から見ていたんです」

龍聖はいつもより低めのイケメン声を作ると、彼女の顔に頬を寄せるように近づいてそっと囁いた。

「え？　あの……」

彼女は突然のことに驚きながらも、少し頬を赤らめた。仮にも貴族の娘である。父親の命令で、シーフォンの若者を接待するように言われてきたのだが、若い男性に言い寄るなど初めてのことで、それも相手はとても美しい若者だったので、舞い上がって変なテンションになっていた。そこに龍聖がやってきてこれである。

彼女は簡単に術中に嵌（はま）った。

「知りませんでした？　オレ、王妃だけど男なんです」

龍聖はそう言って、握っている彼女の手を自分の胸に当てさせた。

「あっ」

彼女はみるみる真っ赤になった。

「事情があって王の妃になりましたが、貴女のような美しい女性を見たら、オレの男心に火がつきました。貴女のことがもっと知りたい」

龍聖は耳元で甘く囁いた。彼女はうっとりとした表情に変わっていく。

「それともあちらの若者の方が良いですか？」

「そ、そんなことはありません」

彼女は慌てて首を振った。

「じゃあ、別の場所でゆっくり……二人きりで会いたいな。この奥の……廊下の先の部屋は、私の控えの部屋にとご用意頂いた部屋です。そこに行きましょう」

「は、はい」

女性は完全に龍聖の策略に嵌ってしまっていた。こんな風に優しく言い寄られたことがないので、免疫がなく、ただうっとりと酔いしれてしまっていた。

「あれ？」

龍聖は立ち上がろうとして、そっと気づかれないように、女性の髪留めを後ろから抜いた。

「どこかに引っかけてしまったのかな？　貴女の綺麗な髪が乱れてしまっている」

龍聖に言われて、彼女は慌てて自分の頭を触った。髪留めがなくなっていて、結い上げていた髪が少し解けていた。彼女は恥ずかしそうに真っ赤に頬を染めると、首を振った。

「も、申し訳ありません。あの、すぐに支度を整えてまいりますので、先に行ってお待ちになっていてください」

「分かりました。美しい貴女をお待ちしていますよ」

女性が足早に去っていくのを、龍聖はにっこりと笑いながら見送った。そしてまた次の女性に狙いを定めた。

龍聖は同じ手口で、次々と貴婦人達をたらし込んでいった。そして気がつくと、シーフォンの若者の周りには、貴婦人が一人もいなくなっていた。

「あれ？」

彼らは不思議そうに辺りを見回したが、龍聖もいつの間にかその場を立ち去っていた。


「リューセー様、貴方は一体何を……」

龍聖から待っていろと言われたシュウヤンは、少し離れたところで見守っていた。次々と女性に声をかけていく姿を、ただ呆然と見ていたのだ。

「彼らを助けてあげてるんだよ？　あともうちょっとだから、シュウヤン様は邪魔が入らないように見張っててね。それとももしも何か緊急事態が起きた時は助けてね」

「何が起こるんですか!?」

「何も起こらないよ……たぶん……。可哀想だけど、さっきの女の子達をふることになるから、泣かれちゃうかもしれないけど……」

『うちの子達ですっかり慣れたけど、やっぱりこの世界の貴族のお嬢様は初心(うぶ)すぎて、簡単に男に騙(だま)されちゃうんだよな』と龍聖は内心思っていた。

お茶会をするようになって、シーフォンの女性達と話をして、あまりにも世間を知らないことに驚いたが、予想通り、この国の貴婦人達も同じようなものだった。女豹だなんて思ってごめんなさい、と心の中で謝った。

約束の部屋の近くまで来たところで足を止めた。

「シュウヤン様はこの辺で邪魔が入らないように見張っててください」

龍聖は部屋の少し手前で、シュウヤンにそうお願いすると、一人で部屋へと向かった。扉の前に立ち、ドアノブに手をかけたところで、何か異変が起きていることに気がついた。部屋の中から喧嘩をしているような声が聞こえてくる。

不思議に思いながら、龍聖は扉を開けた。

「だから！　何であなたがここにいるのよ！」

「それはこっちのセリフよ！」

「私はリューセー様と約束をしているのよ！」

「私もよ！」

「私が先よ！　貴女は出ていってよ！」

「貴女こそ出ていってよ！」

扉を開けると、部屋の中では八人の貴婦人達が殺気立って言い争っていた。

『うわあ……泣き出しちゃうタイプじゃなかった……』

龍聖はそれを見て、やばい！　と顔を強張らせた。みんなが一斉に龍聖を見た。

「み、みんな、ちょっと落ち着いて！」

龍聖はなんとかこの場を収めようと試みた。

「リューセー様！　私と二人きりになりたいとおっしゃったのは嘘なのですか？」

「いいえ、私におっしゃったのよ！」

「リューセー様！」

一人が龍聖に詰め寄って、手を握ってきた。

「ちょっと！　リューセー様に触らないでよ！」

それを別の女性が振りほどく。それをきっかけに摑み合いの喧嘩が始まってしまった。

「わあ！　ちょ、ちょっと待ってよ！　ねえ！　みんな落ち着いて！　オレの話を聞いてくれないかな!?」

「リューセー様！」

「わあ！」

乱闘の隙に別の女性が龍聖に抱きついた。それをまた別の女性が引き剝がそうとして、もみくちゃになった。龍聖は床に倒されて、女性達に身ぐるみを剝がされそうな勢いだった。
二、三人の喧嘩だったら、龍聖もなんとか止められたのだが、八人の女性達が全員正気を失って、喧嘩を始めてしまったら、もうどうすることも出来ない。
「シュウヤン様！」

龍聖は廊下に向かって助けを呼んだが、シュウヤンは現れなかった。

「わあ！　助けて!!」

龍聖が身の危険を感じて叫んだ時、バンッと勢いよく扉が開いて、甲冑（かっちゅう）姿の騎士が飛び込んできた。

騎士は部屋の中の様子に何事が起きているのか分からず、一瞬躊躇したように動きを止めたが、守るべき相手を即座に判断すると、龍聖の下へ駆け寄り、女性達との間に立ちはだかった。

「皆様お控えなされ！」

騎士が女性達に向かってそう言ったが、興奮状態の女性達はそれくらいでは引かなかった。

「ムディール！　邪魔をしないで！　下がりなさい」

女性達が騎士に向かって、一斉に文句を言ったが、騎士はまったく動じずに、女性達を睨み返した。

「お黙りなさい！」

騎士が一段と大きな声で一喝したので、さすがの女性達も黙ってしまった。

「他国の貴人を前に、このような醜態をさらすなど、恥を知られよ！　たとえ貴女方が貴族の息女だとしても、エルマーン王国の王妃様に非礼をしたとあっては、どのような理由があろうとも国家の一大事……ただで済むとお思いか？」

騎士は強い語気でそう言い放つと、女性達はようやく我に返った。みるみる顔色を変えて、動揺したように周囲と顔を見合わせ、泣きだす者までいた。

「ちょ、ちょっと待ってください……あの……彼女達が悪いわけじゃないんです！　えっと、貴方は……」

龍聖はその様子に、慌てて騎士の前に出てきて、まっすぐにみつめてそう言った。騎士はその場でひざまずくと、頭を下げた。

「私はテリオス王国騎士団長カルブ・ムディールと申します」

そう名乗った騎士は、宴の席で末席に座っていた人物だ。年は四十歳くらいに見える。実直そうな人柄をみて、彼なら話を聞いてくれるかもと龍聖は思った。

「あの……ムディール様、まずは助けて頂きありがとうございます。それでこの騒動は、オレ……私のせいでもあるんです。彼女達のことは許してもらえませんか？」

龍聖は出来るだけ穏やかに話を進めようと、慎重に言葉を選んで話しはじめた。女性達の方へ視線を送ると、騎士にならって彼女達もひざまずいて項垂(うなだ)れている。

「許すか否かは、王妃様がお決めくだされればよろしいかと思いますが……なぜこのようなことになったのか、ご説明頂いても構いませんか？」

ムディールが、少しばかり顔を上げて、龍聖をみつめながらそう言うと、龍聖は安堵したように笑みを浮かべて頷いた。

「もちろんです。ただ、話す前に貴方にお願いがあるのですが、聞いて頂けますか？」

「私に出来ることでしたら何なりとお申しつけください」

「では私の味方になって頂けますか？」

龍聖の発言に、ムディールは驚いたように、思わず大きな動作で顔を上げた。

「味方……ですか？」

「はい、今から私の味方になってください。決してこの国や、貴方方に対して悪いようにはいたしませんから」

龍聖の言葉を聞き、ムディールは目を伏せてしばらく考えた。眉間に少ししわを寄せて目を開くと、女性達をみつめて再び龍聖を見る。龍聖は穏やかな表情をしていた。

「承知いたしました。王妃様にお味方いたします。しかし……」

ムディールは神妙な面持ちでそう答えたが、キッと強い眼差しで龍聖をみつめて言葉を続けた。

「しかしお話の内容次第で、王妃様にお味方することが、私の信じる我が国の騎士道に、背いてしまうような事態であると判断した時は、勝手ながら約束を反古にさせて頂きます。その時は私の命で償わせて頂きますので、何卒ご容赦頂きたく願います」

ムディールの言葉に、龍聖は一瞬動揺した。『命で償うとかやめてよ！ そんな大袈裟な話じゃないんだよ！』と心の中で叫んだが、とても真剣な表情で述べたムディールの立場と心中を察して、気持ちを切り替えた。

「分かりました」

龍聖はことの経緯を説明した。ランシール王から執拗に婚姻を迫られて困っている事情や、貴族の息女達に迫られて困っているシーフォンの若者達を助けようと、龍聖が画策したことなどを簡潔に話した。

「彼女達を騙したのは私です。結果、このような事態になるとは思わず、騒動になってしまって申し訳ないと思っています。ですが彼女達は、親に言われて仕方なく、我が国の若者達を誘惑しようとしただけだと思うし、彼女達の親もランシール陛下に命じられてやったことなのだと思います。ですから私は、彼女達も彼女達の親も咎めるつもりはありません。ですがランシール陛下が、なんとか我が国と姻戚関係を結びたいと、これ以上強引な手段を取るようであれば、我が王も貴国との関係を見直さなければならなくなります。長く続いた国交を、こんなことで破棄してしまうのは良くないと思ったので……私の独断でこのような策を練ってしまいました。これは我が王も知らないことです。彼女達がもう誘惑しませんと、反省して私に約束してくれたらそれで良いと思っていました」

龍聖の話を聞き終わって、女性達からすすり泣く声が聞こえてきた。龍聖が話す中で、出来るだけ彼女達を傷つけないように、シーフォンの若者達には皆、国に大切な許嫁がいるので、誘惑されて困ったのだと説明していた。それを聞き、彼女達も自分のやったことの愚かさに気づいて涙しているのだ。

「それで本当はここで彼女達を説得して、誘惑を止めてもらってお終いにしようと思っていたんですけど、説得は失敗して騒ぎになってしまい、ムディール様が助けに来てくださったので……作戦を変えようと思ったのです。だってこのままだと彼女達ばかり悪者みたいで可哀想です。ここで私が許しても、私達が帰った後、彼女達は失敗したことで、親に叱られてしまうかもしれないし、彼女達の親もランシール陛下に咎められてしまうかもしれない。だからムディール様とご婦人方に、私の味方になって頂き、少しだけランシール陛下に釘を刺しておきたいのです。いかがでしょうか？」

龍聖の申し出は、ムディールにも貴婦人達にも意外なことで、驚いたように言葉もなく、互いにおろおろと顔を見合わせていた。

「陛下に釘を刺すとは……どうなさるおつもりですか？」

気を取り直したように、ムディールが尋ねると、龍聖は腕組みをして少しばかり考え込んだ。

「そんなに大袈裟なことをするつもりはないんです。さっきも言ったように、国同士の問題にはしたくないので、あくまでも私が独断でしたことなんです。今回のランシール陛下の企ては、すべてお見通しですよって、釘を刺せればいいと思っています。私と彼女達がそろっているこの部屋に、ランシール陛下をお呼びして、立ち合いに我が国の内務大臣のシュウヤンを呼んで……シュウヤンは今回の私の策を知っています。ランシール陛下にシーフォンの若者を誘惑しようと企てたことを認めさせれば、それで良いと思うのですが……」

「しかし陛下が素直にお認めになるかどうか……」

ムディールが難しい顔をして呟いた。

「そのことですが、皆様にちょっと一芝居打って頂きたいんです」

龍聖はニッと笑うと、作戦を話しはじめた。

一通り説明が終わると、ざわめく貴婦人達を微笑みながらみつめて、ムディールへと改めて向き直った。

「私からの話はこれですべてですが……お味方になって頂けますか？」

すると貴婦人達が黙り込み、部屋の中が一瞬静かになった。ムディールはまっすぐに龍聖をみつめ返している。

「お味方をさせて頂きます」

「私達も」

貴婦人達もムディールの返事に続いて答えたので、龍聖は嬉しそうに頷いた。


「あれ？　リューセーは？」

レイワンがシィンレイに尋ねた。

「あ、あの……この国のご婦人達と話をしてみたいとおっしゃって席を立たれました。この部屋のどこかにいらっしゃるはずですが……シュウヤンがついていったので大丈夫ですよ」

「そうなのかい？」

レイワンは辺りを見回した。

「陛下、ほら、ランシール様が！」

シィンレイは慌ててレイワンの気を逸らそうと、レイワンの隣でしつこく絡んでいるランシールへ話を振った。レイワンは『こういう時は絡まれている私を助けるものだろう』と内心思って、じろりとシィンレイを睨みつけた。しかし目の端に、シュウヤンの姿を捕らえた。

「あれ？　シュウヤンじゃないか……手を振ってるよ？　何をしているんだ？」

レイワンが、宴席の向こう側で、こちらに手を振っているシュウヤンの姿に気がついた。

「あいつ……何やってんだ……」

シィンレイは呆れたように呟いた。

シュウヤンは、部屋の中で殺気立っている女性達の様子に気づき、自分一人では女性達を押さえられないと、シィンレイに助けを求めに来たのだった。

「シュウヤンが呼んでいるんじゃないか？　何かあったのだろうか？」

「いや……あれは酔っぱらって踊っているんではないですかね？」

シィンレイが苦し紛れに誤魔化そうとした。

「シィンレイ、ふざけている場合じゃないよ。一緒にいるはずのリューセーはどうしたんだい？」

レイワンが異変に気づいて立ち上がった。

「レイワン様、どちらに行かれるのですか？」

「あ、王妃の姿が見えないので……」

「控え室にいらっしゃるのでは？　女性の身支度用に、すぐ近くの部屋を控え室にとご用意しております」

「あ、そうなのですか、お気遣いありがとうございます」

「私がご案内いたしましょう」

ほろ酔い加減のランシールも立ち上がった。

「なんか分からんが、まずくないか？」

シィンレイも焦った様子を隠しながら立ち上がり、レイワン達についていった。

シュウヤンはシィンレイに助けを求めていたが、一刻の猶予もないと思い、部下達の下へ駆け寄った。

「お前達！　ちょっと来い！」

「シュウヤン様？」

シュウヤンは、宴の席から部下達を連れ出そうとした。何事かと戸惑う部下達を連れて、龍聖の待つ部屋へ向かおうとしていた時、名前を呼ばれて足を止めた。

「シュウヤン！」

声をかけられた方を見るとレイワンが立っていた。

「何をしているんだ？　リューセーは？」

「それがあの……すみません、大変なことに!!」

シュウヤンはやけくそになって叫んでいた。


『まずはシュウヤンが近くにいるはずなので事情を話してこの部屋に来るように伝えてください。そしてなんとかランシール陛下を、ここにお連れしてください』

ムディールは、龍聖からそう指示を受けて部屋を出た。辺りを見回したが、シュウヤンの姿はなかった。ムディールが、龍聖の悲鳴を聞きつけて、部屋に駆け付けた時にも、シュウヤンの姿が無かったので、広間の方かと探しに戻ることにした。廊下を進み、広間へと向かう角を曲がったところで、ランシール王にばったりと会ってしまった。それも隣にはレイワン王がいる。

「ムディール、ここで何をしているんだ？」

酒に酔った様子のランシール王が、不思議そうな顔でムディールに尋ねた。

「あ、いえ、見回りをしていました」

ムディールは、予定と大幅に違う状況に、動揺しながらもなんとか取り繕おうとした。

「私の后を見かけませんでしたか？　ご婦人方に取り囲まれていると聞いたのですが……」

レイワンがそう言ったので、ムディールはレイワンの後ろに控えるシュウヤンをちらりと見た。シュウヤンはとても焦った表情をしている。恐らく何か行き違いが生じたのだと、ムディールは即座に状況を察した。龍聖が言っていたように『こんな騒ぎになるとは思わなかった』のは、シュウヤンも同じなのだろう。

こうなっては、この場でのこれ以上の誤魔化しは無理だ。ムディールはそう判断すると覚悟を決めた。最悪の場合は、やはり自分が命をもって償おう。

「恐らく……控えの部屋かと思います」

ムディールは平静を装ってそう告げると、皆を部屋へと案内した。


ムディールは、レイワン達をぞろぞろと引き連れて、龍聖のいる部屋へ辿り着いた。扉を開けると部屋の中の異常な光景に、皆が絶句してしまった。

部屋の中央には衣服も髪も乱れた状態で、床に座り込み泣いている八人の女性達と、同じく乱れた衣服で座り込んでいる龍聖の姿があった。

「リューセー！」

「これは一体どういうことだ！」

レイワンとランシールが、同時に叫んでいた。

驚いたのは龍聖達も同じだった。ランシール王とシュウヤンだけが来るものと思っていたのに、レイワンやシーフォンの若者達までぞろぞろと現れたのだ。

入口で苦悶(くもん)の表情を浮かべているムディールの様子に、これは彼の失態ではなく、明らかに何かやむを得ない事態になってしまったのだなと、龍聖は瞬時に理解して、考えるよりも先に動いていた。

「レイワン！」

龍聖は慌てたようにレイワンの下に駆け寄り、ぎゅっと抱きついた。

「これは一体……彼女達は大事な貴族の娘達ですよ？　貴方がこのようなことをなさったのですか？」

ランシールが怒った顔で、龍聖に向かって言った。

「レイワン聞いて！　彼女達はランシール王に命じられて、オレを襲ったんだよ！」

「なんだって！」

レイワンは驚いて、思わず大きな声を上げていた。それを聞いてもっと驚いたのはランシール王の方だった。

「な、何をばかなことを！　私はそのようなことは命じていない！」

ランシール王は、酒のせいばかりではない真っ赤な顔で反論した。その間、龍聖はムディールと視線を合わせると、何度も小さく頷いてみせて、作戦の継続を促した。

「陛下！」

ムディールが声を上げげた。

「陛下、恐れながら、騒動の真実はともかく、来賓でいらっしゃっている他国の王妃様に、このような非礼をしてしまっては、ただでは済みますまい。どうなさるおつもりですか？」

ムディールの言葉に、ランシール王は動揺して目を白黒させた。

「だ、だが私は決してそのようなことは命じていない。何かの間違いだ。その者達が酔って騒いだだけであろう」

「オレは彼女達から聞いたんだ。王様からオレを誘惑するように命じられたって……ねえ？　そうだよね？」

龍聖が大きな声で言うと、貴婦人達は思い直した様子で顔を上げて、ランシール王をみつめた。

「はい、どのような手を使ってでも王妃様を誘惑しろと、命じられました」

貴婦人達が口をそろえて言ったので、ランシール王は驚きのあまり、口をぱくぱくさせながら体を震わせていた。

龍聖は、貴婦人達をみつめて、何度も頷いた。

「わ、私が言ったのは、近侍（きんじ）する若者達をなんとしても誘惑しろということだ！」

ランシール王が思わず叫んだ言葉に、レイワン達が驚いて王をみつめたので、我に返ったランシール王は、みるみる顔を強張らせた。

「陛下、命じられたことをお認めになるのですね？」

ムディールが追い打ちをかけるように言うと、ランシール王はその場にひざまずいた。

「レイワン様、リューセー様……無礼の数々……まことに申し訳ありません」

ランシールは顔面蒼白になり、その場にひれ伏して謝罪した。

レイワンは一体何が起こったのかまだよく分からずに、辺りの様子を見回していたが、顔色を変えて動揺している貴婦人達が、一斉に龍聖を見て、龍聖もそれに応えるように頷いたので、なんとなく察したような表情をした。

「ランシール殿、どうかお顔を上げてください。何があったのかは分かりませんが、恐らく我が后の方にも不手際（ふてぎわ）があったのでしょう。こちらこそお詫びいたします。酒宴での出来事です。お互いに、酒が過ぎたと、この場はお収めください」

レイワンは片膝をついて、ランシールの肩に触れながらそう言うと頭を下げた。

「レイワン様」

「あの……ランシール陛下、申し訳ありません。私もちょっとふざけすぎたようです。心からお詫びいたします。幸いご婦人方は、私に非礼などは何もなさっていません。どうかお許しください」

龍聖も神妙な面持ちで謝罪した。

「宴はお開きにいたしましょう。我々は部屋に戻らせて頂きます。ランシール陛下、どうかご容赦ください」

シィンレイがその場を取り繕うように言って、レイワン達を促して、その場を下がることにした。

部屋を出る際に、龍聖はムディールに向かって頭を下げた。


部屋の真ん中で、龍聖とシィンレイとシュウヤンが並んで床に座っていた。龍聖は正座をし、シィンレイとシュウヤンはひざまずいている。

彼らの前には、レイワンが仁王立ちしていた。先ほどからずっと一言も話さない。ただ厳しい眼差しで三人を見下ろしていた。

シィンレイとシュウヤンは蒼白な顔で額には脂汗(あぶらあせ)を浮かべている。

すでにことの全容は、龍聖の口から語られていた。一通り話し終えて、今、この状態にある。

「あ……兄上……」

シィンレイが苦し気に顔を歪めながら、俯いたままで口を開いた。

「お怒りは……重々に……分かっております……ですが……どうか覇気はお鎮めください……我らには……きつすぎて心臓が……止まりそうです」

シィンレイがそう言い終わると同時に、ふっと力が緩められたようで、シィンレイとシュウヤンは、ドサッと両手を床について、ぜえぜえと苦しそうに息を吐いた。

龍聖はそれを横目で見ながら、怯えるようにちらりと上目遣いにレイワンを見る。するとレイワンの視線が動いて、龍聖と目が合った。

龍聖はびくりと飛び上がるほど驚いて、ぎゅっと目を閉じた。ものすごく怖いと思った。いつもは優しい光を湛えた金色の瞳が、とても冷たい爬虫類のような瞳に変わって見えたのだ。あれは竜の目だ。それもマジギレの竜の目だと思った。

「お前達は自分が何をしたのか分かっているのか？」

それはとても静かな声だった。まるで底の見えない深い池から湧き上がってくるような、水面に波紋ひとつ作らないような、とても静かな声だった。

三人はぞっとして、身震いをしながら俯いていた。

「他国でこんな不祥事を起こして……ただでは済まないよ？」

「ご……ごめんなさい」

龍聖は消え入るような声で謝った。

「リューセー……これがごめんなさいで済むことだと本当に思っているのかい？　騒動の色々なことはもちろんだが、一国の王にひれ伏して謝罪させるなんて、この国の威信に関わるほどの大問題なんだよ？　いつもの『やっちゃった。ごめんなさい』では済まないことだって分かっているのかい？」

レイワンが静かな声で淡々と語るので、龍聖は心臓が止まりそうなほどの恐怖を感じていた。あの優しいレイワンを、本気で怒らせてしまったのだという恐怖と、予想以上の大事件になってしまったことへの恐怖で、本当に死んでしまいそうだ。

「お前達もなぜ止めなかった」

「ご……ごめんなさい」

シィンレイとシュウヤンも、子供のように震えながら消え入るような声で謝った。

「それは何に対しての謝罪だ?」

とどめを刺そうとするかのような鋭利な問いかけに、二人は口を閉ざした。怖すぎて下手なことを口走れないと思ったからだ。だが沈黙も耐えられなかった。

「リュ……リューセー様をお止めすることが出来なかったことへの謝罪です。たとえどんな理由があろうとも、ここはテリオス王国だということを忘れてはならなかった。すべての責任は我々にあります」

シィンレイが苦悶の表情でそう言って頭を深く下げると、シュウヤンも一緒に頭を下げた。

「どう責任を取るつもりだ?」

レイワンがさらに冷たく言った時、龍聖が勢いよく顔を上げた。

「ま、待って! レイワン! 二人は関係ないから! べ、別に庇(かば)うとかじゃなくて、本当に……本当に全部オレが悪いって分かっています。この国の貴婦人方も、本当に恥をかかせるようなことして、巻き込んでしまって、申し訳ないって思っているし、騎士団長のムディール様にも、君主に逆らうようなことをさせてしまって申し訳ないって思ってます。本当です。本当に全部全部オレが悪いんです。

レイワンをこんなに怒らせてしまって、本当にごめんなさい！　オレ、何でもするから……迷惑をかけたこの国の人達に、謝罪出来るならば何でもする。オレに出来ることなんて、何もないかもしれないけど……オレ、騒ぎを起こすことしか出来ないのかもしれないけど……助けたかったのは本当だから……うちの若い子達も……この国の貴婦人達も……我が国とテリオス王国の国交が失われることも……全部……全部、平和に解決したかっただけなんだ。その気持ちは本当だから……信じてくださ い……ごめんなさい」

龍聖は必死になって謝罪した。絶対に泣くものかと我慢していたが、溢れる涙が止まらなくて、それも悔しくてさらに涙が出た。泣いて謝罪するなど、そんなことで許されようなんて思っていない。そんな風にも思われたくなかった。

本気で怒ったレイワンを見て、予想に反して取り返しのつかない大騒動になってしまったことに後悔しかない。

最初はランシール王をぎゃふんと言わせたという満足感しかなかったが、王をひざまずかせるつもりはなかったので、少しばかり動揺した。あの時のムディールや貴婦人達の表情が忘れられない。そこでようやく事態の大きさに気がついた。龍聖が意図したことではなかったとしても、取り返しのつかないことをしてしまったと理解した。

「リューセー様」

歯を食いしばり、苦し気に顔を歪めて項垂れる龍聖の姿に、シィンレイもシュウヤンも、レイワンへの恐怖を忘れてしまった。

その後は沈黙が流れた。とても長い沈黙だった。レイワンの怒りの気配は、まったく消える様子はない。

怒りのままに怒鳴られたり、殴られたりする方がよほど良かった。一番怒らせてはいけない相手だったのだと、改めて思わされた。

どれくらいの時間が過ぎたのか分からないが、ようやくレイワンが口を開いた。

「本当に悪いと思っているのかい?」

「本当に申し訳ありません!」

レイワンの問いに間髪容れぬ勢いで、三人が平伏して謝罪した。

謝る三人をしばらくみつめていたレイワンは、小さくふうっと溜息をついた。

「シィンレイ」

「はい!」

「シュウヤン」

「はい!」

名前を呼ばれて、二人は声を裏返して返事をした。

「お前達は部屋に戻って反省していなさい」

「はい!」

「リューセーはここで反省していなさい。私は王と話をしてくる」

レイワンはそう言うと、部屋を出ていこうとした。

「待って!」

慌てて龍聖が叫ぶと、レイワンは足を止めた。

「騎士団長のムディール様は、責任を感じて自害されるかもしれないから、どうかそれだけは止めてください！　それと……貴婦人方への配慮も……お願いします」

レイワンは聞き終わると、振り返らず、何も答えずそのまま部屋を出ていった。

パタンと扉が閉まり、足音が聞こえなくなると、三人は身も心も憔悴し切った様子で、その場に崩れるように転がった。

「本気で怒った兄上怖ぇ～……」

「オレ本当に心臓が止まるかと思った……」

シィンレイとシュウヤンは、口から魂が出ていくような顔をして、しばらく放心したように倒れていた。

「二人とも巻き込んでごめんなさい」

龍聖が完全に落ち込んだ様子で言ったので、二人は慌てて起き上がった。

「いや、いいんですよ。止めなかったのは我々の落ち度なので……正直なところ、ランシール王にいらついていたのは本当ですから……結果としては、リューセー様の想像とは違うものになってしまいましたが……」

「きっと兄上がうまく解決してくださいますよ。どうか安心してお待ちになっていてください」

シィンレイとシュウヤンはそう言って、龍聖を慰めた。

「リューセー様、兄上が戻られたら、ちゃんと仲直りしてくださいね」

二人は立ち上がると、そう言って部屋を出ていった。

残された龍聖は、大きな溜息をついた。

二刻ほどして、レイワンが戻ってきた。

龍聖は先ほどと同じく床の上に正座をしていた。

レイワンは部屋に戻るなり、その後姿を見て一瞬驚いたが、ひとつ溜息をつくと、そっと近寄り、側に屈んで龍聖の肩を撫でた。

「反省したかい？」

レイワンが優しく声をかけた。いつものレイワンの声だ。龍聖が恐る恐る顔を上げてみると、レイワンは穏やかな顔をしていた。金色の瞳はとても優しい色を浮かべている。

「ごめんなさい」

「反省したのならばもういいよ。ランシール王ともじっくり話した。よほどこたえたのか、終始神妙な面持ちで、真剣に私の話を聞いてくれたよ。君がしたことへの詫びは、平身低頭して謝ったが、彼の行いについては厳しい態度で言及したから、結果的には喧嘩両成敗ということで、互いにこれ以上の糾弾(きゅうだん)も謝罪もしないことにした。我が国が一切他国との婚姻を結ばないことも、誰にも竜を譲れないことも、すべて国交を結ぶための条件にあることを、再度強く認識させることも出来た。貴婦人達のことについても、決して責めないようにと約束させたから大丈夫だよ」

レイワンは龍聖の肩を撫でながら、優しくそう語って聞かせた。

「でも……本当に約束を守ってくれるかな……」

龍聖がぽつりと呟くと、レイワンがぽんぽんと肩を軽く叩いた。

「それなら大丈夫だよ。君が彼女達にお詫びをしたいと言っていたから、後日贈り物をお届けするって言っておいたし、王妃の友人として、いずれ近いうちに我が国に彼女達を招きたいとも伝えておいた。我らが彼女達を優遇してみせれば、王も決して悪いようにはしないだろう」

「ありがとう……」

龍聖は項垂れたまま安堵したように呟いた。

「それとこの国の伝統でもある騎士団の扱いについて苦言を呈してきた。騎士団長の忠誠を無駄にしないようにと……我が国にとって竜が大切であり、国の誇りであるように、この国も騎士団が誇りではないのか？　ってね……ちょっと意地悪く言ってきたよ。そして騎士団長を呼んでもらい、王の前で彼の忠節を褒め称えて、君を守ってくれたことへの礼も述べた。彼が今後も騎士団長として、この国を守り続けてくれるならば、我々も安心してまた王妃を連れて訪問することを約束した。これで王も彼を裁けないし、彼も自害することはないだろう」

レイワンが言い終わると、ようやく龍聖が顔を上げてレイワンを見た。レイワンが微笑んだので、龍聖の硬い表情が少しだけ和らいだ。

「さあ、仲直りをしよう」

レイワンがそう言って両手を広げたので、龍聖はその胸に飛び込んだ。

「私はね、こんなことで、君が怪我したり、危ない目に遭ったりするのが嫌なんだ。こんな言い方は悪いかもしれないけれど、この国の人々よりも、君の方が大事なんだから……私はね、ランシール王からどんなにしつこくされようと、全然平気なんだよ。君の正義感もほどほどにしておくれ。私の方が参ってしまうよ」

「ごめんなさいレイワン」

二人は唇を重ね合った。


ベッドで抱き合い、何度も深く口づけ合った。どれくらい長く口づけ合ったか分からないほど求め合い、ようやくレイワンが唇を離して、鼻の先が触れ合うほどの距離で、龍聖の顔をじっとみつめた。

龍聖は頬を上気させて、少しばかり息が上がっている。潤んだ瞳がレイワンをみつめ返した。

「かわいいね」

レイワンがそう囁くと、龍聖は恥ずかしそうに照れ笑いをした。

「ようやく笑ってくれた」

レイワンが安堵したように微笑んで言うと、龍聖は困った顔で微笑む。

「だってオレが……」

龍聖が言いかけた言葉を遮るように、レイワンが唇を重ねた。音を立てるように唇を吸って離すと、再び間近で顔をみつめる。

「もう良いって言っただろう？　君の反省の言葉は十分聞いたし、この国のことも解決したんだから……今は君と仲直りがしたいんだ。だからもうそのことについては何も言わないでおくれ」

レイワンは再び音を立てて唇を吸って、くすくすと笑った。龍聖も釣られるように笑う。

「レイワン……すごく怖いんだもん」

「フフ……じゃあもう二度と怒らせないでおくれ」

レイワンは囁きながら、龍聖の首筋に唇を落とした。

優しく宥めるように、龍聖の体中に口づけて、大きな手で撫でていく。龍聖を包んで、甘やかすかのような、優しく丁寧な愛撫に、龍聖は翻弄(ほんろう)されて甘い喘ぎを上げ続けた。

「あっあぁっ……レイワン、はやく入れて……」

「リューセー、それが避妊具を持ってきてないんだ」

「いいよ！　入れて！　もういいから！　子供が出来てもいいからさ！」

龍聖にねだられて、レイワンは抗(あらが)えずに、怒張した男根をそのまま挿入した。

「あぅっうっあっあぁぁっ！」

久しぶりに避妊具なしでの性交だった。それは二人を、いつもよりも激しく燃え上がらせた。突き上げるたびに、龍聖が甘い声を上げ、絡みつくように男根を締めつけてくる。レイワンもその快楽に翻弄された。

何度も何度も、龍聖の中に熱い迸(ほとばし)りを注ぎ込んだ。

体の中がレイワンでいっぱいになるような感覚は、ずいぶん久しぶりだった。体だけではなく心も満たされる。気持ちいい……体も心も気持ちいい。愛されているのだと喜びに震える。

「レイワン……愛してる……愛してる……あぁっあぁぁっ」

龍聖がかわいい声で言うので、レイワンは煽られるように、龍聖を抱きつぶした。

「愛してるよ……リューセー、愛してる」

腕の中で失神しかけている龍聖に、レイワンは何度も囁き続けた。

「本当に懐妊してしまっていたらどうするんだい？」

夜明けの光で明るくなりはじめた部屋の中で、気怠い体をベッドに横たえながら、隣でうつ伏せに寝たまま、こちらに顔を向けて微笑んでいる龍聖に向かって、レイワンが苦笑して尋ねた。

「いいよ」

「いいって、そうしたら五人目だよ？　まだ手の掛かる子達が四人もいるのに」

「だからいいんだ。オレ……最近色々と考えていて……もちろん我が国のこれからのことなんだけど……。ずっとお茶会を続けているだろう？　もう卒業生が五十人になるんだよ。すごくうまくいってて、結婚している子達は、みんな次々子供が出来ていて、みんなからも、今までよりも本当にすごい勢いで出生率が上がっているって言われていて……。この五十人が本当に順調に三人とか四人とかたくさん子供を産んでくれたら、百人を超える次の世代が生まれてくれて、今までは五十人……二十五組のカップルからは同数かそれ以下しか子供は生まれなかったのに、倍に増えるってことは本当にすごいことで……地道なことだけど、このまま続けていったら、きっとラオワンの治世の頃には、シーフォンは八百人に増えてるかもなって……すごいって喜んでいたんだ。だけど……なんかそれだけじゃあだめな気がして……ずっとモヤモヤしていたから……だから外の世界に連れていってって頼んだんだ」

レイワンは優しく頷きながら聞いてくれている。時々髪を撫でられて、気持ち良くて龍聖は幸せな気持ちで微笑んだ。

「来てよかったよ。アフダルもテリオスも、オレを連れてきても大丈夫な国と思って、国交のある国の中から選定したんでしょ？　平和で治安の良い国。それでも実際にはそれぞれの国が色々な問題を抱えてた。後継者問題で国が割れそうなアフダル。王様になって浮かれて忠臣とか大事なことが分からなくなっている若くてダメな王様のいるテリオス……きっと他の国はもっと色々と大変だったりするんだろうね。だからエルマーン王国が大変なのは当然だし、むしろ他の国に比べたら、ずっとマシだってことも分かった。そしてオレの中のモヤモヤも……」

龍聖はそこまで話して大きな溜息をついた。

「今日、宴の席でご婦人達に絡まれている彼らを見て思い出したんだ。お茶会に来ている若者が、全員ハッピーエンドじゃないんだ。ハッピーエンドになりたくてもなれない子達もいる。相手のいない下位の子達……五十人のカップルが幸せになってよかった。倍に子供が増えて良かった……じゃないんだ。下位の子達は永遠にパートナー不足のままだ。血の力のせいで、弱い者が淘汰されていくなんておかしいと思う。それでなくても絶滅寸前なくらいに人数が少ないっていうのに……増やさなきゃって言っているのに、その中で淘汰される仲間がいるなんておかしいだろう？」

「リューセー……だが力は……」

「そう、力の強さ、弱さは血のせいだから、本人達ではどうにも出来ない。力の弱い男は、自分より力の強い女性とは結婚や子作りが難しい。強い力に抗えないからだ……でもそれじゃあだめだよ。そこを解決しないと、たぶんシーフォンに未来はないんだ」

レイワンはせつない顔で、龍聖の頭を何度も撫でた。レイワンにもそれは分かっている。だがどうにもならないと……今までの竜王とリューセーが、ずっとそう思ってきたことだ。

「それで何か答えは見つかったのかい？」

「うん」

「え!?」

レイワンはとても驚いた。今、無理だと思っていたのに、龍聖が肯定したからだ。

「ど、どうするんだい？」

「誰も解決出来ないなら、オレが解決するよ」

「え!?」

「だから……オレがいっぱい産めるだけ産んで……いっぱいロンワンを増やして、うちの子達の結婚相手は、優先的に下位の子達からもらうようにするよ」

「え……ええ!?」

「そうすれば血が濃くなるだろう？　力が強くなるだろう？　下位がいなくなるよ！　下位同士でくっついているから、どんどん弱くなっていくんだよ。誰とも結婚出来なくなるんだよ。シーフォンなんて、血の力だけの問題だろう？　普通の人間のような貧富の格差はないんだから」

龍聖が自信満々に言うので、レイワンは目を丸くしている。

「だけど……力の差は……ロンワンと下位の結婚なんて無理なんじゃ……」

「大丈夫だよ。血よりも力よりも、愛の方が強いって！　うちの子だよ？　オレの子だよ？　大丈夫！　うちの子達ならきっと大丈夫！」

「リューセー……」

「オレ達の子を信じようよ！　レイワン！　誰も変えられないなら、オレ達が変えなきゃ！　ね？　だからいっぱい子供を作ろう！」

龍聖は満面の笑顔でそう言うと、レイワンに抱きついて口づけをした。

「リューセー……まったく……君には本当に……いつも驚かされてばかりだ……降参(こうさん)だよ」

レイワンは苦笑しながらも幸せそうな顔で口づけを返した。


抜けるような青空の下。城の中庭では、たくさんの子供達が歓声を上げながら走りまわっていた。

小さな白いボールが投げられて、棒を振り回して打つ。カーンといい音が響き、白い玉は青空に向かって高く上がった。

どっと周りで見ている人々から歓声が上がる。

「フォンホア！　走って！　走れ！　一塁！　一塁に走るんだよ！」

「母上、今打ったのはスンリンですよ！」

「え？　また名前を間違った！　まあいいや、スンリン！　走れ！　やった！　セーフ！」

龍聖が飛び上がって喜んだ。

「よしよし、満塁！　逆転のチャンスだよ！　ショウエン！　一発ぶちかませ！」

「母上、僕はメイジャンです」

「あっ！　ごめん……もう……十六人もいると間違えちゃうんだよ……ごめん！　メイジャン！　君は左打者だから打てるよ！　ホームランを狙おう！　そしたら逆転サヨナラだから！」

「はい！」

メイジャンは、バットを何度か振り回して気合いを入れた。

「ピッチャー交代！」

「え～！　誰？」

「父上！」

「うそ！　ちょっ！　タイム！」

龍聖が慌てて立ち上がり、抗議に向かった。

「レイワンはショートだろう？」

「だからショートとピッチャーが交代するんだよ」

「え～、ずるい！　じゃあオレもピンチヒッターで出る！」

「リューセーは、次の打順だろう？　守備のポジション交代はＯＫだけど、バッターはダメだって、君がルールを作ったんじゃないか」

レイワンが呆れたように苦笑して言うと、龍聖は腕組みをして反論した。

「本当はピンチヒッターって言って、代わりの打者を出せるルールもあるんだぞ！」

龍聖はそう言った後、皆の顔を見回して肩を落とした。

「十八人だからさぁ、人数ぎりぎりで補欠がいないからさぁ……あ！　リィミン！　こっちのチームに入らない？」

龍聖が観客の中にいるリィミンに手招きをした。

「ダメですよ！　今日は家族だけで野球をするって言いだしたのは母上でしょう？」

ラオワンが抗議したので、龍聖はちぇっと舌打ちをした。しかしすぐに良いことを思いついたという顔で笑った。

「ピンチヒッター、ウェイフォンじゃダメ？　家族だろ？」

「ダメー!!」

子供達が大きな声で一斉に答えた。すると塔の方から、オオオォォッとウェイフォンの咆哮が響き渡る。

「ウェイフォン、すっごいヤル気だよ」

龍聖がニヤリと笑って言った。

レイワンと龍聖は、とても仲睦まじく、子宝に恵まれ男女合わせて十六人の子を儲けた。後にも先にもこの記録を超える者はいないだろうと、誰もが囁く。

エルマーン王国の新しい姿は、もうすぐそこの未来まで来ているようだ。そう言って誰もが笑顔で賑やかな大家族をみつめる。

エルマーン王国の王室は、今日もたくさんの子供達の笑い声で溢れ返っていた。

あとがき

こんにちは、飯田実樹です。「空に響くは竜の歌声　嵐を愛でる竜王」を読んで頂きありがとうございます。このサブタイトル。ネームセンスの無い私は、いつもサブタイトルを七転八倒しながら考えるのですが、今回はすんなりと決めることが出来ました。割と気に入っています。

読んでいただければ「嵐」の意味をお分かりだと思いますが……いかがでしたか？

前巻・前々巻がとてもシリアスなお話で、涙ありの話でしたので、ギャップといいますか……本作があまりにもシリアス皆無なので、色々と怒られるのではないかと心配していました。誰が怒るかって……えっと……ホンロンワン様？　いや、ラウシャンだな（苦笑）。

今回の龍聖は未来っ子です。とんでもない龍聖だけど憎めない。そんな子を書ければなぁ……皆様が好きになってくれるといいなぁ……と思いながら書きました。

私自身は今回の龍聖が歴代で一番好きです。なのでとても楽しく書くことが出来ました。

そんな龍聖を、ひたき先生がかわいくかわいく描いてくださいました。私の想像以上です。本当にいつも拙い文章から、私の理想を具現化してくださって感謝しかありません。

この本に関わってくださった皆様にも感謝感謝です。

初代から今回の十一代目まで、全部の竜王達をご紹介できたらいいなぁと思っています。そして十一人の竜王の選抜総選挙をして、センターは誰か？　を競えたらなって……すみません。

冗談はさておき、次もまた新しい竜王と龍聖を、皆様にお届けできますように……。

飯田実樹

『空に響くは竜の歌声　嵐を愛でる竜王』をお買い上げいただきありがとうございます。
この本を読んでのご意見、ご感想など下記住所「編集部」宛までお寄せください。

アンケート受付中
リブレ公式サイト　http://libre-inc.co.jp
TOPページの「アンケート」からお入りください。

初出　空に響くは竜の歌声　嵐を愛でる竜王
＊上記の作品は2012年と2016年に同人誌に収録された
作品を加筆・大幅改稿したものです。

空に響くは竜の歌声
嵐を愛でる竜王

著者名　飯田実樹

発行日　2018年5月18日　第1刷発行

発行者　太田歳子

発行所　株式会社リブレ
〒162-0825 東京都新宿区神楽坂6-46 ローベル神楽坂ビル
電話　03-3235-7405（営業）　03-3235-0317（編集）
FAX　03-3235-0342（営業）

印刷所　株式会社光邦
装丁・本文デザイン　ウチカワデザイン
企画編集　安井友紀子

Printed in Japan
ISBN 978-4-7997-3831-3